滇康纪行

曾昭抡——著

中国文史出版社

图书在版编目（CIP）数据

滇康纪行 / 曾昭抡著. -- 北京：中国文史出版社，2020. 11

（名家游记）

ISBN 978-7-5205-2297-7

Ⅰ. ①滇… Ⅱ. ①曾… Ⅲ. ①游记－作品集－中国－当代 Ⅳ. ①I267. 4

中国版本图书馆 CIP 数据核字（2020）第 182786 号

责任编辑：孙　裕

出版发行：**中国文史出版社**
社　　址：北京市海淀区西八里庄路 69 号　　邮编：100142
电　　话：010－81136606　81136602　81136603　81136605（发行部）
传　　真：010－81136655
印　　装：北京新华印刷有限公司
经　　销：全国新华书店
开　　本：720×1020　1/16
印　　张：19. 5
字　　数：185 千字
版　　次：2021 年 1 月北京第 1 版
印　　次：2021 年 1 月第 1 次印刷
定　　价：58. 00 元

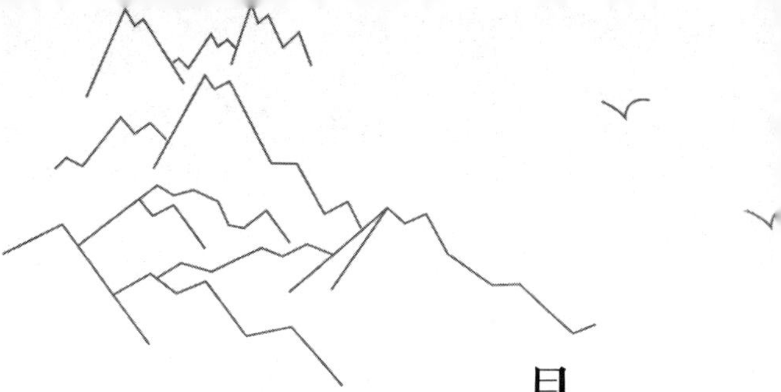

目录

滇康道上

引　言

抗战发生以来，国内人士对于西南各省大后方的建设，顿感兴趣。就中西康省属，以前因地处边陲，交通不便，少有对之作具体考察与研究者，此刻乃为谈建国者所深切注意。五年以来，入康考察者，层出不穷，可惜类多走马看花，且参加者亦未必真系专家，因此所得结果，并不多见。民国三十年①夏季，昆明国立西南联合大学师生，乘暑假之便，组织川康科学考察团，经康省步行入川，作实地考察。参加此团者，除作者本人外，有裘立群、陈泽汉、马杏垣、钟品仁、黎国彬、周光地、李士谔、康晋侯、柯化龙、戴广茂等十人，一共是十一位团员。除本人外，其余十位，皆系西南联大二、三、四年级学生。遂推作者担任考察团团长，策划考察事宜。此次参加人选，包括政治、社会、地质、地理、物理、化学、生物各系学

① 本书因作于民国年间，行文大量使用了形如“民国 XX 年”或简写为“XX 年”的民国纪年，因此我们在书后附上民国纪年与公元纪年对照表，以方便读者查阅。

生，范围至为广博。虽则因时间有限，旅途过嫌匆促，但所获有价值的材料，仍属不少。各项专门报告，以后当另在专门刊物上发表。因为此次半考察、半探险式的旅行，友辈中多对之具有一般的兴趣，特将旅途经过情形，择其具有一般兴趣者，先予揭载。假若这篇记载，能使中国青年对于边疆工作发生更大的兴趣，我们这次考察，也就可谓不虚此行。①

此次考察旅行，先后费去一百日。用费共约国币二万元，大部分系由参加的团员自行筹措担负。唯行至西昌，承军事委员会委员长西昌行辕，先后拨款资助考察经费六千九百元，俾有史以来第一次学术团体步行横越大凉山之壮举得以成功，为此番考察增加生色不少。

本团考察路线，由昆明起程，循禄劝、鲁车渡旧道，径趋会理。到会理后，沿西会大道到西昌。自西昌东行，深入凉山，到达夷区中心的昭觉县城。出昭觉东行到竹黑后，分作三组，继续工作。作者参加甲组，续向东进，横越大凉山绝顶黄茅埂，到达川省雷波县，然后取道屏山到宜宾。后来走川滇东路返昆明。乙、丙两组，自竹黑回返西昌，由该处循越嶲、宫林大道，先后翻过小相岭、大相岭，来到雅安。抵雅安后，丙

① 关于此次考察的略述，本团曾出有《国立西南联合大学川康科学考察团展览会特刊》（民国三十一年二月一日，在昆明出版）一本，内有作者所著《滇川两千里》一文。又关于通过凉山夷区一段旅程，作者曾著有《我们怎样越过大凉山》一文，载在《当代评论》第十八及十九期（民国三十年十一月，在昆明出版）。

组马杏垣、黎国彬二人，冒险乘木船溯青衣江而下，径抵乐山。其余各位（乙组）则循川康公路乘车到成都。

这次考察，最大的困难，为行期仓促，事先未能充分取得各界同情与协助。如经费一项，全需自筹，以致工作方面，每因经费不充而受牵制。且科学仪器，亦不易得。例如动身以前，试在昆明借一高度表，亦不可能。结果同人不得不轮流自负水银气压表，步行六百里之遥。后来卒以此表在途中打破，高度记录遂致无法赓续。近来政府对于边疆考察，所费不赀，足见当局对于开发边僻区域的热诚。只惜委托者未必尽得其人。例如与我等几乎同时出发的某考察团体，耗费国币将近百万，其成绩不过由重庆到西昌一趟。以后在此方面，无谓的浪费，似宜力予节省，而对于真正从事学术工作，可责之以成绩者，则不妨宽予协助。如此而后我国边疆工作的正确基础可以树立。

本团考察行程，如第一表所示：

第一表　川康科学考察团详细行程表

民国三十年七月二日	全团十一人，自昆明起程，步行往会理。
八日	在鲁车渡过金沙江，出云南，入西康省境，宿鲁车马店。
十日	在新铺子休息一天。
十二日	到会理。
十三至十四日	在会理附近考察鹿厂铜矿及瓷业。
十五日	由会理起程，步行往西昌。
十七日	由白果湾绕道去看天宝山铅锌矿。
二十二日	行抵西昌。
七月二十三日至八月一日	在西昌筹备入大凉山事。

续表

八月四日	由西昌起程，步行入凉山夷区。
九日	行抵昭觉县城。
十日	在昭觉附近考察煤矿后，前行到竹黑。
十一日	甲、乙、丙三组自竹黑分手，甲组续向东去到乌坡，乙、丙两组折回西昌。
十二日	甲组考察乌坡铜矿后，前行渡美姑河，入生夷区，到美姑宿。
十四日	甲组山磨石家行抵大凉山绝顶黄茅埂停宿，过此即入四川境。
十六日	乙、丙两组步行返抵西昌。
十八日	甲组行抵雷波县城。
十九日	甲组自雷波起程，步行往屏山。
二十三日	甲组行抵屏山县城。
二十四日	甲组由屏山乘木船到宜宾。乙、丙两组自西昌出发，步行北去雅安。
二十五至二十六日	甲组赴李庄，考察学术机关。
二十七日	甲组由宜宾乘轮赴五通桥。
二十八日	甲组行抵五通桥。
二十九日	甲组在五通桥考察化学工业。
三十日	甲组由五通桥乘车赴成都。
三十一日	甲组行抵成都。
九月一日至七日	甲组同人，在成都参加中国化学会第九届年会，并作考察工作。
九月七日	乙、丙两组行抵雅安。
八日	甲组由成都乘车赴泸县。
九日	丙组自雅安乘木船赴乐山。
十日	乙组自雅安乘车抵成都，丙组行抵乐山。
十一日	甲组行抵泸县。
十一至十三日	甲组在泸县考察兵工业。
十四日	甲组自泸县乘轮赴白沙。

续表

十五日	甲组行抵白沙。
十五至十六日	甲组在白沙考察及游览。
十七日	甲组自白沙乘轮赴重庆，当天到达。
十七至二十九日	甲组在重庆北碚游览及考察。
三十日	甲组自重庆乘轮返泸县。
十月三日	甲组返抵泸县。
四日	甲组由泸县赴蓝田坝。
五日	甲组由蓝田坝起程，乘车循川滇东路返昆明。
十日	甲组返抵昆明，旅程告毕（自出发至此，共费一百零一日）。
十月三日至二十七日	乙、丙两组团员，先后返抵昆明。

甲组沿途所用交通工具及所历里程，见第二表：

第二表　考察团甲组所行路程及所用交通工具

行程	交通工具	距离（华里数）
由昆明到会理	步行	五七八（实测）
由会理到西昌	步行	三三八（实测）
由西昌到昭觉	步行	一九四（实测）
由昭觉到竹黑	步行	二五（实测）
由竹黑到雷波	步行	二八四（实测）
由雷波到屏山	步行（中有七十里系乘木船）	三一〇（除水路外，均系实测）
由屏山到宜宾	乘木船	二〇〇（俗称）
由宜宾到竹根滩（五通桥）	乘轮船	三六〇（俗称）
由五通桥到成都	乘汽车	三七四（即一八七公里）
由成都经内江、成都，到泸县	乘汽车	六二二（即三一一公里）
由泸县经白沙到重庆	乘轮船	六三〇（俗称）
由重庆返泸县	乘轮船	六三〇（俗称）

续表

行程	交通工具	距离（华里数）
由泸县循川滇东路回昆明	乘汽车	一八一〇（即九〇五公里）
共计全程		六三五五华里

在上表中，步行时所历里程，均系按时间记录算出。公路上乘车，则按已知的公里数，加一倍即变成华里（一华里等于五百米）。唯水路因缺少测量方法，只可采用本地人传说的数字。在全程六三五五华里中，共计步行一六五九华里，乘船一八九〇华里（内木船占二七〇华里），乘汽车二八〇六华里。

乙、丙两组行程，自昆明至竹黑一段，完全与甲组相同。自竹黑步行返西昌后，继续步行七百二十七华里（实测数）抵雅安。

上述旅程当中，行抵宜宾以后，考察大都注重工业方面。至于其他各方面的情形，至少为一部分读者所熟知，比较平淡无奇。因此本文所述，将以由昆明到宜宾一段为限。

在抗战进行当中，后方迅速发展。因此关于地方情形的记载，往往不免有明日黄花之感。可是此次作者旅途所经，由昆明到宜宾一段路，中间除会理、西昌一节以外，均不在目前重要的交通大道上面，因此外间情形的变迁，并不十分影响到这些穷僻的地方。例如一年以来，昆明市生活程度，陡涨数倍；而昆明西昌的路上，则物价上涨比较不多。姑以米价作一种指数，在民国三十年七月至八月与民国三十一年一月，沿途情形，如第三表所列：

第三表　昆明至宜宾沿途米价变迁表

地点	每升米斤数	民国三十年七月至八月米价		民国三十一年一月米价	
		每升价格（元）	每斤价格（元）	每升价格（元）	每斤价格（元）
昆明	一．三	一．二〇	〇．九三	二．六〇	二．〇〇
富民	六	五．三〇	〇．八五	——	——
者北	六	六．二〇	一．〇三	——	——
拖梯	六	三．六〇	〇．六〇	七．〇〇	一．一七
龙海堂	六	三．八〇	〇．六三	七．〇〇	一．一七
石板河	六	四．五〇	〇．七五	七．〇〇	一．一七
板桥	六	六．〇〇	一．〇〇	——	——
鲁车	四	四．五〇	一．一二	——	——
新铺子	四	四．二〇	一．〇五	——	——
张官冲	三斤五两	四．五〇	一．三六	——	——
会理	三斤六两	四．五〇	一．三三	五．六〇	一．六六
大湾营	三斤四两	五．〇〇	一．五八	——	——
白果湾	三	四．五〇	一．三九	——	——
摩挲营	三	三．五〇	一．一七	——	——
乐跃场	二．五	二．四〇	〇．九六	——	——
小高桥	二．五	二．二〇	〇．八八	——	——
崩土坎	二．五	一．七五	〇．七〇	——	——
西昌	二．五	一．七五	〇．七〇	——	一．一八（大批购买）
雷波	三．二	一．九〇	〇．六一	——	——
宜宾	三．二	八．〇〇	二．五〇	——	——

由此看来，本文中所记载的，当不止具有历史上的兴趣。

鲁车旧道

警报中辞别昆明

在一个炎热的晴天，一早八点钟我们就暂时辞别昆明，向北进发。那时候城里已发预行警报，潮水般的市民，业已涌上近郊山头。美丽的昆明，只有西北郊最煞风景。所谓“红山”乃是一片全无草木，满露红土的矮山。这种光山上，几百年来堆积的坟墓，一个个像馒头一般，紧挤在一处，看来仿佛地面长满了麻子。其中一部分坟墓，业已将棺材他迁，剩下一棺之地，成为人民躲避飞机的防空壕。

我们一群人，混在人潮里面，循着去普吉的大道，开始了几千里的徒步之长征。由大西门五里走到杨仙坡顶，人群已渐稀少。从这不高的坳口，四里下到王家桥，只听见警报机呜呜地哀鸣着空袭警报。穿过此村，进入普吉坝子，一望一片广大的稻田，令大地满披一种浓绿的颜色。围着这片田坝，四周却皱起有绵亘的红土矮山。循着蜿蜒的旧日石块路，平坦穿坝子前进，五里到达大普吉。

大普吉是距离昆明城西门十三华里（俗称十五里）的一座村庄，紧靠在矮山脚下。由禄劝一带背木炭来卖的炭背子，因为昆明生活太高，来往向来都是宿在此村。近来昆明陡然繁荣，使这村也变得相当热闹，虽在警报声中，还好未放“紧急”，到此茶馆仍然有茶可喝。许久没有走长路，天气又是那么热，到此已经渴极了。

天生桥

穿过普吉镇前进，路便入山地，一出街口，即循石板路上山。这片红土光山，并不见高。上趋不久，变为相当平坦。一批疏散出城的军队，此时正借此机会，在这片山上举行演习。在距普吉约两里半处，右边有一条土质岔路，乃是去沙浪的大道，那里据说有一口温泉，目下为昆华农校临时校址所在之处。自此前行，路从陡盘上山。大部分仍循石板路走；不过其中有的部分，路已被大水冲坏。盘山两里半以后，路改右绕山缓上，约一里不足即达普吉后山的山顶。此处地名“水甲箐”，距普吉约六华里。行人到此，大都停下稍息。这条路上，人马交通，异常频繁，一路来此，途中遇见载货去富民的驮马甚多，几乎可以说不断地碰见。酒、洋蜡、牛皮胶，是一些所运的货品。乘马回家的中学生，带着铺盖行李，对这山野地方，作一种城市人物的点缀。

从水甲箐前进，走石板路下趋，随即陡盘下山。约行两里，翻到对面的山，改由路左绕山缓下。又约一里，复改陡上，仍左绕山走。再一里过一坳口，前去路右绕山缓下，继改左边绕山，陡向下趋。

十一时一刻，行抵天生桥（距水甲箐约七华里）。此处为昆明附近名胜之一。平常专程来此游览，来回需费一天，还感觉非常疲倦。此番就便过此，欣赏美景，倒很便当。在这里路右看见一条小河，与路垂直，自右而来，从下面穿山腹而过，下流成为大营河。“天生桥”一名，由此而来。河谷殊深，河水奔来，突然没于山下，确是一处值得纪念的奇景。大约当初河面较高，河谷较浅，水在地面流，正如其他溪河一般。后来河谷愈刻愈深，上面经过一种地质变化，两岸岩石搭上，遂成此景。抑或流水渐渐将山中石灰岩蚀透，亦未可知。路左一大片石灰岩下，有一山洞，深约丈余。炎日中到此一避，倍觉阴凉。附近不远，另有一洞，名观音洞，也是一处名胜。因为时间关系，未及游览。

由昆明来到天生桥，沿途所见各山，全是石灰石质的红土光山，上面几乎连一棵小树都看不见。提及“水甲箐”等地名，想必原来这一带山上，树木一定是很多的。据本地人说，抗战初起的时候，普吉后山，树木仍然相当稠密。想不到几年工夫，破坏到这种程度。将来如果再造林，不知何时方能成功了。

头村打尖

由天生桥前行，路续下趋。半里余改平坦，随后路右绕山陡下。又半里，复改陡盘下山。在这段路上，开始遇见由富民去昆明的旅客。昆明供给富民所需的洋货和奢侈品，富民则送来一些必需的东西。成群的小猪，由牧猪人自富民赶来，据说快的两天可以赶到，慢的有时会拖到一星期之久。这些刚刚会走的、极小的小猪，沿途到处躺下来，滚上一身红泥，远看还以为它们的毛真是红色的。背盐巴的背子，挑扁担的挑子，是一些其他往昆明去的伙计们。盐巴据称自罗次县挑来，所运大约是白盐井的盐。

盘山而下，约半里不足，适才在天生桥所见穿山而过的大营河，此时见在路左。前去路右绕山陡下，左临窄深的大营河河谷下溯，约三里到头村，停下打尖。

头村一名李子坪，仍属昆明县管。由昆明到此，计程三十一华里，俗称三十里。自昆明出发北行，普通第一天总是在此处午餐。走到此处，附近山上，开始看见有丛林及小树，不像昆明附近一带的一片荒山。为着经济起见，两角钱一小碗的白饭，拿开水泡一泡，一人吃了两三碗，就算将一顿午饭马马虎虎地解决了。

我们此番去会理，大家都是步行。十一个人的行李，用一百六十元一匹马的代价，一共雇了四匹驮马，替我们驮去。正巧这帮驮马的主人唐老板，有事回家，大家搭个伴走。除这四匹马以外，他还带了十多驮子的货物，都是替商人运到会理去的。其中大部分驮子，全是洋纱。据他说，现在驮一驮子纱，脚价要一百八十元左右。一百六十元租给我们，还算特别客气。唐老板可算是一位有产阶级的人。家住在金沙江边，田产每年可以收到两百多担的租，一家已可够吃。另外养着有四五十匹驮马；按照目前的市价，上等马要卖一千八百元一匹，次等也要七八百元。既然相当有钱，人当然变懒了，鸦片瘾也相当深。赶马之事，他并不管。一切由雇来的一位姓张的哥头，率同他下面的赶马人，代为负责。行路的时候，他一人带着两匹马，轮流地骑，看来比我们神气得多。

马帮动身得早。我们正午十二点左右来到头村，他们到此已两小时，饭早已吃过。不过因为有一匹驮子在途中丢掉一匹纱，派人回去找，所以还没有走。

向富民前进

十二点三刻，我们自头村向富民出发。下午这一段路，比上午要短些，可是路平好走。头村附近，略见栽有竹子。自村前行，路右续循山边，势缓下趋，左沿大营河谷一片冲田而下。途中大体循石板路走，略有上下，但大势系循河谷下趋。此刻正是农忙。稻田中妇女多人，正在忙于拔草。兵士二人，走过此处，驻足和她们对唱起山歌来。

十二里由头村走到二村（村在路右），已是富民县境。天热渴极，又不得不停下喝茶，再十里右过三村，河谷冲田顿完。前去河流峡谷中，两岸石山束水，河身石头将水激成瀑流。平淡的风景，到此得一变换。村子附近，有西式房屋一幢。约一里半，复见展开有出。在此走过一道跨河石桥，大营河复到路左。（在二村与三村之间，先后曾走桥过河三次。）大营河谷，虽属肥沃，但水流颇急。二村以前，有好几处见河上用树枝拦水作坝；二村以后，则见用石头筑成的水坝。

三点四十分过王家村，距三村约五华里。出村又过一桥，河又到右。六里过沙锅村，再度停下休息。前行复过一座跨河石桥，河又到左。此时路右为一片草地，上面长有“黄鹂头”树多株。这树是在江浙两省相当普遍的树，高大可以遮阴；木材很好，嫩叶摘下可以炒着吃。昆明附近，似乎未见此树，不料到此复见江南植物，据我们以后旅途观察，这树在富民县境，十分显著。往北到禄劝，不久又忽然不见了。云南人将此树，叫作“黄连夹”。

在沙锅村附近，大营河河谷的冲田，展宽成为一片坝子。一路前行，路左沿着这片稻坝走，五里路右走过一座大镇。此镇名叫“大营”；大营河一名，即系由此而来。自昆明到此，计程六十九华里，方向大体是向西北行。过大营路向左折，向正西穿富民坝子走。约二里余，走双拱大石桥一道，过大营河。再两里余，行抵富民县域（距昆明约七十五华里，俗亦云七十五里）。

富民速写

富民和昆明，距离上不过隔一个马站（一天的路），在文化上却相隔不啻一个世纪。从二十世纪的昆明城来到此地，仿佛又回到十八世纪的生活一般。我们到达此处，是下午五点半光景。行装卸下，略为歇一歇，天便黑了。夜间此处几乎完全陷入黑暗世界。在微弱的清油灯光下摸索，令我们不禁想昆明有电灯的种种好处。尤其麻烦的一件事，是街上不但没有一盏路灯，连各家店铺的门前，都很少悬上灯笼给行路人行个方便。来此没有别的话说，只有一个“惨”字。当昆明正在灯红酒绿、载歌载舞的时候，这里的老百姓，仍是过着千百年来“日入而息”的旧时生活，老早就躺在床上，寻他们的甜梦去了。街上店铺，本来不多，种类尤不丰富。一到天黑，几乎一齐关门，差不多什么东西都买不到，这样真有点出乎我们的意料。

大营河在富民县城附近，流入普渡河。后者上游称为螳螂河或堂川河，乃是由滇池流出的一股水，经海口、安宁、温泉到此，水势转大，方改称普渡河。此河大体系向北流而略偏东北，径入金沙江；然而富民县城的主要部分，乃是位在此河北岸。县城四周城墙，依然完整，只是小得可怜。城内街道，实际上可说只有由南到北大约四百米长的一条南北大街，县政府也就位在这条街上。走出南门，便到一座横跨普渡河上，八十米长的大桥，桥上盖有木顶，桥身两边摆有摊子，和四川省境所见有些大桥一般。过桥为城外部分，东折即是城外的主要街道。这街为一条东西大街，长五百米左右。按现在情形看来，仿佛要比城内热闹些，但是刚从昆明来，却已经觉得很惨了。城外（河的南岸）部分，也有一道土砖墙围住。店铺方面，只见有些客栈、马店、饭店、酒铺、布店、杂货店等。理发店全城仅有一家。邮政方面，只有一处邮政代办所，并无正式邮局，电报局更不需说。城内居然有一所“富民县卫生医院”，倒是难得。城外设有富民县逢源镇中心小学一所。中央军事图书馆驻滇办事处，疏散来此。

全城唯一的宏大建筑，是县府衙门，由此可见前清时代政府的气魄。在这种穷僻的地方，老百姓一走进大堂，不由得他不肃然起敬。倪县长是一位五十岁左右的长者。我们去见他的时候，他身上着的是一件蓝布罩袍。身材高大，说话谨慎，显然是一位循规蹈矩的地方官。

驮马道上的宿站，可以住人的地方，有“人店”与“马店”的区别。“人店”就是普通所谓旅馆或客栈，专门歇人，未备有歇马的设备。马店则以歇马为主体，赶马与骑马的客人去投宿，多半不收宿费；步行或坐滑竿的旅客，也一样收容，不过要收号钱。富民县城仅有的几家马店，都设在城外，普渡河南岸。一到此处，同来的马帮，便先找一家熟的马店住下。原来唐老板劝我们住在一起。我们嫌马店太脏，改在一家“人店”宿下。为着省钱关系，我们住的，是此处一家第二流的客栈，名叫“兴盛客店”，每人“干号”（自己带铺盖睡一夜的宿费）不过五角钱。这种旅店是不供给伙食的，连叫主人代办也不肯，上街吃饭又太贵，于是我们只好自己买了菜来，交给老板娘，请她代为做菜煮饭。还好米可由店子供给，按价卖给我们，用不着自己上街去找，要不然就更麻烦了。这样在离开昆明的第一天，我们就饱尝这条路上的生活。麻烦虽然麻烦一点，经济倒很经济：十一个人一宿两餐，一共不过费去二十六元。

北营途中

第一天长途步行，并不曾令我们感觉过分疲倦。在富民一宿，第二天一早起来，吃了两碗干饭，七点十分，就起程前进。走过永定桥，穿过富民城，一出北门，不久便又踏进满辟稻田的富民坝子。由此前行，一直到会理，大体是径向北去。

六里过黄家庙（一称西华乡，俗云距县城五里）。再前半里，坝子穿完，进入丘陵地带。此片山地，不少部分也辟成苞谷田及稻田，一部分则仍留有树木。路初上趋，半里余改向下走，在距村（黄家庙）约三华里处，走过一座跨在河上的桥，名“太平桥”。前去路陡盘上右山。该山系由玄武岩所构成，土作红色，但附近路左隔冲的一座山，则系石灰质，有大片陡崖露出。一路左临冲田陡上，约一里半到坳口，乃改下趋。随即又平坦穿稻坝行。坝子不大。约行一里不足，路复左循山边，右沿冲田走，陡下一段，平坦行一段，如此轮替。两里余改由路右绕山缓下。又一里余，走过一座跨在小溪上的石拱桥，前去复由路左绕山下趋，山上现长有油杉及一些杂树。离昆明入此山中，早已忘记了空袭那回事。但是此处离开昆明，究竟不远，到此头上忽又听见有飞机的声音。

九点钟左右到南营，距富民约十八华里（俗称十五里）。在此停下休息。由此前去，沿途“黄鹂头”树甚多。自富民北行，一路所走仍是石板路；可是比起昆明到富民一段来，路要次些，交通也没有那样拥挤。虽则如此，沿途碰见背夫和驮马，仍然为数可观。南下的背子，大部分是背炭或者背大竹子的，后者据称来自者北。驮米和驮硝的驮子，以及挑柴、挑硝的力夫，是一些在路上常见的朋友。

自南营前进，路续左绕山缓下。约一里余，改右绕山缓上。再约里余，复改下趋；前行两里不足，到达北营。在该村附近一带，发现有化石不少。

硝硐一瞥

北营距富民约二十二华里（俗称二十里）。村中设有一所小学（名为“西华乡六七八保国民学校”）。并见跨河大桥一座，名为“续公桥”，桥上盖有木顶。此村附近产硝。来时途中所见挑驮南行的硝，大部分是从此处去的。硝作大块，灰黑色，骤看和石灰石一般。多年来此处所出的硝，由农家拿来作肥田之用，一直销到昆明、禄丰一带。北营街上，有一家专门卖硝的商店，名为“兴农厂售硝处”。硝的买卖，现由财政部加以统制，此处乃是由财政部特许。

趁着在此村休息的时候，我们顺便去硝硐一看。出村北口，即向西折。前行一华里左右，路右即到一处硝硐。恰好开采该硐的主人，正巧在矿上。得着他的许可，我们进去参观一番。矿工相当迷信。我们一路走上，头上各戴一顶斗笠，用之以遮太阳。进硐的时候，工人连忙叫把“密帽”脱下；他们的迷信，以为戴着这类帽子进去，是件不吉利的事。（所谓“密帽”，即系用稻草或麦秆织成的帽子或斗笠。）看完出来，我们恭喜主人发财，他十分高兴，笑得闭不起嘴来，连声称谢。据他说，此处一共现在有十几口硝硐，全是沿着这里路左那条河沟分布。他本人所开的，共有两硐。目前情形，每硐一天多则出硝一两千斤，少则三五百斤。出品售价，每百斤国币四元。用来肥田，每弓田需用十斤硝。

据我们考察结果，此一带藏硝数量，或许比本地人所知道的要多得多。只要顺着岩层走向，向山里挖去，当可得到不少。（目前土法矿硐，不过是在山边向里挖进一丈左右。）矿是夹在泥灰岩（marl）中间。所谓硝矿，形状为一种灰黑色的软性石头；大约不是钾硝，便是钙硝。矿内还杂有一些纯白色的结晶体，乃是石膏，采硝的时候，此物成为一种副产品。

者北

在北营停留时间不少。在茶馆喝茶的时候，和几位北行的商人攀谈。听他们的口气，前途不甚清吉。会理至西昌一段，匪患尤其闹得凶，杀人越货，是常有的事，最近还出过案子。那一带的土匪，许多是所谓“冷刀头”：先杀人，后劫货。话虽说得这样凶，我们却不曾气馁。既然来了，无论如何，总得拿出勇气，继续前进。

头上顶着斗笠，脚上穿着草鞋，在十点三刻，我们自北营续向北进。这一带的乡下人，总是头戴斗笠；既可遮太阳，又可挡雨。帽子雨伞，由此两可免去。我们的经验，也是戴斗笠最方便。不过云南斗笠，顶在头上的硬圈，比头要小些，初戴老是戴不稳，经过一天多的训练，到此我们已经慢慢地习惯了。

出北营街北口，路大体陡向上趋。约两里到一坳口，前去路改陡下。不远复改缓上，右绕山行，左边隔山走过一座小村（名“张溪”，属兴隆镇）。三里余路改左绕山缓下，约一里左过一村。再一里，复改右边绕山缓上。半里后横过冲田，复左绕山行，初下即复上趋，计一里余行抵者北停下。

者北一名兴隆镇，距富民约三十二华里（俗称三十里）。

一路由富民到此，坝子穿完以后，所经大体是一种丘陵田地带，路势大体缓向上趋。田中农作物，除梯田大都种稻外，山上所辟斜坡田，主要地是种上苞谷。路上碰到北来的驮马，驮米、驮硝以外，有的是成群奔驰的空驮子。

者北街子不小。街上开设有客栈、杂货店等。粗大的竹子，为附近一种特产。街上也有一家卖硝的店，名叫“长发号”，所售为北营出产的硝和石膏，这家店已经懂广告好处，街上多处贴有它的广告。关于硝一项，广告上说：品质比智利硝和马街（亦在云南境）硝都要好些。由此种广告，得知北营产硝处的小地名，是“矣埃村对门山灵鸟寺箐”。

到者北已是正午。走了一早晨，业已饿极。坐下吃饭的时候，唐老板告诉我们，我们的驮子，过此未停，径向前去，到冷饭桥吃饭去了。照规矩者北是今天途中的餐站，不过马帮多半愿意上半天多赶一点路，所以直向前去。

陡上鸡街坡

下午一点钟光景，我们由者北动身。出村过跨河石桥一道，前行半里，路陡盘上山，随即改由路右绕山陡上。略前到一岔路口，循向北一条路前进，左路绕山下趋，约半里到“上者北”（距者北约两华里）。

穿过“上者北”村，路转平坦。前行半里不足，走过一道跨河石拱桥，路即陡趋上山。此处陡峻山坡，名叫“鸡街坡”。上坡路极陡，起初仍是石路，近顶一段则为土路，循路上山，两里半左右高度上升二百六十米。到达坡顶，业已精疲力竭。此时仍是中午，太阳又特别厉害，把人晒得头昏。还巧坡顶有几棵大树，躺在树下休息乘凉，半点多钟以后，精力方渐恢复过来。鸡街坡底下一段，仍是光山。近顶略有树木，主要地是些油杉。站在坡顶前望，只见高山层叠，山脉大都由东到西。我们未来的行程，将要一层层地翻过这些大山，不免令人胆寒。由此处起，直到金沙江边，五天半的旅程，所经全是这种崇山峻岭的荒野地带；从地形和人物两方面说起来，与昆明附近的田坝，以及富民以北的丘陵地带，都大有区别。

自鸡街坡进前，路在山顶地带，缓向上趋，一里半过一小村，即系“鸡街”。鸡街坡一名，由此村而来。在云南省境，常会碰到鸡街、狗街、羊街一类的地名。所谓“鸡街”，原来的意义，是逢鸡日赶街子的一处村镇。

小店场

由鸡街路向下趋颇陡。约一里后，复在山顶地带缓上，旋又下趋，初缓继陡。自上鸡街坡后，不复看见冲田。到了此处，附近一带，山坡上辟成斜坡田处不少，亦有梯田，未辟田处，则有树木，但均不大，种类以云南松及油杉为主。

在距鸡街约两里半处，路左有茶棚一座，棚内坐有一位老太婆，烧茶水给过路客人吃。问她知道此处地名为“小店”。

天气太热，到此又不得不停下喝水。山上水很艰难，随便在附近找来的水，拿来就烧。我们起初大渴，牛饮一番，倒还不觉得什么。后来喝够了，有一位同人忽然说，这水有马粪味道。大家一想，果然不错，但是后悔却已经来不及了。休息的时候，有人提一篮鸡纵菌走过去。鸡纵在昆明是一种贵族式的美味，但是昆明并不出产此物。昆明人所消耗的鸡纵，南边来自蒙自，北边来自富民一带高山上。问那提鸡纵的人，据说此菌就产在附近山上，由看牛娃收来。他是向看牛娃买来，送到者北，转送省城去。这菌已有人包去，路上不许私卖，连我们想向他分一点都不肯。世上事每每如此，劳力的是一班人，享乐者又是另一班。

从此处茶棚前进，路左绕山陡下。约一里不足，改右绕山行，仍陡向下趋。半里路左过一茅村。又半里余，路左隔田有一村，即俗所谓“小店场”（亦简称“小店”），距鸡街约四华里。此处路右，有屋一栋。原来很好的晴天，到此忽闻雷声，天似大有雨意。大批背炭背子，不断地自北流来。南下的米驮子，为数也不少。

冷饭桥

自小店场前进，过小石拱桥一道，穿坝横过冲田，路即复改大体陡上，但中有数段较平。此时所上一片山顶，名为“小店梁子”。约行四里，到达山顶，改穿一小片坝田平坦走。

田中所种，有稻，有苞谷。此处山顶，地势平坦，中有水沟，土壤颇为肥沃。如此行约里余，到达冷饭桥休息。

冷饭桥是富民县属的一座山顶小村，距县城约四十华里半（俗称四十五里），距小店场约五华里。由昆明去会理，有武定和禄劝两条大道。两条路最初一段，完全相同，都需经过此村。前去不远，就要分路，走禄劝的马帮，普通第二天是由富民走到硝井住宿。走武定的，往往第二天宿在者北，第三天走六十里到武定。由富民来到冷饭桥，去武定的路不过走了一半，硝井则在前面不过十余里。昨夜在富民，一位朋友告诉我们，禄劝路上，盗匪猖獗，不如走武定，而且走武定在时间上也要经济一点。将这事和唐老板商量，他始终不肯，定说走武定路要绕得多（这点我们后来知道，确实不错）；赶路的话，马帮不能连续地赶大站，所以结果时间反而要费得多。谈判了好久，我们只好依了他，仍旧走禄劝。今天走到冷饭桥，已经快到下午四点钟。驮子早就过去了，唐老板却坐在村中一家茶馆里等候我们。他不知道我们沿途是在做些考察工作，一看我们到得这样晚，得意扬扬地向我说："我早说过，一天由富民赶不到武定，你们现在还想不想赶?"虽则这样说，唐老板对于我们，并没有恶意。他所以坐在这里等我们，为的是告诉我们，前去岔路颇多，天晚不要走错路，最好跟他一起走。他还告诉我们，今天途中，一共要翻过四处山口。刚才饭后走过的鸡街坡和小店梁子，是其中之二。前面尚有麻地和硝井垭口两处。这四处山口，平常都是匪徒出没的地方，对于行人，相当危险。其中只有麻地一处，有人放哨。可是现在时间不早，看哨的哨兵，大约已经下去了，我们走路需要格外当心。这些话他在早晨一点也没有告诉我们，大约是怕我们强迫他走武定的路。

冷饭桥的特产，有一种“翘花茶”。刚刚坐下喝茶，天忽然下了一阵大雨。幸亏顷刻转小，我们因怕太晚，四点十分，就和唐老板一起，冒着小雨前进。

初入夷人区域

离开冷饭桥后，路即趋上麻地垭口，在此处看，垭口已不觉高。一路向上走，一部分陡上，一部分则缓。约行两里半，走过垭口，哨兵果然不在。平安过此，心里略为松一下。自垭口前行，路初颇平坦，略走就到一处岔路口。此处乃是去禄劝与去武定两条大道分路的地方。一条路向西北去，经冷村去武定。另外一条，向东北走，去禄劝。去武定的路，显得大些。唐老板骑马在前头走，我们未能跟上，到此险些走错路。幸亏他在前面看见了，连忙停下，叫我们走右边那条小路前进。

循着去禄劝的路，右绕山行，左循冲田走，势颇平坦。约半里不足，路改陡下，继又改缓。如此下趋里半，左过一座山村，附近又有岔路。因为恐怕走错，停下在一家人家问路。不料这家大路旁边的人家，就是夷人，而且不懂汉话。问了半天，不得要领。后来出来一位男子，方才用说得很费力的汉话，将路指给我们。此时细雨已停。略前改抄小路，循田塍平坦走。此处附近一带，为一片颇为平宽的冲田，中间散布有农屋不少，皆系茅棚，里面住的全是倮族。夕阳下田里有不少倮夷妇女，正在努力工作。她们有一种共有的特点，就是每个人都害着大脖子病。

四里左右，冲田穿完。前望多树山口，即是硝井垭口。自此路陡上暗红色砂岩山。此山下面一节，满露石崖，全无草木。径攀乱石崖而上，约半里，石岩走完，前去路上较缓。此时前望山顶一带，是一片黑森森的小树林（云南松与油杉的混林），山口可能会有绿林好汉等着我们，让我们好不害怕。还好路不算远，三里左右就上到硝井垭口（距富民约六十华里）。

走过硝井垭口，未出意外事件，总算不错。可是天快黑了，我们还不敢十分放心。从垭口路陡向下趋，我们顺着路一路狂奔下去。硝井垭口为一处分水岭，海拔高度已颇不低。但自该处前望，往北山岭层叠，远山作蓝色，似乎较此处更高，由此可见这条路的艰阻而且伟大。

自垭口下行约一里，路左临深谷走，势仍陡下，右绕山边行。前行山谷陡坡上，开始又见斜坡田。再约里半，路左边一茅村，至此复入人烟地带。更前两里余，过木桥一道，前去路下较缓，半里余到硝井。

日落过硝井

硝井距富民约六十五华里（俗称六十里）。马帮行路，除平地外，普通多以六十里为一站。此处是今天路上正常的宿站。不料到村一问，我们的驮子并未宿在此处，而已往前向柿花树去。对于这点，我们并不感觉不满。因为这座小村，也和北营一般，附近产硝，而且仿佛目前产硝正忙，好像全村的房屋和人物，都蒙上了一层灰黑色的硝。想起来住在此处，必然很脏，我们脱离此处，心中只有高兴。

硝井村子不大，里面住的全是汉人。走到此处，我们才算吃了定心丸。过此，天还没有黑，不过眼看太阳快要下沉了。问村人柿花树还有好远，据说不过两三里。一听这话，我们便觉自己还有余勇可贾。

黑夜摸到柿花树

下午六点半，离开硝井，穿村后路右绕山缓下。在硝井街上，碰到不少满身脏黑的挑硝人。问他们说，硝大半是自骑马崖挑来。由村东行半里或西行一里，均可走到硝硐，确实离大路不远，因为时间晚了，无法去看。

绕梯田山缓下，路左溯一溪而下。如此约行里余，改循石块路陡下。不久旋即过跨溪桥一道。读桥头石碑云，此桥名“惠通桥”，民国二十二年，以三千元，费八个月完成。过桥改由路左绕山边，右溯溪而下，势缓下趋。自此前去柿花树，路程实不过两里左右。昏黑中把路摸错了，绕了一阵，摸到柿花树，已经是晚上七点多钟，天完全黑了。

“柿花树”是位在山顶的一座小村。将到此村前的一段，走的是上坡路，到此已是禄劝县界。据说硝井垭口是富民、禄劝两县分界的地方。由富民到此，实际上不过六十八华里左右（俗称六十三里）；可是走了一整天，黑夜摸到此处，感觉困顿已极。我们如此狼狈，最得意的是我们的唐老板——唐孟先先生。昨夜我们硬要他走武定，他死也不肯。不料今日行路的结果，不但未将他“整”倒，反而将我们自己“整”着了，无怪他要幸灾乐祸。

柿花树一宿

唐老板和马帮，照例是歇在马店。我们发现此村虽小，却有一所小学。找到校长商量，他马上让我们借宿，只抱歉没有铺盖可借。我们原来是带着行李走的，所以这点倒不成问题。这村隶属禄劝县贤德乡，小学的全名是“禄劝县贤德乡第八九联保国民小学”。校长姓黎，老师一共只有一位，就是由校长自兼。这种地方，是政军学合一；小学校长，在地方上握有无上威权。我们冒险走过麻地的哨口，自以为是一种了不起的成绩。自黎老师看来，那根本不算一回事。麻地的哨旗，夜间就插在校长寝室的门口，哨兵也由他指派。据他说，鸡街坡到麻地一段路上，近来并没有出过事，不算危险。由此前去禄劝拖梯，更是平安无事。昆明一带的人都说禄劝土匪如麻，照此看去，恐怕不免路远误传，实际上并不那么严重。

我们所见的“柿花树”村，一共不过十几家人家。据黎老师说，以前更要荒凉得多。当时此区拢总只有一甲人。后来逐步发展，至今日已成两个联保，一共十四甲。这两联保包括的范围，为东村、西村、荒田、硝井、柿花树、下坝等六个村庄。此处小学，便是由这六村共同来维持，每村每年出米若干石。学生现在一共不过四十五人，分成三班，教员只有一位，书籍由学生自备。

小学地方相当宽敞，房屋由一座庙宇改成。后面一片草坪，夜间坐在那里赏月，很是不错。我们借宿在楼上教室里，席地板而卧，也颇宽敞舒适。到此后唯一感觉困窘的事，是一时找不到东西吃。全街十几家人家，皆系住户而兼营农商两业。有的是开马店，有的是开旅馆，有的是开茶馆，但是没有一家门前挂有商号的招牌。他们大都是四川人。四川人口太密，不得不到处向外求发展。村中唯一的一家旅馆，是一个泸州人开的。我们到那时已晚，只有那家还卖饭。可是先我们而来，有一批四川商人。他们是宿在那店，而且到得较早，所以吃饭有优先权。结果弄得我们饿到夜间八点半钟，方才把饭吃成。这家旅店卖饭，也并不是痛痛快快地卖。煮饭的时候，先问客人要煮多少米，按价计算。柴水等等，另外算钱。只有菜由他作价供给，用不着自己费力去买，实则在此处也是无处可买的。老板给我们的菜，有腊肉，有蔬菜，有鸡蛋，还算不错，只是主人并没有盐，所用的一点盐，还是向我们讨去的。

在此处碰上的一批四川商人，是往会理去做生意的。所走的路线，和我们完全相同，正巧彼此搭个伴。他们一路来，不消说是步行全程，而且根本连一匹驮马也没有雇。十几个人，每位将所带的货和随身衣物，一起包在包袱里，自己背着跑，铺盖则根本不带。据他们谈起，大商人诚然阔绰；像他们这种做小生意的人，唯有如此刻苦，方能勉强糊口。在商人中间，也有苦乐不均的现象。他们对于这条路上的情形很熟习；由会理到西昌，由西昌北去乐山，也全都走过。据他们说，从禄劝往北去，新山寺最为危险。会理到西昌一段，劫案更多。昆明的草鞋最经事，比较地也不算贵。他们所用的草鞋，全部都是由昆明带来的。

柿花树一宿，夜间很凉爽。一天的疲劳，一夜就全恢复过来。未睡以前，我们先和另外一家人家说好，第二天一早，替我们煮饭做菜。早上五点一刻，那家老板娘已将我们叫起来，告诉我们饭已煮熟。那时候同路的四川商人，饭已吃好，正在捆包袱，马上就预备动身。替我们看马的赶马人，更是半夜就起来喂了一轮马。只有唐老板一人，到一处就“吹洋烟”，那时候还没有醒来。

直趋禄劝县

在一个炎热的晴天，一早六点三十五分，我们就从柿花树起程。出村路左绕山陡下，右临河谷而下。约两里半，走木桥过此河；前去改由路左溯河而下，右绕山行；起初大部陡上，半里余复改下趋（大部陡下）。一路前进，途中频遇背炭的背子向北去。问他们，据称来自禄劝县城以北。禄劝的米和炭，均较昆明为贱；所以大批米和炭，每天不断南运。米多半是用马驮。炭因为比重太轻，马驮不方便，几乎全用人背。在昆明到禄劝一段路上，炭背子众多，是一种最大的特色。原来昆明附近，也有树林。在当初砍柴烧炭，都是就近取材。后来人口渐多，一般老百姓又只知毁林而不知造林或保林，近处林山，逐渐变成牛山秃秃。如此情形，愈推愈远。抗战以来，昆明陡然繁荣；此种情势尤其变本加厉。到了现在，昆明、富民两县，已经很少木材可砍，昆明人所不可少的燃料（木炭），东边需来自马龙，北边需来自禄劝山上。就中尤以后述一处，为供给木炭的主要来源。这些禄劝县的炭背子，从山上一人背百来斤的木炭，需要六天方能背到。因为昆明一带，米价太贵，禄劝要便宜得多，他们沿途所吃的米，都是自己背去。到了昆明，将炭卖掉，稍微剩下很少的一点，在城里连一顿饭也不敢吃，就忙着走回普吉。自普吉兼程两三天赴回家里，歇一夜又再背炭。如此循环，这些年富力强、肌肉发达的青年，从少年背到中年，从中年背到老年，将一生可宝贵的光阴，完全消磨在这种业务上面。一直到壮年消逝，老得再也背不动，方才在家里闲下来。昆明市上的木炭，卖到四十八元一担（一百斤）。我们住在城里的人，原来都以为很贵。知道这种情形以后，觉得并不算贵；同时我们用炭，不免有点罪过。

从柿花树陡下六里左右以后，路改缓下。路旁原来窄陡的河谷，至此已经渐渐展宽，成为坡度缓和的冲田，大部分种上水稻，到此又入农业繁盛的区域。如此前行七里，过大村一座。该村名为“骑马”，仍属禄劝县贤德乡；该乡乡公所，即设此村的街上。村尽处筑有土砖碉堡一座，以防盗匪。出村有小马路一条。循之平坦，穿小片坝田走，约两里不足，走石拱桥过一道河。此河系自禄劝县流来，不复是刚才由柿花树过来一路所溯之河。前去路旋左绕山边走，右沿平宽的河谷冲田行，溯河而上，地势颇平而微上。冲田满种水稻，山脚则略辟有苞谷田。今日禄劝城赶街子，沿途赶上不少位赶街妇女。她们大都是小脚，一路且笑且谈，仿佛是很快乐的。行人以外，路上还常看见成群的黄牛和山羊。禄劝城附近，虽则没有很大的坝子，但是几十里的宽冲，已够使它成为产米的区域。因为农产丰富，此处不但不是土匪聚集的地方，如我们以前所想象的一般；而且是农业繁盛，人民安居乐业的区域。

绕山边行不远，即过一小村，名叫“烟屯”。此处附近，有人向马帮抽捐。这里虽然地势平坦，据说以前曾经出过事。

保护地方的自卫队，在路旁插起哨旗，以资警戒。每逢驮马队走过，便向马哥头收钱，每匹马收费若干。按规矩，这段路口并没有正式的哨口，大约自卫队知道今天早上有马帮走过，特地来此收钱。

在“骑马”村前面五里，穿过七星营。该村尽处，设有贤德乡第二保国民学校。走过的时候，小学生正在上课。学校系由一庙改成。门前两棵树，盛开艳红色的紫荆花。此花本地人称为“太阳花”，取“太阳出来一点红”之意。自禄劝附近起，往北直到会理、西昌一带，沿途常常看见这种花。不过此树并非野生，而系特别培植；在公共建筑（庙宇、学校等）范围内，特别容易看见它。

自七星营行三里，过角家营。此村又是一座大村，村尽处复有一所小学（名为“贤德乡一二保国民学校”），校园内又见有太阳花。村中还有一座榨油的油坊；走过的时候，空气中充满了香油的嗅味。

禄劝一带，海拔虽不低，气候却颇暖和。在角家营附近所见的植物，计有板栗树、小蛮青杠（本地人称为背栗树）、黄鹂头、棕树、茨竹、荷花等等。就中板栗树一物，特别显著。村的北端，一片草地上，满种这种树，仿佛像一座果园一般。树均不小，但并不高。躺在树下，正好乘凉。在这片板栗坪上休息的时候，有卖桃子的走过去。桃子很小，皮还是青的，但味脆，吃来不错，价钱不过四角钱一斤。一位小学生告诉我们，此种桃子不好；“骑马”附近所产的“黄柑桃”，质软味甜，可算上品。

一路由昆明走来，为着行路方便起见，我们全作短装。学生中间，好几位是着黄色的制服。路上碰到我们的人，莫名其妙。有些以为我们是来勘路的，便叫我们工程师。另碰上许多人，以为我们是军人。今天卖桃子的，直呼我为队长。小学生看见我们套在皮套子里的三脚架，也以为是一杆枪。

九点三十七分，离开角家营。行一里半，路左过董家营。前去沿途冲田两边，常见村庄。约五里半，路左又过一大镇，名为屏山镇，亦称构家营。镇内设有“禄劝县屏山镇第三保国民学校”。更前两里，路左过“明友村”，又系一座大村。此村走完，前去半里，即到一座跨河大木桥，名为“花桥”。此桥跨在鹧鸪河（亦称“掌鸠河”）上，该河由掩梯以北流来，经禄劝城南去。我们由“骑马”起，一路来到县城，所溯的便是这条河。“花桥”上面，盖有瓦顶。今日街期，此处交通频繁，桥身上摆有不少的摊子，由角家营到此，共计十华里。

今天一站路较短。到此不过十点半，我们趁便下河洗冷水澡。炎热之余，这下感觉异常舒服。鹧鸪河水，在此处很浅，水是完全清澈见底。在此耽搁一点多钟，方又前行。过桥路微上趋。约一里，改循石级路陡上，不远随即到城郊，路左走过县立小学。在正午的时候，我们走进禄劝城的南门。

禄劝印象

禄劝是一座小城。由柿花树到此，实约三十三华里（俗称三十里），沿途都是宽敞好走的土路。这段路上，路旁树木不少，许多是大树，殊为难得。中间有几段，树拱将路完全盖起来，令行人不致受晒。四周山上，未辟田处，皆有树木；虽不甚密，却也不错。

城内街道，正街系用石板满铺，比富民要考究得多。据说这条街完全是由住户凑款筑成的，由此可见本县之富。不过禄劝人民，大都以农为业，商业全是操在西昌人手中。正街穿城而过，由南到北，曲折北去，全长只三百余米。东西方向，则并无大街。城外街道，不若城内整齐。但是近来因怕空袭，县长令将赶街子的处所，改在北门外。因此今日来此，城内并不显得十分热闹，北门外则反而拥挤不堪。

从柿花树来，一路已见禄劝县城附近农业的繁盛，与农村的发达。（像此处一带的大村，在云南全境，并不见多。）到了县城，觉得此处人民，并已相当地近代化。市面远较富民为盛。街子所在，可以买得到的货品，种类甚多：连黑人牙膏，都有出卖。唐老板告诉我们说，禄劝以北，直到金沙江边，沿途所经地方，穷苦异常。赶马人所吃的东西，除米以外，腊肉、蔬菜等，都需从禄劝买好带去。如果我们要吃鸡蛋的话，最好也在这里买，因为前去是什么都买不到的。

因恐前途不甚清吉，一到禄劝，就上县政府，去拜访县长李子元先生。李县长是军界出身，以前安军长的部下。来此到差，不过三个月。见面以后，相当客气。李县长看来年龄不过三十五岁左右，确是少年英俊，想要有所为的样子；和富民倪县长的浑厚谨慎，恰成一种强烈的对照。大约禄劝北境的治安，以前的确要比富民差些。所以省府特别换这么一位精明强干的县长来，以资整顿。他对于整理县政，维持治安，似乎很有办法。我们此来，一入禄劝县境，沿途村镇，到处见贴有县长的布告，严禁乡保长擅自断案，并令严查旅客，以防奸细混迹。谈到沿途治安问题，他说由此前去江边，绝无问题；但为令我等放心起见，特派兵士两名，护送前进。

据李县长谈，禄劝县境，面积颇大。南北长数百里，东西较窄。全县人民，共约二万二三千户，十三万几千人。

除县政府外，城内公共机关，还有邮政代办所一处，民众阅读处一处。后者位在城的中心，里面陈列有少数书报，同时附设有茶馆。

上午由禄劝到拖梯一段，路程很短，我们用不着忙。今日正巧赶街子（此处七日一次街子），赶马人趁此赶热闹，同时购买他们以后几天所需要的食品，如腊肉等。因为听说以后几天买不到菜，即令有也很贵，我们在这里买了两块腊肉带着走。中午休息时间很长，在街上一家馆子吃了一顿午饭。十一个人一共不过费去十三元二角。菜有鸡纵菌、炒猪肝、炒肉丁等，真是出乎意料的便宜。

赶街的人，汉人以外，夷人（倮倮）和苗子都不少。他们中间的男子，类多嗜酒如命。看见酒便用大碗取来，牛饮一番，往往大醉方止。

虔诚的基督徒

禄劝城北门外，路东有一处“基督教谈道处”，里面住着一位内地会（China Inland Mission）的外国教士。饭后无事，我们特别跑到那里去看一看。一幢中国式外表的建筑里面，设有一间不大的礼拜堂。走进去，看见一位中国牧师，正在布道。这位牧师，本来住在武定，今天因为此处是街子期，外国教士又病了，不能布道，所以他特别自武定赶来，代替此项工作。（武定县城，位在禄劝之西，相距不远，据说不过二十华里。）这位口才极好。听众一共五六十人，绝大部分是苦力或妇女。对他们说话，要他们不感觉厌倦，是一件很不容易的事。但是这点他却完全做到了。一讲大半点钟，他始终能将听众的注意力吸住，甚至使他们牺牲街子不赶。像这样一位演说家，真可说是具有魔力。布道的内容，是劝人不要赌博、抽大烟，或者烧香拜佛，而要信仰基督，一面讲，一面用挂图来解释。说到赌博、抽烟的种种不好，底下的人，一个个点头称善。唯有当他劝人莫拜偶像的时候，却有少数几个人听一半就走了，由此可见宗教迷信魔力之大。我们早就听到过，耶稣教在武定、禄劝一带，势力不小。今天看到这位会说话的牧师，无怪其如此了。

布道完毕以后，我们要求去见外国教士。他虽然自己不大舒服，太太更是病重，仍然出来见我们。这位教士是英国人，名字叫作 H. H. Weller；自己取了一个中国名字，叫“卫守义”。他在中国很久，许多方面已经相当中国化，甚至名片也完全用中文的。特别问他以后，方才将外国名字注上。他说，来到中国，业已三十多年，是前清宣统三年到的中国。最初在甘肃传道。后来在河北、浙江、安徽等省，都工作过。中间虽然回过几次国，但是最近八年来未曾回去过。来此传道，已经三年，本地人都叫他卫牧师。

卫牧师的中国话说得很好，说起禄劝话来，带有很重的土音，比我们要好得多。攀谈的时候，他宁愿说中文，我却情愿说英文。这样半中半西，我们恳谈了好一会儿。我真佩服，一个外国人，居然能够在这穷乡僻壤的地方，一住三年，要我连三天都不愿意待。宗教家确是伟大。他告诉我们说，过去这一带地方，不甚清吉。学生、商人等来往，常常托教会兑钱，这完全是一种服务性质。如果我们怕危险，也可将身上的现款交给他，他可以替我们在另一处兑，这种兑款的票子，就是万一被劫去，也可挂失，免致损失，要比身带现款安全得多。

谈到生活艰难，他说，教会的待遇还不错，在此并不感觉生活压迫。所苦的是最近连用人也找不到一个。太太病了，他自己得抱病去招扶。今天太太的病势很严重；前途如何，尚不敢说。“但是，”他说，“我主耶稣在世，也是很苦的！”

卫牧师和本地人的感情很好。特别是下层阶级，对他十分敬爱。说完话送我们出来的时候，碰见一位苦力装束的小孩，手里端了一大碗面，孝敬给他吃，这事令我们大为感动。想起来中国的官吏，素来以人民的父母自命，何以不像西洋牧师这样受老百姓的拥戴。教堂里还有禄劝一带的一张详细地图，是他们自己画的。

到拖梯去

下午两点二十分，我们方才离开禄劝城。县府两名自卫队员，肩着枪送我们走。在北门外走过一道跨在干河上的小石拱桥以后，路向左折，循沙石马路向北行而略西。此路路基尚宽，但路面大部分已满露石子。一路前进，左循山边走，右过鹧鸪河谷冲田而上，势微上趋。约九里左右，此段马路走完，改循石级路上趋，随又改缓上。如此约行一里，抵鲁西桥停下。此村距禄劝县城约十华里，街道颇长，市面相当热闹。我们拿两块五角钱，在此买来一条活鱼（共一斤十两）。街上还有卖汤圆的摊子。自者北附近起沿途看见的人害大脖子病很多，尤以妇女为甚。此处亦非例外。

自鲁西桥行，穿村陡下后，出村过跨河石桥一道。过桥路初左折，向东去。不远旋复改向北去，路左绕山边前进，右循河谷行，续溯鹧鸪河而上。不到半里，路左走过一座小村，略前复上沙石马路走。途中天气骤变。一阵狂风急雨，将我们满身打得透湿。三里马路走完，改循石级路陡下，旋又改缓上。略前路左过解奖营，在村尽处路旁一座茅棚停下避雨。这阵雨来得太急，许多行人因此受窘。茅棚很小，大家围在火旁，喝茶烤衣。一个挑李子的，也在此处躲雨，所卖李子很小，不过却很便宜，只索两角钱十个。

狂雨半小时即停，顷刻又是雨过天晴，太阳重新照耀起来。从解奖营（距鲁西桥约五华里）前进，路左绕山腰走，右仍溯河谷而上，大势缓向上趋，中间有上有下。解奖营村口，很有几棵大树。此段路上，树木更密（但少大树）。沿着石板路走，路大体系穿树林（云南松与油杉的混合林）中行。如此约行两里不足，穿过一村。又一里，过石拱桥一道，随即到达拖梯停宿。

拖梯亦称“云梯”，距解奖营约三华里，禄劝约十八华里（俗称十五里），柿花树约五十一华里。实在说来，拖梯是一处大地名，底下包括好几座村庄。我们所在的村子，小地名叫作荣发村。这里仍属屏山镇，街上设有“屏山镇第八保立国民学校”，我们就借宿在此校内。该校一共只有三十几位学生，合在一班上课。马老师是校中唯一的一位老师。村子位在半山。四周见河谷，两边矮山上满山皆树，与昆明附近的情形完全不同，可惜树木没有很大的。烧木炭的处所，就在这一带，不过不在路旁，进去还有相当距离。学校附近，现有柳树。校园内并有大的芭蕉树两株。

由柿花树到拖梯一段路，最为轻松。路既不远，又很平坦。我们此来，中午虽在禄劝休息了好几个钟头，到拖梯仍不过下午五点。小学厨房，替我们煮饭。菜找不到人买，也没有人煮。我们遂亲自动手，自己掌厨。鲁西桥带来的鱼，在此煮了一大钵鱼汤。自己动手做出来的，仿佛特别鲜嫩可口。原来听说此处买不到菜，事实上并不如此。鸡蛋豆腐，在此村很容易买，只是青菜的确买不到。村子不大，全村一共十余家，都是土砖房子。

钻字崖

一早六点三十九分，我们就离开拖梯。出村路左绕树山，右沿冲田缓向下趋，续溯鹧鸪河而上。一里余过茅村一座。更前一里不足，路左走过一座矮矮的茅棚，里面蹲有两个人，持枪怒目相向。我们起初以为他们是土匪，赶快走过去。后来问唐老板，乃知是保商的哨兵，守在此处，等着来收我等这马帮的哨钱的。四川、云南两省境内，比较偏僻的地方，因为地面有时不太清吉，迄今仍然盛行自古传下来的守哨制度。这制度的原则，是在地势比较险要（多半是山口）、匪徒最容易出没的地点设立哨口。由地方派遣带有武装的兵把守。这种哨兵，以前就是由团丁充任，现在称为自卫队。他们担任这种职务，大多并没有粮饷，而是一种半义务性质。地方上只供给他们伙食、服装和枪械。所有收入，一概归于公家（乡保或县府）。因为他们的主要目的，在于保护往来客商，免致为土匪打劫，普通也常将他们唤作“保商”。为着补偿他们的保护，过路客商，向来照例走过一处哨口，就得付一笔保哨费（亦称哨钱或保商费），其性质可说和保险费一般，只是万一出了事，哨上却并不负赔偿的责任。马帮走过的时候，每匹马按规矩付一定数额的哨钱（普通多半是几角钱到一块钱）；步行的旅客，减半收费。这笔费用，凡是雇马的，照例归马主担负，由驮价内支付。我等此次来，因为是半官方性质，沿途哨钱，也就马马虎虎地免了。哨钱大都是在走过哨口的时候，由哨兵代收。如果当时哨兵不在哨上，则在宿站补交；每天晚上，哨兵一定会来，对于未交钱的人，追索此款。按理哨兵应该白天整天在哨上，但是事实上因为待遇太差，他们每天多半只去两三个钟头，不是在正午，便是在马帮走过那处最多的时刻。钻字崖这处哨口，离拖梯很近。哨兵知道我们会来，所以一早就赶来此处等候。

自哨棚前行三里，穿过发民村（距拖梯约五华里）。更向前里余，走过一道跨在支河上的大石拱桥。前去抄近路走，循田塍上小径前进。不远冲田渐少，右边鹏鸪河水宽而静。如此约行里余，河谷田顿完，山势顿陡。旋见两山束水，河水急流。此刻河水殊大，但河身中积有大块漂石（boulder）甚多，将水激成瀑流（rapids）。一部大路，业已被淹，有几段系踏河边大石前进。此处山陡水急，风景殊美；与刚才所见之平淡无奇，完全是两种风味。不过据赶马人说，此种美景所在，也就正是匪徒出没的处所。略前一点，路左果见一大片劈陡的石崖，上面刻有“滇公崖”三个大字；旁边还有一篇碑记性质的短文，用较小号字刻成。此处即是有名的钻字崖（距拖梯约八华里余），平时匪患最凶的地方。平时哨口多设山口，此处独在河边。原因是地方荒凉，山谷曲折，在此一段，前后看不见人，所以容易出劫案。哨口本在此处。清早哨兵图舒服，所以坐在拖梯附近的哨棚。此刻他们赶上来了，顷刻便越我等而前。

虽则是这么一块危险的地方，我们却仍然欣赏此处美景。钻字崖处附近，岩崖筑有一座观音崖。峡谷中间，呼啸即得回声，令我们大乐。

美景不过一里，即又平淡无奇；瀑流险景顿完，河水又复平常如镜一般。不远路循石板大道，陡趋上坡。一路自拖梯来，沿途山上树木不少，至此更密，且有大树。种类方面，除一路习见的云南松与油杉以外，到此开始看见有小蛮青杠不少。至于富民县境繁殖的“黄鹂头”，则在禄劝县城以后，即未见过。陡上三里以后，一部分上趋较缓。此时向右下望，鹧鸪河上，一处现架有木桥；河水大部平静，但中有一段，复见瀑流。

杉松营

上午八点零二分，由拖梯一气走到杉松营（距拖梯约十四华里）。此村属禄劝县第二区成山乡；因附近山上多油杉（俗称“杉松”），故得此名。拖梯系属第一区，自该处来，钻字崖以后，即是第二区范围。哨口上的兵，是由杉松营派去的。我们到此休息，他们已经先到了。由禄劝送我们来的兵士，将我们引到守哨人住宿处，烧茶来喝。到时只见哨旗业已插在门口。到得很早，街上店铺，还没有开门。村子附近，看见有仙人掌。

红石崖

自杉松营前进。路续缓向上趋，约行一里不足，上到山顶。此处有一岔路。大路向右岔出，是去鼠街的路。（鼠街为禄劝县境一座大村，据称距杉松营不过两华里。）向左岔出一条路，仿佛像一条小路似的，引到红石崖，乃是我们所应循的路。循后一路走，势向下趋，初缓后陡。一路自拖梯来，途中如钻字崖一带，所见岩石，全系石灰岩，到此仍然未变。前行不远，路改在整块巨崖上走。该崖仍系石灰岩，上面作一种深棕色，乃系经水侵蚀溶解后所遗下含铁的成分。在此处附近，并见有铁矾土（bauxite）。巨崖上行约里余，改顺该崖倾斜方向，踏石陡趋下去。此时崖下见有一道水沟，其旁有小村一座。此沟名为“横沟”。约半里下到该沟，自禄劝送我们来的两位兵士，在此辞去。昨天晚上，他们已经叫人去通知第二区，派人来接我们。二区派来的两名自卫队员，此刻已应约到此处；保护我们的人，便在此处换班。自此前进，路续陡下。一里走过一道跨在支河上的石拱桥，乃改陡上。半里余改缓上。又一里不足，到红石崖（距杉松营约五华里），略停休息。一早自拖梯来，沿途依旧碰到不少的炭背子，问他们都是来自红石崖以北。

由红石崖前进，一里不足，又过一小村名叫“小箐”。同行的人，到此许多位已经饿了，在街上纷纷去吃糯米饭。糯米在此，售四元一升；一碗糯米饭，要卖四角。

新山寺

自从前夜宿在柿花树的时候起，一路不断地听说新山寺如何“老伙”。唐老板、张哥头、赶马人，以及四川商人，众口同声地说，在昆明至会理全程当中，新山寺是最危险的地方。尤其糟糕的，是现在此处并未设哨。商人往来，除非请有武装保护，多半不敢冒险。（后来才知，此处以前设过哨；嗣后因收入不多，不够开销，把哨撤销了。）他们还说，前年政府派来的一批勘路工程师，工作完毕，自会理折回，途过此处，因太大意，未曾请人保护，结果在此被劫，衣服行李仪器等，一齐抢光。他们这些匪人，是连我们这种最起码的铺盖，都会要的。我们此来，有自卫队护送前进，比较地可以放心。但是一想过去所听的许多话，心中总不免有点悬悬。

过“小箐”以后，唐老板说，新山寺就在前面不远，大家最好和驮马队走在一起，不要走散了。由“小箐”村出，走过跨溪石拱桥一道，路缓下趋，左仍续绕山行。略前路下更缓，鹧鸪河水复趋平静。抄小路循田塍走一段以后，随又返大路，循之缓向上趋。原来一片平宽的冲田，至此看看渐完，路途渐入荒山。带着搏动的心和满腔的好奇，我们心中老是问，新山寺为何还不到；但是却又不敢正式发出这种问句，为的是怕刺激那两位比我们还要害怕些的自卫队员。

自小箐五里走过“小店尾”。村中看见一位铁匠，正在手挥铁锤，打一块红热的铁。我们的幻想，立刻联想到，这位铁匠，说不定就是在那儿，替匪徒打一把杀人的刀。

由小店尾前去，路续左绕山走，有上有下。一里半，路右隔田走过一村，在此陡盘上一大片陡石坡。两分钟后，又复路左绕山上趋，中有一部分陡上。不远复改下趋，又一里过“车梁子”（距小店尾约四华里）。过此路续左绕山走，有上有下。两里余过一茅村，路复上趋，一部陡上，里余到倒马坎（距车梁子约四华里。）

倒马坎是一处地名，并无村庄，只在路旁设有一座茶棚。此处已经是“老伙”的地方，附近出过无数劫案。护送我们的自卫队员，就能亲身忆及一些事件。开茶棚的是一位老太婆。坐下喝茶的时候，听老太婆与兵士们谈过去的劫案，谈得津津有味。我们想，这位老太婆，难免就是匪人的眼线。四川商人老喜欢抢我们的先，他们甚至连过钻字崖也不怕。来到这里，可就老实了。一早到此，等到我们来，歇够了，方才一起动身，借此揩油我们的保护。

自倒马坎茶棚前进，路却盘旋循石头路陡上山去。此一段路，几如上梯子一般，马行非常困难。“倒马坎”一名，即系由此而来。这座山系由暗红色的大块砂岩所构成；与原来的泥页岩山，颇有区别。半里不足，砂岩级路盘完，上到山顶，路改缓上，穿小松树林走。（山顶一带，是一片小松林，中以云南松最为显著。）绿林和豪杰，在我国似乎具有一种不可分离的关系。一到这里，同来的两位自卫队员，面部表情，马上紧张起来。原来背着的枪，此刻拿在手里。低着头，弯着腰，持着枪，东张西望，以一种冲锋的姿势，摸着向前推进；一面吩咐我们，务必紧跟在一起走。途中走过一面高插的哨旗，我们想停下取一次气压记录，他们也不答应，连说此处过于危险，千万不可逗留。弄得我们没办法，只好一面走，一面拿出气压表看记录。一路唐老板和四川商人，哭丧着脸，如大祸之将至。

如此紧张了两里多路，总算是到了有名的新山寺。此处山顶，是一片颇不算小的平地，在树林中光秃秃地露出来。平地将尽处，大路右边不远，有一座小庙挺出，那就是所谓新山寺了。不顾护送人强烈的反对，我们停下去逛此庙。这庙据说完全是一座空庙，连强盗也不住在这里面。庙的大门，背着大路。靠路的那一面，是它那粉刷很白的后墙。墙上用彩色画有一只小麒麟。旁边有拙劣的字迹，题着两句诗，说道："来到新山寺，敬神要诚心"。我们想，大概强盗在附近杀多了人，特地来此拜神以求保佑。

走到此庙门前，顿觉杀气森森。我第一个摸进大门去。此门半开半关。进门地上满是血迹，不免令我一惊。劈面在地上蹲着一座大香炉，四周血迹模糊，沿边插着许多鸡毛，骤看真是惊心惨目。问兵士说，这是本地人敬神的习惯，心里方才略为放下一点。继续向前摸进，一路提心吊胆，随时都期望有匪徒直蹿出来。一路平安无事，进到庙里唯一的一座殿，里面供的原来是送子娘娘，神像上依然披锦挂红。我们想不到这位娘娘与强盗有何关系，除非是保佑他们多养几位小强盗。

出来的时候，我们在庙后草地上合照了一张团体相。强盗们如果知道了，一定以为这是一种莫大的侮辱。从庙前行，下到鹧鸪河边，不过两华里的路。最初路在山顶地带，继穿小树林走，缓向下趋。此刻细看，本山山顶树林，主要地系由云南松、油杉与蛮青杠（本地人称为背栗树）所构成。途中护送的自卫队员指给我们看，路旁便是前年工程师被剥光的地方。穿林缓下里余，路改陡趋下山，两旁树木渐小。不到一里，即下到鹧鸪河滨，乘渡船过河。此处河水泥浑，流得很慢，方向系由西北向东南流。自拖梯来，计三十九华里到此，一直是溯此河而上。过河前进，则旋即离河行。过河后路右有一村，即名“鹧鸪”，亦称“小鹧鸪村”。今日途中，此处为餐站。但是村中并无饭卖，所以我们又继续前进。

山歌应答

在云南各地，乡下老百姓，都有一种唱山歌的习惯。这种习惯，和所唱的调子，大约原来系由当地土著学来，可是现在业已完全变成一种汉人的风俗，歌词也纯用汉字。每逢农忙，乡下男女，下田工作，往往会自行唱和起来。路过行人，如兵士等，也常会参加。此次途中，我们就亲身碰见过好几次。其中最有趣的一次，是在刚过鹧鸪河以后。

新山寺脱险，渡过了鹧鸪河，我们每个人心里，都不禁轻松起来。此处鹧鸪河，是禄劝县第二区与第三区分界的地方。过河即入第三区，路穿一片坝田前进。走了一里多路，看见田中有女子正在扯草。护送我们的自卫队员，便对她们唱起山歌来。几次挑不动，正要向前走，一位穿着大红袄子的女郎，却自田中突然站起，停止工作，尖音高唱，以作回答。兵士们此番反而不好意思，倒想避开。还是我们做好事，叫他们不要躲，停下对唱一会儿再说，行程耽误一点也不要紧。于是这面开口便是一声“小妹”，那边唤以“冤家”。用一种四句一段的七字唱，彼此搭讪起来，互诉衷肠。女的问男的，是何职业。男的答说，年纪轻轻的，就当了兵，真是可怜。女的便唱：“当兵莫当大理兵，提起大理好寒心。……”（按：滇北传说大理人最风流，所以故意如此唱，以示挑逗。）这种音乐对白，听来怪有意思。不过他们和她们唱这类的歌，正和西洋人爱唱流行的爱情歌曲一般，不过借此消遣，并无任何深刻意义存乎其间。唱完的时候，最后一曲，从此相互答谢，谢对方唱歌，便此罢休。最难得的一点，是许多歌词，都是临时编的，虽则音调老是那一个调子。据他们说，如果“棋逢敌手”，唱个几天不停，并不算难。

团街逢街子

鹧鸪河滨到我们预定的餐站“团街”，约有九华里的路。穿田坝平坦走，一共走了将近四里以后，路改缓向上趋，右旋沿山边走。在河北岸，途中所见的矮山，全系由暗红色砂岩所构成。缓上里余，改为陡上，但旋又较平。不远改向下趋，随即穿田而过，继由路左绕山下趋。略前复由路右绕山走，左溯另一冲行，一里余过小石拱桥一道，即到团街。

团街距鹧鸪河滨约九华里（俗称十五里），距拖梯约四十八华里（俗称四十五里），属于第三区卓干乡。此村形状，殊为特别，全村并无正式街道，房屋亦非聚在一处而系零星疏散，数目殊不见多。唯有村后山上两座碉堡，指示我们，此处大约是一座村子。沿着大路走，路旁先走过县立团街小学和卓干乡乡公所。这两处公共机关，都是孤立的房屋。更前路旁并无房屋，约一里方到赶街子的地方。这处平日寂无一人，每逢街期，却是异常热闹。一到只见人头攒动，挤得水泄不通。

此处赶街子的处所，异常特别。路旁一片小坪上，当中耸起一座两层楼的亭阁。围着这座亭阁，四面筑有一道几乎作正方形的墙。墙上盖有瓦顶，令里外各成一条廊子。“团街”一名，大约即系由此种建筑而来。赶街的时候，亭阁楼上，设有茶馆。亭阁四周的院子，围墙里外的廊子，以及建筑外面的空地，布满了摊子。

来到团街，已经是下午一点二十分。一大早动身，走了将近五十里的路，到时疲饿不堪，在茶馆坐下，几乎不能动了。街子上卖食物的特别多。米线面，饺子，馒头，煮熟的猪肉，羊肉，糖食，碗儿糖，酒，等等，样样都有卖，只是没有饭卖。到此饥不择食，胡乱地吃了许多东西，连极酸的杨梅都吃了一些。后来定做了一些大饺子，还叫一个摊子替我们煮一大锅猪肉，饱啖一顿，但是那时已经是下午三点钟。今天在此处逢着街子，总算是巧，要不然整天会找不到东西吃。

此处街子，竟是意想不到的热闹。交易的东西，各种食品以外，日用品和奢侈品，相当地多。中国药材、布匹、棉纱线、烟叶、纸烟、牛皮胶，以及刚剥下来的羊皮，是一些我们看见出卖的东西。卖鸡的很不少。街子附近，一块木制的大布告板上，贴了一张赵乡长署名的布告，说明鸡捐是抽来补助学校经费的。另外一张县长的布告，禁止妇女缠足。街子旁边草坪上，马匹不少，大概是赶街人骑来的，一部分也许在此交易。

团街附近一带，汉人以外，夷人（倮倮）和苗子均不少。他们也爱赶街子，在此处碰见很多。和本地汉人一样，他们中间，害大脖子病的成分很高。夷人男子，大都身披一件白色的硬性披毡，头戴一顶同样材料的毡帽。这帽仅仅盖着头顶，形式和都市中人用来压头发的睡帽一般。比较富有的，则身披深蓝色软性披毡，头戴皮帽。夷族妇女，一律皆着青布制成的百褶裙，少女中有些里面亦着绣花裤脚的裤子。许多夷童，颈上戴有两道银造项圈。妇女头上，头发多先梳成两条辫，然后将辫子盘在头的四周。头发外面，围着头用青布缠头。至所用头饰，有围头缀银钱一圈，如木里土司境内的西番女子一般者。另外一些，则佩戴汉人当中习见的首饰。

苗族男子，样子较夷人更为威武，看来有点叫人害怕。他们长得相当高大，上身穿一件对襟麻布衫，腰佩毒箭及药葫芦，样子殊为凶猛。

苗夷男女，对于烟酒两样，都有极大的嗜好。我们逛街子，眼见一位夷人，和卖烟叶的大吵起来。双方大声叫喊，险些动起武来。在此武装弹压的自卫队，无可如何。

此处小学师生，趁此街期，对民众作抗战宣传。可惜技术不高明，说的话太高深，乡下人根本不懂，结果听者寥寥无几，由此可见学生下乡宣传，如何方能收得实效，乃是一件值得研究的事。领导此项工作的教员，是一位蒋昭俊先生。这位先生，对本地情形很熟。下来以后，我们和他谈了许久。据他说，此处小学，现在一共有四位教员。他本人并不是本地人，乃是在广东生长的。学生高小部分，只有高二一班，计五十四人。初小两班，一共五十人。

蒋君又告诉我们，团街附近一带，汉族、夷族、苗族三族杂居，彼此相处不错。夷族、苗族两族，从不闹事。夷族、汉族早已通婚，苗族则迄今仍然不与别族结合。夷人均住村落中，以农为业。苗子则住在山上，以打猎为生。（附近山上，现尚有麂子等可打。）他们三步两枪，打得很准。夷人妇女，未嫁者打辫子，已嫁者则散发。苗族、夷族两族，现均土葬，大约是染上汉人的习惯。武定、禄劝两县境内，基督教势力不小。他们对夷人的工作，尤为彻底。主持此事者，为长住武定的一位外国老牧师。他现在年已八十。经过数十年不断地努力，这两县的夷人，大部分多已信仰基督教。如禄劝县五、六两区的夷人，几可谓全部是教徒。教会还在沙浦村设有一所专教夷人子弟的小学，以夷文讲授教义。而中国官厅，则对此等工作，一点不做。蒋君还拿一本教会出版的《夷文圣诗》（Nosu Hymn Book）给我们看；这书是在长沙印就，1940 年出版的（第五版）。对于汉人唯一的安慰，蒋君以为夷人日益汉化，不久夷文势将趋于消灭。风俗方面，他还说，夷人死后，不立牌位，丧葬皆在山上举行。他们的娱乐，有一种跳舞，称为“提脚”；男女常到山上，彻夜举行此舞。

龙海堂

由禄劝县动身的时候，李县长替我们写了一封公函，致沿途各乡乡长，叫一路派人保护。这封公函，放在县城所派兵士身上，言明由他们一路转递过去。不料那两位兵士，只叫人到地方上去送了一个口信，公函则并未递去。在杉松哨附近迎候我们的自卫队员，将我们送到鹧鸪河，就说他们所管地区已完，前面是第三区，他们不能负责，要我们自己上村子去找人替换，否则他们也一定会回去，一来因为前去不是他们的责任，二来因为天晚赶不回家。问公函，则说并未接到。好容易说了许多好话，才答应将我们送到团街。到了团街，他们无论如何不肯再走，只好将其打发回去。在此处找到乡公所，换得三名自卫队员，保护前进。实在说来，由团街到龙海堂一段，十分安全。我们因恐护送的人脱了节，以后更不好办，所以在此非找人去不可。

下午三点半，方从团街启程。初行路右绕山缓上。半里走石桥过一溪，前去路改左绕山走，有上有下，中有一部分颇陡。沿途初见山沟有田，后来渐改为一种长满树木的山地。树初不大，入后渐见高大的松树。此一带树林，起初为一种云南松、油杉，与背栗树（蛮青杠）的混合林；行一段后，油杉顿少。最初一段所见田地，除山沟田外，隔沟对山坡上有梯田。

在团街前约六里，复走木桥过一溪。前去路仍左绕山缓上。两里陡趋上山，进入稠密的云南松与背栗树混合林。一路由昆明来，到此方始看见真正的树林。又两里到达山顶，路循山脊前进，势颇平坦。里半到一处峰顶，路忽放宽。自此略向下趋，旋又改上。里余走石板路过一小坳，又约一里，行抵龙海堂，投宿小学。由团街到此，共计十三华里，几乎全是平坦好走的土路。今日自拖梯来，到此共计六十一华里（俗称六十里）。沿途所过稻田，田塍上常满种黄豆成列。

龙海堂村子不小，位近山顶。房屋大都系沿山坡建筑，高低不等，其分布大体系与山脊平行。往北大道，穿村而过，一部分为石板路，大部分则为土路。居民多系熟夷（倮倮），汉话说得不很圆。拖梯一带，汉人甚多。团街以后，经龙海堂、石板河、板桥，直到金沙江边，大体可说完全是夷人区域；即在大路上，旅客以外，汉人也是很少的。盐中缺碘，在此处仍是大患。人民害大脖子病的，异常普遍，尤以老人及妇人为甚。到这里汉人反成为稀奇，我们走过的时候，路旁的人，都指着我们说，这是汉人。村中住户，以业农为主。其中也略有几家店铺，如茶馆、“人店”、马店、杂货店等，但是并无一家饭馆。街上还见有一家磨坊，以石磨磨苞谷面。

村中既然无处卖饭，我们只好又找一家人家代为煮饭，自己买菜做菜。今天龙海堂不赶街子，我们到得又太晚，快到五点钟才拢，结果只买到一点豆腐苦菜。还好此处人家，大半喂有鸡和猪，我们因此买得一只鸡来。从团街带来的几只鸡纵菌，令我们初次尝此美味。

此村小学，全名为“卓干乡第七保立国民学校”。该乡第七八联保办事处，亦设校内。全校学生，共有六十余人，王老师是唯一的老师。团街来的自卫队员，到此不肯走了。以前是一区管一区，现在连管一乡也不肯，只肯一保管一保，弄得真是麻烦。幸亏王校长帮忙，在此找到两位自卫队员，继续护送前进。这两位都是熟夷，连汉话都说不圆。我们于是第一次和倮族做伴，共历征途。

住在龙海堂的一晚，半夜雷声大作，倾盆大雨狂泻而下。一看这情形，又想等在此处赶街子，我们几乎不想前进。驮马队却不容我们耽误他们的行程，一早便把我们叫醒，催促快备行装。今天路上，根本买不到吃的，路程又特别远。唐老板昨天就告诉过我们，最好是包一点冷饭带走。夜间所炖的一大锅鸡，早上已经炖得很透。饱啖一顿以后，我们就各自拿一条小手巾，包了一点冷饭和吃剩下来的酸菜，随身带走。

上午七点二十二分，方才从龙海堂动身。清晨狂雨，幸已转小。出村路即上趋，一部陡上。此时天已渐有晴意，途中看山腰出云，风景殊美。一路趋上山去，见此山系由暗红色砂岩及页岩所构成。山顶一带，满长大树的云南松，中间并杂有油杉及羊角树（一种杜鹃科的小树），四里到龙海堂后山山口，雨已全停。昨日途中业已看见之一种专门长在高山顶的小杜鹃，到此看见很多。一位骑马客人，在此赶过我们。问唐老板，据说他是一位军医学校的校长。自山口循石板路陡趋下山。约一里，自路旁下望，复见农屋及梯田。再约一里，走过一座跨溪小石板桥。前去路陡向上趋。路右走过一座农屋后，即改右绕山行，左溯溪谷（谷中有冲田）而上。这时候地质构造，已有改变：路旁的山，不复为砂岩山，而系由石灰岩及页岩所构成。一路循山上趋，陡上一段，又缓上一段，如此轮替。约行二里余路改下趋。略前走石桥过一溪，前去路左绕山行，复向上趋。再一里半，路左走过一座农屋，路改陡趋上红土松山。更前两里余，涉过一道小溪，前去爬上四十五度的陡坡，即是上到石关门的路。

马楚大梁子

石关门虽说不是正式的哨口，却算是今天途中四处最危险的地方之一。一路伴着我们走的两名自卫队员，到此布开散兵线，各走小溪的一边，不遵正路，而由小径疾奔上山，为我们瞭望放哨。上陡坡到石关门山口，不过半里路左右。可是因为路太危险，走来吃力得很。同行的赶马人，赶着马和我们一起走，沿途嘴里也说，这条路实在应该修一修。要不然，公路（指西祥公路，由祥云到西昌）通了以后，禄劝的老路，就再也没有人愿意走了。在这段路上，路旁看见露出有黑色页岩。

石关门山口，离开龙海堂，大约有十三里半；由该处前去马楚大梁子，还有两里半。过石关门路略下趋，旋复向上。半里后再度下趋。此一段山顶地带，地势颇平；许多地方，辟成麦田，一直到顶。除田以外，山上树木不少。里余又过一处山口，路改上趋，不远随即上到马楚大梁子（距龙海堂约十六华里）。此处为一座哨口。路右一座茶棚，里面有妇人卖开水和零食，大约像专门卖给看哨的兵似的。到此不过九点十分。早上吃得那么饱，一直跑得此处，却又饿了，不免大吃大喝。饵块、煨洋芋吃了许多。

我们到得太早。看哨的哨兵，住在下面二顺河村子里，还没有上来。护送的自卫队员，本来预备把我们在这里办交代的。一看无人可交，急得跺脚。那时候哨上只有一位十二三岁的小孩，虽然也肩着一杆枪，看来实在是不中用。等到九点半钟，两位正式的哨兵，荷枪上来了。这两位也是倮族兵。他们上来以后，由龙海堂送我们来的人，打个招呼，回头就要走。我们不肯放，硬要他们送到石板河或者途中任何可以换得保护的地方。他们一定不肯，说前面到二顺河不要紧，在该处可以找乡长派人。要不然就要此处哨兵送我们到河边。哨兵又不肯，说他们要看哨。这些倮族兵，来回推托，想把保护我们的责任推掉。龙海堂的人总说，龙海堂是属于第七保，过马楚大梁子的山口即是第八保。一保只管一保，前去不是他们的责任。好容易商量了半天，才答应下来，由龙海堂原来的两位，会同一位哨兵，送我们到二顺河。剩下一位哨兵和那位小孩，在此看哨。后来我们才知，这一天的路，特别危险，连自卫队员都害怕土匪光顾。所谓夷匪成帮劫人，就是在这些地方。

在此处休息的时候，看见一位苗女，赶了一群羊走过去。这位苗女，长得异常矮小，比在团街所看见的要矮得多。据本地人说，她是一位花苗的女子。我们看见她脸上的样子，确已成年，或者甚至业已结过婚；但是从身材看来，却矮小得像一位普通十二三岁的小女孩。想不到在此处，看见这种小人国一般的民族。这位苗女，下身穿的是一条短短的百褶裙，头上散披着剪短的头发；但是前额有一撮较长的向上翘起，仿佛像一只角一般。这种民族，据说迄今在此一带，仍然过着一种游牧的生活。

二顺河

九点四十八分，我们从马楚大梁子前进。路在山顶地带走，穿松林缓向上趋。此处森林不错，几乎是纯粹的云南松林，其中只带有些背栗等树。途中又碰见矮小的花苗女子，赶羊过去。同时还看见有几位男子，赶着猪、羊、黄牛等走过。他们很矮小，上身穿的是对襟麻布衫。在他们中间，连猪也放牧。

在山脊缓上约一里后，路改陡向下趋，穿林而下。愈向下走，松林纯度逐渐降低。行一段后，云南松中，已见杂有油杉等树。一路前行，路多陡下，但其中亦有缓下上趋处。如此约行八里，改由路右绕山陡下。此时自左向下望，又见有田。里余改由路左绕山下趋，略前又右绕山陡下。再前约三里不足，穿田下趋。又一里半，行近二顺河边，路改右绕山边，向东行（以前系一直向北），里半到二顺河渡口。由马楚大梁子到此，约计十七华里，大体全是下坡路。

二顺河俗称二道河，距龙海堂约三十三华里（俗称三十里）。平常此处不过一道小河；即在夏季，涉水亦勉强可渡。河上原来还架有一座木桥。一度被大水冲坏后，迄今未曾修复。昨夜下了一夜大雨，今日早上，唐老板就着急这道河也许要过不去。从马楚大梁子下山，走了一半多路以后，下望见此河黄水如带，还不觉得什么。等待下到河滨，水果然是大得了不得。河在此处，系自东北向西南流，看来宽度不过二十米左右。可是黄泥水汹涌下奔，深过胸际，简直无法可渡。走到河边，唐老板和他们的驮子，已先我等而来，赶马人正在尝试探水。雨后河滨的路，泥泞不堪。大家急了，也就管不到这些，弄得满脚蹦的是泥。唐老板在路边一块较干的地方，铺上毯子，坐下发愁。起初他说，这水也许一两个钟头以内，会退几尺，到那时便可“叉水”（涉水）过去，叫我不妨也坐下等一等。后来一看，暂时并无办法，只好大家上去，到村子里去歇一歇。

二顺河的村子，就在河的北岸。循土路陡盘上去，两分钟即到。全村不过几家人家。我们走到那里，四川商人，业已捷足先登，在一家人家，借着主人的火坑，煮饭烧茶，解决他们的午餐。

在二顺河等得真叫人发急，急得我们连饭也没有煮。十一点二十分到此，等到下午两点，水还没有退多少。原来很好一个晴天，午后忽然起了云。一想万一再下雨，更是没有办法。唐老板心中焦急，并不下于我们；因为此处丝毫没有马草，停留一天，根本就不可能，何况今晚也许再要下雨。唐老板不断去探水，四川商人也去，我们自己也去。无论如何，始终没有办法。水虽退了一些，但是深处至少仍然没过腰际，而且水流得很急。人空着走过去，已经试过几次，似乎无大问题，苦的是驮子无法过去。我们提议，人排立在河中，将行李传递过去。因为有些地方太深，连人都站不稳；仔细一想，此法是行不通。后来还是决定，依唐老板的意见，把驮子仍旧放在驮马背上，将马硬赶过河。

这样决定以后，大家一齐下到河边，准备横渡此股狂水。平常相当斯文的唐老板，此刻露出他的本来面目来。将衣服脱得精光，光着屁股，他一人大大地表演一番。涉水走过去，又游水回来，虽则游泳姿势并不高明。他却自鸣得意，面有骄色，仿佛以为我们不会游水似的，这不免有点令我们心中暗笑。这时候，大家一个个都脱光了，一手举着衣服，一手撑着棍子，在狂流中挣扎过去。中间一段，水深过腰，流得奇急，脚底下石子又滑；走到那里站都站不稳，险些让水冲下去。唐老板还不错，牵着我的手，一同过去。

人过去已够困难；驮着东西的马，更加难些。马是素来不喜欢水的；在这种深水里，也感立脚不稳。赶马人一面自后面用鞭子赶，一面从前面拉，总算勉强地把马都弄过去了。尤其困难的，是我们一路抱来的水银气压表。这只颇大的木盒子，因为里面装有水银，连歪也不能歪；平常走路，带着走就够麻烦的。想来想去，没有办法。最后只好由一位会水的同学，和赴刑场的犯人一般，将这件东西，直绑在背上。另外由两位同学，一人牵着一只手，将他牵过去，如此居然成功了。

全体人马过到二顺河对岸，已经快要下午三点半钟。前去中间没有适当的宿站。赶到石板河（平常的宿站），还有将近四十里的路。二顺河地方太小，根本找不到武装护送。由马楚大梁子送我们来到河边的三名倮族兵，经我们再三恳求，口头上本已答应往前再送我们一段，不料他们很狡猾，又怕危险，说话根本就没有诚意。金钱也不要，趁着我们过河的纷忙，他们就逃走了。正在没有办法的时候，忽然看见三位身材高大、头戴白布缠成大帽子的夷兵，荷枪向我们走过来。他们先开口问我们，要不要护送到石板河去。因为唐老板告诉过我们，这段非常危险，我们当然乐于和他们谈判。交谈以后，得悉这几位是撒营盘土司（简称撒土司）下面的夷兵。撒营盘距此四十里，在大路旁边一点（不当大路）。土司名叫常佩春，现在省城未归，所以他们比较自由。这位土司和逼近金沙江边的金沙江土司，乃是昆明、会理道上目前剩下的土司。金江土司，久已改土归流，现在是有名无实。剩下唯一的是真正的土司，只有此一处了。讲价的时候，他们最初所索代价，是三十元国币，一钱大烟。谈判了一阵，以二十元与一钱大烟讲成。我们担任出钱，唐老板出大烟。唐老板起初还假作态，说大烟无法可觅。夷兵说，折钱亦可，一钱烟折合国币十元。这样一来，唐老板还是承认出烟了事。四川商人因怕危险，这段路等着和我们一起走。但是商人到底只知重利，提到请他们酌量摊一点保护费，他们却一毛不拔，虽则保护是要揩油的。

坎磴

下午三点二十七分，我们方自二顺河北岸，起程前进。路初向北陡趋上山。约半里后，改向西行，路左绕山陡上，旋复改向北行，仍左绕红土松山陡向上趋。约一里余，路改一部分缓上，道旁时见野樱桃。如此约行四里左右，到一处山顶。此处距二顺河滨约六华里，亦系今日途中一处危险的山口，匪徒出没之处。一路自河边到此，大部分系穿云南松林行，路边常见野樱桃，此时正结小红果。自山顶路缓向下趋，不远旋出松林，路左改沿高山冲田行，途中数过农庄。里余陡向下趋，旋过一座木桥，即又左绕山缓上。略前复陡向下趋。半里后横过冲田，改由右边绕山陡上。此处山上，菌子甚多，我们一路采了不少。此时见山坡辟成梯田，山上土色较浅，不若以前之红，四望树少坡缓。一里又到一处出口，路自此陡向下趋。又一里左右，走过一桥。前行里余，复入松山地带，路又陡上，旋改较缓。一路在松山地带穿行，两里到一处山口下面，舍大路抄小径陡爬上山，里半到达山口停歇。

此处山口，名为"坎磴"，距二顺河滨约十六华里。这一段路，所经大部系荒野的松山地带，沿途都有匪徒潜伏的可能。要不是有撒土司的夷兵做伴，我们真不敢确保自己的安全。四川商人，老实得很，一路跟着我们走。一气跑到此处，不过下午五点。看来赶到石板河，大致不成问题，我们总算放了心。坎磴的山口，形势险要。匪徒专爱在高山山口，等候他们的牺牲品，所以此处尤为危险。护送的夷兵，在将到此处以前，也不免紧张一番。到此居然安然无事，我们特别和夷兵合照了一张相，另外还专替他们三人照了一张。他们对于照相很高兴，只说将来一定要寄给他们。在高兴的当中，一位夷兵，举枪一击，立刻打中前面一棵小树。他们枪法的准确，在这一带是很有名的。

鲁家坟

从坎磴前行，路由山口右边绕山下趋，初缓继陡。二顺河北岸的大山，几乎全是由暗红色的砂岩与泥石岩所构成。自河滨上到坎磴，沿途所见，都是此等岩石。自坎磴到石板河，大体仍是如此。后述一段路（约计二十一华里），最初一小段是下山，嗣后便都平坦好走，沿途且多农家，但是仍然不大安全。自坎磴下山两余里，即下到峰脚，改穿颇平的丘陵田走。这时候已经是下午五点半钟，大家都已饿极，我更连中饭都没有吃。凑巧有一个乡下人，挑了一担洋芋过来。我们饥不择食，买来一些洋芋，便把它生“干”了。

进到丘陵田地带，田冲宽阔，树山环绕，农屋四布，村落当见，显然是一种安居乐业的农业区域，想不到这一带也会发生抢劫。

从坎磴峰脚前进，路初右循山脚走，左沿宽冲田平坦行。冲的两旁，山均殊低。右山多辟梯田及斜坡田，唯在山顶略见松树；隔田左山，则大体满长云南松。田中所种，以水稻为主，田塍上往往植有黄豆成列。约行两里余后，横过冲田；前行改由路左绕松山走，右沿宽平冲田，平坦前进，左山脚下一条平地，渐见一部分为水草地带，非复全体辟田，但是此条草地右边的宽冲，则仍全系水田。如此前进，行一段后，走过一处地方，附近有农屋数幢。该处地名“沙弥拉”，俗称距坎磴十里，据说也是常常出匪的地方，虽则表面上仿佛平淡无奇。

坎磴下山以后，全是平路，十分好走。只恨我们又饿又累，愈走愈慢。在距离坎磴约计十华里的地方，我们停下休息。夷兵走得快，早到了那里，坐在一条小溪的旁边，等候我们。据他们说，此处地名“鲁家坟”，乃是劫案最多的地方。刚要到这溪以前，平坦大路，沿田在两座多树矮山间，蜿蜒盘旋。该处前后望不见人家。一队旅客，到了那里，如果前后相差较远，也有时彼此不能呼应。匪徒行劫，就是利用此种我们本来以为平淡无奇的地形。怪不得刚才在那一小段路上，看见夷兵东张西望，露出一种非常紧张的样子。无论如何，我们却很大意地将这处最危险的地方走过了。

撒土司的夷兵告诉我们，由龙海堂送我们到二顺河那几位自卫队员，的确是胆小怕事，不敢送我们走石板河这一段路。老实地说，他们即使愿意送，也不中用。万一路上真有匪来，他们真是毫无用处（这一点我们颇能相信；因为和这几位壮健高大的撒土司夷兵比起来，那些自卫队员真是瘦弱得像鸦片烟鬼一般）。如果当真要找保护，夷兵自夸地说，在这一段路上，非找他们不可。去年冬天，他们偶尔走过此处，正巧有匪对一队驮子行劫。东西业已劫去一部分，恰巧让他们碰见，便代打抱不平，奋勇将匪打跑了，失去的东西完全夺回。那次作战，就是今天送我们的这三位，匪却有九名之多。他们以一敌三，毫不费力。说到这里，他们脸上，满露得意的样子。

夷兵还告诉我们，他们一天能赶三个马站的路。走个把马站，根本不算一回事（虽则我们感觉已经不易）。他们平常不抽大烟；只有当加紧赶路的时候，方才抽一两口，提一提神。谈到他们那用白布缠成，像包头一般（但是可以整个地取下，用不着将布解开）的帽子，他们说，撒土司管辖的夷人，男子都戴这种帽子。该帽用布愈多，愈显得高贵；最多的有用三四布缠成者。

自鲁家坟动身，业已下午六点半钟，天快要黑了。由此路该穿田边草地走，右溯适才所过的小溪而下。途中田谷所植农作物，有一部分为荞麦、燕麦及洋芋。如此行进三里余，翻过一座矮矮的松山坳；单调的田地风景，至此走完。过坳在一种草地上走，一里后涉水过小河一条，此河水浑不宽，但颇深而冷极。疲倦之余，不免对我等又是一次打击。前行续穿草地缓向下趋，中间又涉冷水过小河一道。如此计行两里不足，走木桥过一溪。此时天已全黑，石板河却老走不到，不免心中焦急。过桥旋又翻一小坳。一路在黑暗中摸索前进，约两里余又走木桥过一溪。再前一里左右。终于在晚间七点半左右，摸到石板河的村子。早上自龙海堂出发，到此在路上已历十二小时。中饭始终未曾好好吃过，到此确是疲劳不堪。但是几天行程中最艰难的旅程，虽则一度为大水所阻，卒能如愿完成，在精神上给了我们不小的安慰。

石板河

石板河距坎磴，实约二十一华里（俗称二十里）；距二顺河滨三十七华里（俗称四十里）；龙海堂约七十华里（俗亦云七十里）。这座村子，位在一片丘陵田地的当中。田中所种农作物，以苞谷为主；在此村附近，有麻田。村子比较不小，其中一部分房屋，散开颇远，前后达数里之遥。村中设有一家磨坊、一家客店（“人店”）和两三家马店。但是并无小学可住。最后一段暗路，我们走得太慢。唐老板和四川商人，都走在我们前面。等到我等摸到此村，唐老板和我们的驮子，早已在很远的一家马店住下。唯一的客店，却叫四川商人占满了。弄得无可奈何，我们最后到一家马店住下。那家马店，幸亏当夜没有歇马帮，要比平常干净得多。不过房子很小，乃是一种两合院子。严格说来，这家马店，实在一共只有一间正式的房间，那便是主人睡觉的地方。这间房里面，却是十分黑暗，原因是只有门而无窗。这房前面，有一条很宽的廊子，一头搭了一个灶，用作厨房，其余部分，大部用来堆马草。与此廊相对，对面也是一个廊子，只有屋顶而无墙；在该廊向着院子，排了一长条木制的马槽，就是平常系马之处。我们一伙人太多，房间里无法可以睡下。因此决定，大家都在堆草的廊子上，席地而卧，将些马草铺开作垫（虽则主人对这点很不愿意）。

来到石板河，业已困顿不堪。到此勉强住下，饭还得临时烧，一时无法弄出来。幸亏村中有座小店，可以打酒割肉。我们一到，就买些酒来，请夷兵喝，他们大为高兴。但是我们的晚餐，结果弄到夜间十点钟才吃成，行李也到那时才送到。中间夷兵连催要钱；叫唐老板来，当面算清，他又不来，结果终给这些夷兵两面撒谎，骗去双份。常备队来查过一次店。告诉他们是学校里的人，满意去了；但请他们护送却推托不肯。在另一方面，这些常备队，到唐老板处，勒索哨钱。按规矩每座哨口，一匹驮马过去，收费二角；步行旅客，收费一角。由石板河到板桥一天路，途中只有一座哨口。一共十几匹驮子，哨钱本来有限。可是这几位常备队员，一定要敲唐老板三十元。讨价还价，最后以二十元成交，常备队员还咕噜了好久。

石板河大体仍是倮族聚居的地方，村中汉人住户不多。我们所住的一家马店，总算例外，乃是一位姓李的四川人开的。他和护送我们那三位夷人有点认识。但是夷兵一到，便问主人是不是老罗。一听主人的回答，不是老罗而是老李，他们不免有点失望。（云南地方，以前土著，在东部及北部，以倮族为主。后来他们逐渐汉化，改采汉姓；所采的姓，多系“倮”字的转音。）

以前以为在石板河买不到吃的东西，到此方知不然。除开米和油盐系从主人那里分来以外，蔬菜和肉，都很容易买到。不过蔬菜刚刚上市，不免略为贵些。新鲜猪肉，在此六元国币，可以买到两斤半。火腿和腊肉，却都要六元一斤。由苞谷和大麦酿成、味不甚浓的本地酒，不过一元一斤。糙米在此，售四元五角一升（合六斤），鸡三元五角一斤，鸡蛋二元五角十个，鸭蛋三元十个。从会理挑来的碗儿糖，售三角钱一盒（两个）。这些价钱比起别处来，虽是便宜，但在昆明、会理间的驮运道上，已算比较贵。所以马帮和行路商人，都情愿将中途所需食品，自禄劝带来。

石板河的人，善于做生意，我们黑夜于极端疲劳中到此，本来无意到街上去多买菜。但是我们一到，马上就有人知道。歇下不久，便有人提了一大篮蔬菜来，卖给我们。后来卖鸡的，卖蛋的，卖碗儿糖的，卖草鞋的，接踵而来，弄得我们忙于应付。

走到石板河，虽然够狼狈，在此住宿的一夜，却还不错。晚餐吃了一大锅的大块猪肉，把十余小时以来所缺少的营养，一齐补起来。一夜也睡得很熟。第二天一早起身，又吃了火腿烧小瓜、青菜炖鸡和一大碗炒鸡蛋，总算舒服。我们在此，不免有点太阔绰，以致为人垂涎。一早起来，收拾行李，发现自禄劝带来的一块腊肉，业已不翼而飞。问主人硬说没有拿，只好自认晦气。后来吃饭的时候，发现鸡少去一对大腿。再问主人，他说腿子烧烂了，所以找不到。这事我们到底不能相信，于是终于在马槽里面发现鸡大腿，因此腊肉也就追回来了。

招钩

上午七点半左右，我们从石板河起程。村子走完以后，路缓上一片松山，右临宽阔冲田行。里余上到山顶，改缓向下趋。约一里半，又下到矮山脚。前去路右沿田平坦前进，后来改穿田行。自石板河附近起，地面为一种殊属平坦的丘陵田地带。宽阔的冲田，夹在两脉矮峰间。田中所种农作物，乃是苞谷、荞麦和燕麦。大约气候相当高寒，不适于种稻。矮山一部分辟成斜坡田，坡脚并略见有梯田。山上未辟田处，则长有树木，但不太密；种类以云南松为主，中间杂有蛮青杠。循田行约两里不足，穿过一座小村。又一里余，路改下趋，不远即走木桥过“路南河”。

路南河桥，距石板河约八华里。由昆明经禄劝往会理，实在可分为两条路。这两条路，在石板河以前，完全相同。石板河以后，一路微向东北去，经皎西、杉老树，在中午山过金沙江，前去经通安、洋桥河、张官冲，到会理。第二路在石板河以后分路，微向西北去，不经皎西、杉老树，而系走攀枝得、板桥，在鲁车渡过金沙江，经新铺子，到洋桥河附近，与第一路合。比较起来，第一路算是大路，交通较为频繁，第二路要冷清得多。因为唐老板这帮马，走的是第二路，我们当然也只好跟他们一起走。说得再准确一点，这两条路，都经过路南河上这道木桥，过桥不远，乃即分路；走鲁车的路经过招钩，走杉老树的路则不经过。

自路南河桥前进，平坦穿田行两里，即到招钩，这座距离石板河约十华里的小村，一共不过有几幢屋。一早来此，全村仿佛寂无一人；房屋建筑，也特别显得矮。骤看此种情形，几乎以为这里乃是以前一座村庄的废墟。好容易找得一个人来，请他烧点开水喝。情形虽然如此，听说本地保长，住在此村；一部分同人，只好设法去找他，请他派武装护送我们走过危险的“攀枝得”山口。还算不错，找到保长以后，居然派了两名自卫队员，跟我们一起走。

攀枝得

自招钩前进，路左绕山，右沿田行，有上有下，大势则颇平。一里余路向左折，走小木桥过河一道。又一里，复折向北行，路上松山，即又穿荞麦田走。两里穿过一座小村，村中见有一幢雨板屋顶的房屋，原始的倮族，住的大半是这种房子。屋顶用窄条木板拼成，上面压上石头，正和西藏人的住宅一般；但是墙却是用泥土筑成的。自该村前行，所经地面，仍是宽平的田地，途中频见村庄农屋。三里涉水过一小河，前去多稻田。又两里余，改穿一条草地走。在此遇见守攀枝得的哨兵。一个乡下人，挑着一担鸡走过去，哨兵拦着他要哨钱，其势汹汹。更前两里余，路右走过一座倮族村。大部分同伴落后，我一人先到此处，便在路旁坐下相候。村子里面，住的全是不会说汉话的夷人。小孩见我来，都指着我，嘴里叽里咕噜地说倮族话。甚至村中的狗，也用一种惊奇的眼光，朝着我狂吠。

这座倮族村，距离招钩约十二华里，位在一片稻田旁边。自此村前进，路续缓向上趋，右绕山，左循田行。前日大雨之后，此段路面，迄今仍然泥泞不堪；中间有几段，不得不踏着一种很稀的泥浆走，一路前进，路左大体溯一溪而上。约二里，路右见有一块路碑，上面写着："北去撒营盘二十里，南至石板河二十里。"问过路人云，此处地名"高沟"。据我等实测结果，其处距石板河实约二十四华里。

自高沟前行，约两里不足，到一岔路口。一路向东北去，平坦往前走，可到杉老树；另一路则朝西北走，翻过攀枝得山口到板桥，乃是我们应循的路。守哨的哨兵三人，送完唐老板的驮子回来，在此碰着我们。由招钩送我们来的自卫队员，怕过那座山口，一见他们，以为可以交代，掉头就要跑。哨兵却也是一样地怕，一定不肯接受保护我们的责任。商量了一阵，方才说妥，让原来的两名自卫队员，和这三位哨兵，五个人，五杆枪，一同护送我们过去。据说攀枝得的确是这条路上最危险的哨口之一；却不料这些有枪阶级的同志们，怕得像这个样子。

由岔路口前进，初穿一片草坪走，继改穿田行。其行一里，走过一道用两根木头搭成的险桥，路即趋上松山，大部分陡上。里余路改较平。此时已入危险地界。穿松林走，约两里余，到攀枝得山口（距石板河约三十华里）。有名的"攀枝得"，大家说得那么可怕，原来也不过如此，仅仅是一座多树矮山的山口，并没有什么出奇的地方。

到攀枝得已经差不多十一点半钟。在山口我们照了一张相，将护送的人遣回，即又前进。原来不错的晴天，过山口时下了一点细雨，这时候又停了。今日途中，又是没有打尖的地方，非一气赶到宿站“板桥”不可。自山口路穿林陡向下趋。约两里后，路下较缓，右望复见有燕麦田。此段路上，途中遇见四位夷人男子，向我们走来。他们手中，拿着一把刀，一面走一面唱歌，虽是不免可怕，却也怪是有趣。一路续穿林走，约一里不足，走过一道用一根大树树干搭成的险桥。前去路左溯一溪而下，路又泥烂已极。但是这段林景，较前更为幽美。树木稠密，溪水急流，大有西康境内大森林的气概，只可惜树嫌小些。树木种类，在山口附近一带，几乎全是云南松，到此则杂树为主要成分。一路溯溪而下，途中来回涉溪数次，中间并经过几片林间草地，路势仍大体陡下。如此约行六里，翻过一座小坡，路左乃又见有田，良好林景，至此渐完。田中所种农作物，大都均系苞谷。前去路较平缓，仍溯刚才山中小溪前进，溪水渐大，旁边展开有田。在此等田地风景中走，路极泥烂。时间已是下午一点多，肚子饿了。勉强将身上所带的一块碗儿糖，啃来充饥，也不很济事。如此，走了四里左右，忽然迷了路。走到一家傈族人家问好路，刚刚找回大道，陡然下了一场倾盆大雨，路旁溪水登时涨成黄泥水的狂流。试走几步，觉得雨太大了，不能不避，只好又走回去，在刚才问路的那家上面，坡上一家人家歇下。

初试傈夷生活

我们躲雨的地方，距离攀枝得约有十四华里。该处一共只有三几家人家，都是倮族。起初走过一家，刚想进去，一条獒犬突然钻出来，朝着我们大跳大吠。弄得没有办法，只好走到隔壁一家去。这处地方的倮夷，男子多少还会说几句汉话，妇女差不多连懂都不懂。我们进去躲雨的那家，虽则没有獒犬来表示不欢迎，主人家却也拿着一种惊疑的眼光，凝视着我们。这家那时候没有男子在家，只剩下婆媳二人，所以对我们不便加以强力拒绝，只好采取一种消极的不合作态度。她们的汉话，说得实在太有限，这点更是增加我们中间的隔阂。既然来此，我们老实不客气，一屁股就在火坑旁边坐下。这幢房子，是一种三开间的形式，上面用茅草盖的屋顶。中间一间，用作客堂兼厨房。里面家具，一无所有。只在当中地下开了一个长方形的火坑，坑中用圆形铁三脚架支起一只大铁锅，正和普通西藏人家中的陈设一般。火坑左右，各铺一条篾席，那就是平常主客就座的处所。靠着后墙，高悬半圆形状的木板一小块，其上钉有一小方麻布，自板下垂，这大约是他们所敬的神。据说这一带倮族，大都是奉巫教的。客堂左边一间屋，完全用来堆东西（粮食等）。右边一间，隔成两半，前半用作厨房，后半用作住房。

来到此处，已经是下午两点半钟。中饭还没有吃，肚皮饿得不成样子。问主人家有什么东西可吃，她们说没有。告诉她们，我们吃完一定给钱，决不白吃，甚至预先拿出钱来也可以。这两位“黑夷”主人却说：“钱不要，吃的东西没有。”

再问她们自己平常究竟吃些什么，胡乱地随便拿些出来给我们吃，她们连答都不答。这种不合作主义，真把我们弄急了；可是也没有旁的方法应付，只好继续央求，最后好容易把她们说动了，拿出一些生的豌豆来。我们便在火上，就着她们的铁锅，用盐干炒着吃。后来主人们看见我们怪可怜的，居然把自己煮好的食物（一种将豌豆、苞谷与大麦混合煮成的食品），大量拿出来送给我们吃，当初那样陌生，熟了却好得很。临走的时候，给钱无论如何不收。后来有位同人，从日记本上，撕下一张图画。另外一位，捐出一把铝制的小匙子。将这两件东西，作为礼物，酬谢她们的款待。就是这一点东西，还再三推辞不收。媳妇无论如何不肯接，最后婆婆勉强收下来。由此可见，民族间的仇恨，许多是起于误会，语言不通是其中一种重大的原因。感情弄好了，一切都容易解决。一件有趣的事，是赶我们那几匹驮子的赶马人老纪，此次一同来到倮夷家，在我们饿极大啖的时候，他一点也不肯吃。这位老纪，就是唐老板的一位表弟。他说老板虐待他们，一月只有三十余元的报酬，吃住都要自己管。①

板桥

雨停以后，自倮族家动身，已经是下午四点三刻。下坡返

① 关于赶马人的生活以及马店情形，参阅曾昭抡著：《驮马夫的生活》，星期评论，第四十期，十五至十六面（一九四一年十二月二十五日，在重庆出版）。

到大路后，路左绕山行，右溯溪而下。不远溪谷田完，路在两山间沿着急流的溪水（这时候已经觉得像一道小河）走。雨后河水浑急，谷狭山陡，风景不错。如此行一段后，溪谷又见苞谷田，并且梯田种稻。再前田复完，雨后土路极烂，一部分踏河滩前进。五时十分，到达“板桥”停宿。

板桥是距离石板河约四十七华里（俗称四十五里）的一座小村。全村房屋，为数不多，但是疏散成为几堆，前后拉长达四五里之远。村中有一所小学，设在南头山坡上。匆忙中走过，我们便跟着唐老板在一家马店住下。这是我们此次途中第一次正式尝试马店生活。我们必须说，这次所得印象，并不见佳。此村虽小，马店却很有几家。我们所住的地方，一共有两家马店，彼此贴隔壁，一齐靠着山坡建筑；和村中其他部分，却相距颇远。这两家马店，都是汉人开的。据说本村居民，仍以倮夷为主。汉人来了，不愿和他们多有往来，所以故意把马店筑得远远的。自此处起，往北直到金沙江边，盛行一种特殊的倮式平顶建筑。自昆明来，看见这种建筑，觉得很有兴趣。此类建筑，四周外墙，用很大块的土坯筑成；和普通乡下的汉人房子，并无区别。奇特的部分，主要的是在屋顶方面。屋顶上面是完全平的，用未甚刨平的木板搭成，顶上敷上一层泥，四周用石头压住。房子当中，留着有一座院子，爬上屋后山坡，往下一望，这所房子，仿佛有点像山的一部分，中间开有一洞一般。像别处较大的马店一样，这座马店，做一种四合院子的形式。绕着院子四周，都有房子。但是其中只有一边的房子，是正式房间；却也有门而无窗，里面黑暗已极。在这条房子里，设有厨房与主人的住房。厨房设在楼下的一角，住房则在楼上；该处楼下，和其他三面一样，设有马槽。

除开主人住室那一条房间以外，院子其他三面，都是上下两层。下层完全是廊子形式，靠着院子的那面，只有柱子而无墙。廊上朝着院子，置有很长一排马槽，那就是夜间喂马拴马之处。吊楼式的楼上房间，用来堆马草和住客人。这种房间，连走上去的一种永久性楼梯都没有，上下需从院子搭一条临时楼梯。有的房间，索性和楼下喂马的地方一样，朝着院子那面，未筑有墙，倒还风凉。最坏的是有些朝院用未剥皮的小树干，密排作墙。既不透气，又少露光；里面既黑暗又闷气，真是难受。

这种马店，真是脏与臭的顶点。一走进去，只觉臭气蒸人，苍蝇乱飞。无论是人身上，食物、铺盖，或者其他物品上面，全都叮满苍蝇。吃饭的时候，简直要和苍蝇争食。在这种脏臭环境里，唯一的救济，是院子里面马粪马尿分解后的氨气，可以刺激鼻子，令人略为清醒一点。院子当中，到处是马粪猪尿，大有难于插足之感。

马店一宿，每人的“干号”，是五角钱一夜。主人倒还客气，饭菜都替我们煮。米是按升数算钱，另外还卖给我们一些酸菜和洋芋。饭后又代我们自村中打来两斤酒。明天我们要和唐老板分手了，特为请他一起喝酒。自禄劝带来一块腊肉，剩下还不少，在此全切来宴酒。

白云山

因为要赶到金沙江边，抢先渡江，我们在板桥的那夜，一清早就起来了。马店主人，比我们更要性急一点。半夜一觉醒来，看见明月高悬天空，照在地上很亮，他以为业已天明，马上就将我们叫起来。一看表却不过半夜十二点半。早晨四点三刻，第二次被他叫醒，只好起来。那时候同行的四川商人，业已吃好早饭，正在束装起程。五点半我们也将早餐吃好。听说今日路上，又是吃不到饭，昨晚特别买来一只鸡，请店主人炖给我们吃。正和在石板河的经验相似，鸡拿上来，一对大腿又不见了。此处主人更狡猾，问他硬行抵赖，去找又找不到，只好作罢。临走算账，昨夜谈好的价钱，都不承认，故意将价钱抬高。对付这种人，没有别的办法，只好威吓他，说把他送到县政府去，结果物价便又回跌。这一带的汉人，如此可恶。

上午六点十三分，就从板桥起程，出村路右循山边走，左溯一道泥水河而下，势向下趋，一部分陡下。途中先后走过两家孤独的马店以后，共行两里半左右，踏水过泥河。自此前去，路改左绕山行，右溯此河而下，势仍下趋。又约一里，涉水过一清水支溪，旋即舍河改溯此溪而上（在该处河向右折），路亦改向上趋。一里半上到一座山口，距板桥约五华里。自山口前行，路离溪下趋，左绕山行。半里复改上趋。一里路右走过一座房子。又一里余，复抵一处山口。此处距板桥约八华里。一路到此，沿途所经，多系山地，田不见多，山上树木亦少。

自第二座山口前进，有两条路可走。大路（即马帮所走的路，俗称“马路”）绕山走；人行小道（俗称“人路”），则自山口陡盘下山。我们因贪图省路，走“人路”下去。不料这条路并非引到鲁车。下到山脚，涉过一道清水小溪，又翻过一座山，越走越觉得不对。后来看见山上展开有苞谷田，中间插有一些平顶倮式的房屋。跑到一家，问了一位倮族少妇，才知路的确是走错了。向东去翻上一座松山梁子，找回大路，业已浪费了大半点钟。自该处起，在松山顶地带（山顶树木颇密，大都是云南松）循路北进，势缓上趋，不久就到一处山口。此处地名“白云山”，距板桥约十五华里。这时候已经八点半钟。早上下的一点细雨，到此已停。立山口回头而望，山头满罩白云，此时已微露晴意。人埋雾中，殊感阴凉。大约此种地带，终年常多云雾，所以得有白云山之名。

汤郎

白云山为这条路上金沙江北岸山峰最高处。自此直到金沙江边，三十五里全是下山路。其中最初由白云山到汤郎的十五里，坡度比较缓和些；由汤郎到鲁车渡的二十里，则系一直陡趋下山，全程陡峻异常，殊为难走。昨日由石板河到板桥，沿途地质，大体仍然是砂岩和页岩所构成。今日自板桥出发，离开那条红泥水的小河以后，沿途所经山地，山系全由石灰岩及泥页岩所构成。后来一直下到金沙江边，都是如此。岩石表面，因积有氧化铁，多系棕黑色；土色则多半是暗红的。

自白云山山口前进，路右绕山顶走，趋下山去，一部分缓下，穿云南松林中行。途中遇见背碗儿糖南行的背子。五角钱买来两盒碗儿糖，储作干粮。前去下到江边，路上就用不着愁饿了。如此约行三里，前望已见金沙江的红流，环绕山脚如带。红水绿山，相映成趣。南岸山头，均罩白云。脚下半山，亦有云雾，如此凑成一幅美景。隔江北岸的山，作深绿色，似乎较此山更高。

续向前进，路改陡趋下山，右绕林山行。此时林中树木，以云南松及背栗树最为显著。途中遇有背香蕉（芭蕉）者上来，问之据称产在金沙江岸，但距鲁车有两三站路。不远旋闻溪水声，路陡盘下山。后来溯溪下行一段，溪谷嗣展开坝田一片。在离白云山约七里处，离开此条溪谷，路左改临另一山沟行，右仍绕山走，势仍下趋。在这段路上，途中频闻号角声。人在雾中行，陡然听到这种声音，不免令我们惊骇。闻人云，如系吹牛角，本地人以此法将麂子赶开，免致蹂躏庄稼。更前两里，踏水过一小溪；前去路右绕山上趋，一部分陡上，途中数过小溪，路左见有冲田。两里余，路左离田行，翻上一座小坳。顷刻走到坳顶，前望下面山坡上，一片瓦屋，即是汤郎的村子。一路到此，途中所见树木，除云南松及背栗树以外，尚有油杉（杉松）、大叶青杠（槲树）等。自坳口路陡下趋，右循山边走。两里改缓下，又一里到汤郎，停下休息。

汤郎俗称“螳螂”，距板桥三十华里（俗亦云三十里），为金江土司所在地。土司的知识，究竟要比他所辖的百姓高得多。此处村落，已大有汉人风味。由板桥来此，三十里当中，沿途所见少数房屋，全是此区特有的倮式平顶房屋。到了此处，则人字形屋顶的汉式房子，占去主要成分；平顶倮屋，不过作为一种陪衬。村子附近，长着有仙人掌和曼陀罗花，并有麻田。一家院子里，栽有小石榴树，此时绿叶中正已盛开红花，里面结着小小的绿色果子。这种东西，在此荒野地区，特别惹人注目。

汤郎村子，比较不小。先我们而来的驮子，在此停下，喂马打尖。但是这里的人家，全都是住家人户，并无一家店铺，甚至连想找点开水喝也不可能。唐老板在此，与我们告别。他家靠近金沙江边，但是不当大道。管田管驮马以外，他还在本地管一处小渡口。今晚他便歇在汤郎，向替他代管渡口的人收账。

在街上听说金江土司，此刻正在衙门，我们抱着满腔好奇心，特地去拜访他。土司衙门，是一种前清式的旧式衙门建筑，但是并不见大。来到此村，街上零星地看见一些头缠黑布包头的士兵，远不及撒土司夷兵那么神气。一到衙门大门口，看见聚有许多倮妇，衣服大都褴褛不堪，尤觉有失尊严（此处土司及其以前所辖百姓，都是倮族）。

衙门虽则不大，进深却颇深。找门房递一张片子，金江土司便邀我们进去坐。我们原来以为此处土司，多少必有他的特点，进去一看，房间陈设，完全汉式，土司本人，穿着一身汉式的军服，我们大失所望。交谈以后，知道这位现任土司，名叫金宇晖，年纪不过二十余岁，系昆明中央军校第五分校十七期毕业生。毕业后返此小住，不久仍拟去省城，在军界服务。

关于此处土司的沿革，金土司说，民国二三年的时候，就已改土归流。二十余年以来，政权业已移入汉人手中。原来土司的威权，早已不复存在。剩下来的，只有土司这个空洞的尊称。实际方面，现在的土司，不过是一个普通的地主，而且不是大地主。按照以前的惯例，土司所辖的地方，全部土地都是他的私产。政权虽然转移，土地权却没有让渡。可是此处土司，辖境不大（西、北均到金沙江边，南由汤郎行五六里，东由此处去十余里），而且山地过多，适于耕种的地方太少。所以他的全部财产，不过收租百余担，远不及唐老板之富。（唐老板所住地方，属于金江土司。唐本人以前当过乡长。他所管渡口，原来是土司的私渡，后来改为由他承办。）关于本地收租情形，金土司说，这一带地方，平均每亩出不到两石谷子。收租习惯，系主三佃七，或主二佃八。向政府缴纳田赋，全部由田主负担，税率按田的好坏而定（三等田每亩一年不过纳税一角）。农具一项，由佃户自备。承租时需付“押字”（即押金），欠租即在押字里扣。只要佃户不欠租，田主无论如何，是不能将他撤换的。

陡下金江坡

十点三十八分，我们自汤郎先马驮而行。初穿田间小路走，路颇平坦。半里余涉过一道小溪；前去路右绕山行，左溯此溪而下，势向下趋。约两里不足，略向上趋，随又改向下走。自此处附近起，路左绕山走，右临山沟行，陡向下趋。路既异常陡峻，道子太小，石子又多，走下去极为困难。由此直下，径到金沙江边，大部全是这样的路，本地人把它叫作“江坡路”，乃是向来有名的陡峻道路。金沙江在此一段，数百里内，两岸全是极陡的山坡。几条由云南到会理的路线，上下“江坡”，都是异常艰难，人马均不易走。其中尤以鲁车渡北岸这段下坡路，最为难走。这段路上，道旁许多岩石，今日看来，皆系由一些碎石胶结而成的石灰石。大约原来位在海底的碎石，经过地质变化，成此形状。现在逐渐风化，复又散开。路上之所以多石子，即因此故。在此路上，不但我们大受其罪；本地人谈起，也觉得真太难走。同时岔路颇多，稍一不慎，就容易走错。唯一的好处，是沿途治安，尚无问题，用不着找保护。在这陡坡上，土质贫瘠，石头常露。树既不多，田尤少见，看来几似一片荒山。偶尔看见的树木当中，较大的树，多为油杉。

金沙江河谷，逼窄特甚。即在冬天，天气也很热。此刻正在仲夏，下坡时又碰着晴天，往下走愈走愈觉得闷热不堪。这样加上陡峻滑极的路，令我们不得不时常停下来休息。陡下四里左右，穿过一片草岗，仍陡下趋。一里再下一岗，改临另一山谷陡下。由汤郎到此七里。人已疲竭不堪。天气热到摄氏表三十四度半，口渴得没有办法。略前见路旁一眼小泉，滴下少量冷水，我们也不得不用手掬来一饮。自此前进，约两里余。路改左绕山边陡下，右临一溪而下。溪中水甚少，河床上满堆大块漂石。又约四里，路右复见稻田，右边有一座平顶倮式农屋。自汤郎下山，至此约计十三华里，一路荒野，到此乃复见田地农庄。到此温度升至摄氏三十五度，感觉湿热已极。躺在屋旁草地上，休息良久，又向倮夷主人讨了一碗冷水喝，方才觉得好些。自此处附近起，开始看见桐树。有时在桐荫下走，倍觉凉爽，桐树大致系本地人所种，将来准备拿来榨桐油的。沿途看见此树不少。一路前进，继续陡下。两里余下到路右所临的那条多石大溪，到此问路，知又走错。略上穿过苞谷田，复返正路。又一里余，到达金沙江边。前去路向左折，改向西行，右临金沙江上溯，左循山边行，路初上趋一段，旋又陡下。如此约行三里不足，卒于下午三点一刻到达鲁车渡口。由汤郎到此，路程不过二十华里，连休息却几费去五点钟，方才走到，这段路真可算得艰难了。据我们用气压表测定的结果，白云山海拔约二四二〇米，汤郎村二一〇〇米，鲁车渡则不过一一九〇米。从汤郎到此，二十里之内，高度下降九百一十米；若自白云山顶算起，则下降有一千二百三十米之多。

鲁车渡

金沙江上游，乃是目前云南、西康两省的天然界线。在这一段，两岸陡峭异常。逼窄陡峭的河谷里，夏天怒流着那条橘黄色的，水面满作漩涡的狂水。虽则纬度并不十分靠近南边，海拔也相当高，就是因为河谷逼窄，终年无风的关系，在此段金沙江两岸，逼近水面的处所，一年四季，天气炎热，和次热带一般；夜间和日间的温度，也相差不远。总之，无时无刻不是热，很少会有凉爽的时候。此种想不到的次热带气候，也在所生长的植物上反映出来。芭蕉、番瓜树一类次热带的植物，在这带河谷的某些地段，繁盛地生长着。

这段江上，迄今尚未搭有横跨江上的桥。由此岸到彼岸，全赖渡船来往。因为江流湍急，渡口为数不多。就中主要渡口，自上游往下数，有鱼鲊、龙街、鲁车、通安等四处。在这四处当中，历史上有名的鲁车渡，乃是最小的一座渡口，通常只有一条不大的木船来往，渡客兼运货。在此处江身宽约二百余米，水是自西向东流而略偏东北。南岸大山，系由石灰石及页岩所构成。绝大部分的泥土和一部岩石，系作暗红色。到了逼近水面的一小段，则所见大都为浅灰色泥页岩，泥土亦作浅灰色。北岸的山，构造不同。下面一段，几乎全系由红色粗粒砂岩所构成。上到半山，方才改为石灰岩。由此可见，此江造成时，地质上曾经发生过一种产生断层（fault）的变化。此外，我们在下山途中，并曾拾得大理石和火成岩的样本。由此可以推测，这座山里，可能地会蕴藏着矿产。

鲁车渡口，南岸殊为陡峭，北岸则有一片灰色泥沙构成的沙滩。江面在此，除显出漩涡甚多以外，并有急流两条。人文方面，北岸毫无村庄或任何房屋。只有当日中的时候，靠石崖摆着农家卖面和饵块的摊子。摆摊子的，都是滇籍老妇。北岸也只有一家马店，店主兼管渡口，替地方政府收过渡的渡江费。这笔款子，收入不小。以前人马都是一元，我们过渡的时候，已经涨到马每匹收一元六角，人收一元四角。

下到江边，业已饿极，在南岸摊子上，吃了两碗面和饵块，略为好些。平常此处渡口很挤，常常要等好几个钟头，方能过去。今天很巧，到此并没有其他马帮等着过渡。我们那批驮子早已过去，剩下只有我们这十几个人，从从容容地，一船就过去了。水流虽急，船划过去还快，一共不过费了七分五十秒钟，就渡过去了。江的北岸，沙滩上设有卖醪糟的摊子。

上到北岸，我们投宿在此处唯一的马店，就是唐老板的马店。这家马店，比我们在板桥所宿的，要小得多。房子一共只有两排，中间夹着一座不大的院子，成为一种两合院子的形式。不过房屋形式，不复是倮式建筑，而系典型的汉式房子，虽则上面盖的不过是茅草顶。与板桥的经验相比，此处更是脏臭不堪。加以天气太热，店里根本待不住。为着逃避这种腌脏恶臭的环境，我等到店以后，略停即又跑出去，在江滩上游泳。旁边一位老太太看见了，连忙劝我们不要在这种泥水里洗澡，说走长路的人，适宜洗清水澡，不可洗浑水澡。我们一路来，喜欢炖鸡吃；唐老板就告诉我们，鸡肉性子太火，夏天不可多吃。到这里又有人劝我们不要洗浑水澡，虽则如此，我们仍然道谢这位老太太对我们的一番好意。

此段金沙江上，据说冬腊两月，江滩有人淘金。此刻虽然没有，但是滩上所积的灰黑色细泥，里面含有一些金黄色的矿质小粒，多少给人一种关于“金沙”的联想。游泳以后，我们自己用些滩上的黑泥，满身涂起来，扮作黑人，大家还这样地一起照了一张相。江滩上这么一次游息，令我们将走下“江坡”时的疲劳，一齐忘记了。

夜间七点半，方才进晚餐。饭后仍觉店里热臭不可耐，再度跑到沙滩上去。日落以后，江滩上要比店里凉爽得多。马店里虽然是又脏又臭，苍蝇多得可以将我们抬起来；在外面一切都是美丽的。那天正巧是阴历六月十四日，月亮差不多是全圆。金沙江在此，由峡谷奔下，为两岸峻山所束，蜿蜒东流，其势甚猛。渡口上面一点，便有一滩；江经此处，瑟瑟作响。全部风景，殊为雄伟。隔江望南岸，对面一片暗红色，峭崖削立，高插入天；其上端与江面相距，不下四百米，最为雄壮。（此片暗红色的石崖，系由石灰石所构成，其上只略挂有草皮，毫无树木。）夜间我们在沙滩上，于黑暗中看月亮从山角后面慢慢升起来，后来天空涌出一轮明月，光辉照耀在狂流的金江上，倍增胜景。在此种极端美丽的环境下，唱唱歌，游游泳，说说笑话，不觉就是半夜了。虽是夏季，夜间金沙江的水很冷，差不多有点冰得刺骨。在这种情形下游水，实在是冒着相当危险。一夜看月景，览江流，听涛声，真是美不胜收。游罢仰卧沙滩上，上望天空，有时乌云托月，有时细片白云如鱼鳞，可说是变化无穷。金沙江上一夜的经验，真是一件毕生不会忘记的事。唯一的遗憾，是未曾带得帐篷来打野（自己烧饭吃）。否则在此处沙滩上过一夜，那便是十全十美了。

在某种程度以内，金沙江滩上的快乐，一部分可说为马店的脏臭所抵消。马店真是脏臭的顶端。自沙滩返来，倍觉店里奇脏奇臭奇热。一夜热潮未退。清晨醒来，也是一样地热（即户外在早晨五点钟，亦达摄氏三十一度）。幸亏一天跑累了，居然好好地睡了一夜。在这店同居的动物，“马牛羊、鸡犬豕”这六畜，只缺牛一样，我们笑着说，这是学习《三字经》最好的地方。

鲁车附近，金沙江南岸，是云南禄劝县所管，北岸属于会理，原是四川地方。在前清时候，会理县属于宁远府（府治设在西昌）。该府所辖八县，现统称“宁属”。民国二十七年西康建省以后，方将宁属划归西康省管辖，故此数县现在成为西康省的东南角。政治上虽已改隶，本地人民的心理，则因时间过短，一时尚不易改过来。会理等县的人，迄今仍然忘不了自己是四川人。如果你这样称呼他，他很高兴。假如不幸而叫他西康人，那就必然极力否认，或者甚至动气。

禄劝与会理两县，相隔虽不过一江，情形却大不相同。这点一到鲁车渡过江，特别看得清楚。地质方面的不同，上面已经说过。人文方面，也大有区别。一入康境，第一个感觉，是官厅布告特别地多，到处皆是（这在云南，是一件少有的事）。唐老板的马店，里面就附设有“会理稽征所”的征收处；门口贴有“税务重地，闲人免入”八个大字。店外墙上张贴有许多西康省政府、会理县政府以及会理稽征所等机关的布告。人民的方言，在江两岸，亦各自不同。一直到金沙江的北岸为止，本地人说的，全是一种典型的禄劝口音。跨过此江，所听到的，便一变而为会理话（一种带有特殊土音的四川话）。四川省的文化，在以前比云南（特别是滇北）要进步些，大有内地风味。一般说来，此处金江北岸的人民，比起南岸的人，要聪明伶俐得多，善于应酬及招待客人。但是同时也比较狡猾，善于欺人，没有南岸那样浑朴。例如鲁车地方，虽只有唐老板一家马店，但是从饮食上说来，走到此处，比到富民、禄劝两县一所大村庄，还要舒服得多。一到马店，主人即殷勤相款。本处买不到菜，鸡又不肯卖给我们，可是不用吩咐，仅用豌豆、黄豆、酸菜及四季豆几样蔬菜，晚餐居然摆出六七大碗的菜来，不得不令人佩服。吃饭的工具，碗筷以外，并有瓷调羹；离开昆明以来，还是第一次看见此物。然而一到晚间，我们请求店主，明天早上替我们做一桌同样的饭菜，他却推托，说要照顾娃娃，没有工夫。等我们求了他一阵，方才和我们讲起价来。原来他的目的，不过是为着几个钱，却又不肯痛痛快快地说，偏要掉这许多枪花。“店饭”钱初索四元的“出进”（即一人一宿两餐），后来两块钱就讲妥了。

上江坡到天坪

鲁车渡的北岸，“江坡”和南岸一样的陡峻。只是路上石子少些，比较好走。无论如何，走这种路，上坡总要比下坡容易些。所以我们由鲁车翻上大山到“天坪”，并没有十分费力。

在鲁车的一宿，半夜就让店主人和赶马的叫醒几次，连催我们快些起来，在床上赖了好久，到早晨四点半钟，终因催得太紧，无法再留恋下去，只好从床上爬起来。五点一刻早餐以后，一早六点钟，我们自鲁车马店出发。最初路左绕山边下趋，右溯金沙江而上。如此共行半里（途中连涉两道浅溪），即改陡上，仍左山右江行，蜿蜒向西去。又约两里，改向北行，陡盘上山。又两里，路左过屋数间，该处附近又见桐树。再半里过一小溪（此处距鲁车约五华里），停下休息。昨日在对岸下山途中，遥望此岸一座高耸入天的奇峰，此时已在面前。前去继续向北盘上山去，中有一部分偏向西北。地上石子，前行顿少，路面转佳。两里余陡趋上一片山岗，旋复陡盘上山。如此再行三里余，路上趋较缓，又过一岗。更前路左绕山陡上，两里到一山角。以前所羡慕的高点，至此业已爬到。一路来此，路右均遥临金沙江上溯，至此乃离之前进，但左仍绕山边陡向上趋，五里又到一片山岗停下。该处距鲁车实约十四华里（俗称十五里）。我们的驮子，以及四川商人，都在此停下休息。赶马人在店里未吃早饭就出发；到了此处，便停下生火煮饭吃。爬山的艰苦工作，到此已去其大半。原来由暗红色粗粒砂岩构成的江岸大山，到了此处附近，已改为石灰岩，中间并曾见有浅灰色泥页岩。由此可以推测，此一带地层结构，系石灰石及泥页岩位在砂岩之上。两岸近江面一段，岩层不同，乃因断层所致。另有一点值得注意的，今日所爬的山，显系南向；但沿途所见，山上生长植物，反不及南岸（向北的）山上之多。此点大致系因岩石性质不同而来。自山脚一路上到此处，大部分坡上，只有薄薄的一层草皮。途中较常见的树木，是一种小杨树。

一路由昆明来，沿途因为要看气压记录，我们差不多总是落在驮马后面。这次我们还有余勇可贾，决定抢在驮子前面，先到新铺子。在此处休息不过十几分钟，便又向上爬。约行一里，路右过茅屋一幢，附近有苞谷田一小片，屋旁并见茨竹一从。再往前行一段，改循石块路（原来都是土路）陡盘上山。路上碰见一群山羊，有牧童赶着在山上放牧。羊在这里，仿佛很快乐。常常看见一对羊，人立起来，以角相斗作战。循石块路约行四里，到达山顶地带；在此路右看见梯田，种有水稻及苞谷，田中并有农屋一幢。此处地势，颇为平坦。前去有岔路，两条路均引到垭口，就中左边一条路是正路。循该路陡上，约一里余即到山顶垭口。该处地名“天坪”（亦作“天平”），距鲁车约二十华里（俗亦称二十里），海拔二千四百五十米。由鲁车渡到此，共计上升一千二百六十米之多；较之对岸白云山，尚要略为高些。近垭口一段，人入云雾中。原来是一个晴天。从鲁车动身，一清早就感觉很热，到此却又凉了。上山二十里，树木一直很少。土层过薄，不宜耕种，所以沿途所见农田，也很有限。唯间常看见的洋芋田，则一直到顶都有。南岸山上常见的美丽小红花，此山上仍然看见。垭口附近，略长有小云南松，但亦不成林。一路道旁常见蜈蚣，是一件值得注意的事。

新铺子

由“天坪”垭口前去新铺子（海拔约一九四〇米），十八里的路，差不多全是平路。自鲁车上到垭口，这一天的路，虽不过走了一半多一点，实际上已可算是大功告成。到了垭口略为休息以后，九点一刻，便又动身前进。初行路殊平坦，在一种山顶地带走，势微下趋。略前一里，前望见一片颇平的山顶丘陵田地带。此时情景与刚才陡上江坡时，迥然不同。不但地面突然平坦，植物亦大为茂盛。除近边一部分山上，因不断砍柴关系，业已全荒外，其余非辟田即种树，尤以前者为多。一般说来，地面大部分平时像一片坝子，一面到处辟成稻田或苞谷田，其中一部分亦作梯田形状。田中农庄密布，小村亦常见。房屋附近，均植有竹子及其他树木。四周小山，皆不见高，坡度亦殊缓和。一部分山顶上，长有云南松。田间除溪流外，并开有沟渠，以资灌溉。到此又入一种富饶的农村风景。

自垭口行约里余，路左过茅屋数间。此处为一小村，即名“天坪”。略向左过平顶倮式房屋两座。前去不远，路即改在一片全光的矮山顶上行，左临丘陵田走。山上只略挂草皮，有些地方竟致露土。此段路上，势初平坦，后改陡下。在距垭口六里处，下到田旁；前去略复大体平坦，穿田间小路走，左绕一座满辟梯形稻田的矮山顶。途中所见农屋，除用茅草外，一部分系用本地所产板岩盖顶。一路前进，途中数过村庄，并过溪多道。如此约行六里，路左绕松山走一段，旋又穿田行。最后走过一座跨在红泥急水小河上的石板桥，即于上午十一点到达新铺子，停宿村中小学（名为“会理县立新铺子国民学校”）。

新铺子距天坪垭口约十八华里，距鲁车三十八华里，现亦称永庆场，为会理县内一大镇。此镇实非完全位在大路上，而系在路旁约半里；但是普通走鲁车路来，总是以此处为宿站。管我们这批驮子的张哥头，就是新铺子地方的人。一到此处，他便要求大家休息一天。正巧第二天是赶街子，所以我们也就欣然应允了。新铺子三日一小街，十日一大街。我等停留的那天，是阴历六月十六日，正巧是大街，因此倍形热闹。（三六九是此处正常的街期。）小学平常每天就只上四点钟课（上午十一时上课，下午三点放课），到了这天，更特别放假一日，让贫寒的小学生，去帮家里人摆摊子，借此谋生。这种制度，在别处倒是少见。同来的十几位四川商人，本来没有在此处停留的必要。可是因为“逢场”（本地人亦称“迎场”，即碰着街子期之意），他们也随着我们，在此停留一天赶街子。不过我们和他们赶街子的方式不同。我们只是上街去看看热闹，买点东西。他们则竟自摆起摊子来。赶街时碰见他们，大家仿佛像遇见老朋友一般。问他们说，此处每逢街期，凡是愿意设摊的，不论何人，只需向当地管事的人，缴纳两块钱的税，便可自由地摆一处摊子。那天街上这些四川商人所卖的东西，最为摩登。他们都是由昆明带来的货品，准备带到会理和德昌（后一处是他们此次最后目的地）去卖的。走到此处，碰上这个机会，就开始卖起来。看看他们所卖的东西，颇为考究，计有象牙烟嘴、骨牌、洋蜡、力士香皂、八卦丹，等等。

新铺子镇市不小，但是一般人民的知识程度不高。我们于上午十一点走到此处，时间还早，又值闲日，街上殊显冷静。

少数店铺，刚刚开门。我们穿着短装，走进村子来。街上的人，以为是军队到了。小孩们忙呼关门，一部分店铺，果然又把铺板上起来。大约本地人对于过去的军队，印象不佳，所以和惊弓之鸟一般，慌得像这种样子。

小学是本地最高学府。校址由以前一座庙宇改成，乃是全村中最好的一幢房子。由昆明上路以来，我们在此处住得最舒服；虽则卧室不过是一间大课堂，床铺即系用桌子及黑板改成。小学的厨房，还担任替我们烧饭煮茶，将我们的生活弄得更加舒服些。可惜我们一连走了七天，并不觉得疲倦；到此舒舒服服地休息一天，反而一身都软了。无论如何，此处的安静、清洁、舒适，和鲁车马店情形比较，可说是一种极端的比较。鲁车马店的生活，真是此段旅途中苦处的顶点。

内地小学中，新铺子小学，在设备方面，还算不坏。课堂里面，墙上挂有中华现势大地图、世界地图，还贴有庐山军训团的训条。另外尚有上海新亚书局出版的挂图八幅，均系以推广识字运动为目标。学校一共有两位教员。我们到此，系由一位刘老师招待。刘先生待我们甚好，在本地也很受人尊敬。据他说，此校现共有学生四十余人，计分四班，均是初小程度。初小三年级一班，只有四五个学生。二年级一班，人也不多。一年级人数较多，分作两班。据我们所看见的，学生年龄，大都很小。其中有极少数女生。刘老师又说，此处地方，属于会理县所德乡。该县学款，向来充足，学谷共有三百余石之多。

如按目前米价，为数甚为可观。无论物价如何高涨，教育界绝不致闹穷，甚至比以前还要宽裕些。哪知理想虽然如此，事实却完全不同。从前小学由本乡自办，即以学谷做经费，确感相当富裕。后来到了民国二十四年，某师长率兵来驻会理，效法四川其他各地，成立军阀分割地盘的防区制，县内驻军于是陡由一营人增至三旅。在此等情形下，筹措军饷，大成问题。当地土豪劣绅，乃向该师长献计，将全县小学，一律由县府收回，归县府教育科统筹统办；各乡学谷收入，则一律收归公库。当时规定，此处小学，聘用教员二人，每月薪俸三十六元。另外全校办公费（包办茶水、粉笔等在内）共给四元一月。此等数目，虽甚微渺，在当时物价情形下，尚可勉强敷衍。抗战发生以来，本地生活程度，继续高涨，近来上涨尤速。然而学校经费，以及教育待遇，丝毫未加。区区四块钱一个月的办公费，固然不够买粉笔；三十六元一月的薪俸，在此处按之目前情形，也不过够吃十二天的伙食。尤其甚者，即此些微经费，县府仍常拖欠不发。上城去要，一人旅费，最少亦需十余元。此等旅费，既无法可以报账，而上城请款，亦未必就领得到。教员除枵腹从公以外，还需为学校贴粉笔钱，否则课业即无法赓续。学生所用教科书，均系自购，由教育科委托一家书商专卖。结果同是一样的教科书，买来以后，发现各个学生所买的，内容不同，由此更增加教员的烦恼。在此等情形下，希望教员安心做事，实不可能。所以教员的流动性很大；

除非在自己兼营副业以维持生活，或有干一两个月就离开。小学教育，为国家基本。似此情形，未免可悲。

新铺子一村，筑在山坡上。商业虽是比较繁盛（这点可从赶街子的时候看出来），街房并不多。正街一条，由东到西，趋上坡去，一共不过三百米左右的长短。街道两旁，房子前面，一路搭着有好些灶。“逢场”之期，有人来此设摊，煮食物出卖，闲日则是空着的。街上店铺，种类不见多。茶馆、饭馆，比较显著。较大的一家客店，名叫“义和店客寓”，该处住有此村唯一的中医。本地人会敲竹杠。我们在此店随便吃了一顿饭，居然索价五十二元之多。好几样东西的价格，都是故意抬高。恰巧对于本地实在情形，有点知道。结果我们按时价将账另算一遍，只给店主三十八元，他也无话可说，便此了事。

由云南来，一入西康省境，物价大都较滇省高出不少。外来货品，以及在云南制造的东西，差别尤大。例如洋火一项，在当时昆明售价，不过两角钱一盒，而在此处则已到五角。米价及一切食品价格，在当时也大都要比云南境内高些。中药如“三七”等，在街上尚可买到一点，西药则极感缺乏。街上碰见一位老头子，害着相当重的疟疾。他向我等讨药，给了他一点金鸡纳霜吃，结果，果然立刻好了。第二天再碰见，称谢之余，他对这种药的神效，表示惊奇。

满街都是布告，为我们进入西康省境后所得之最深刻的印象。街上到处张贴的是禁烟督办公署的布告，但是街上的烟味依然不轻。会理县长兼军法官聂泗署名的布告，为数尤多。据说这位县长到差以后，剿匪颇有成绩，人民对他，感想还不错。

新铺子的人，早上起来得很晚。就是在“逢场”的那天，街子也要午刻才开始，下午两点钟左右方达到最高峰。街子上所售物品，以食品占去主要成分。蔬菜种类不少。鸡纵菌在这里特别便宜，一块钱可以买一串。我们在此处最大的享乐，就是饱啖平常不容易吃到的鸡纵。鸡纵炖鸽子，真是无上的美味。会理一带出糖，所以在此糖特别便宜。碗儿糖一元可买六盒，另外还有冰糖和一种黄色软糖出卖。点心糖食，样数不少。卖药的摊子上面，有草药、白蜡、雄黄、硫黄等出卖，雄黄和硫黄，据说都系来自会理。街子上还有水果卖，石榴、花红、李子，是此刻上市的几种。在街上做买卖的，买主卖主，大都全是汉人，夷人很少。偶尔看见一两位赶街的倮族妇女，她们都是头戴一顶像西洋男子所戴大礼帽似的圆筒形布帽（不过帽边很窄），上身着黑布短褂，下面系上一条拖到地上的黑布百褶裙。这种装束，和我们以前在会理、西昌一段路上所看见的，完全一样。汉人装束，妇女类皆以折好的黑布，围头多圈，作为一种头巾。男子则或戴瓜皮小帽，或以白布（或蓝布）缠头。

新铺子因为海拔颇高，气候是一种大陆气候。夏季并不大热，夜间尤为凉爽。除有蚊虫相扰以外，在此过夏，相当舒服。此与昆明情形，约略相似。较之金沙江河谷的酷热，则大有区别。实在说来，由新铺子北去会理、西昌一带，气候及地形，均与滇境相似，只是在地质结构上，相差颇多。

和其他边地村镇一般，在新铺子，我们也可以看见政教合一的现象。小学校址之内，同时即设有“会理县第三区新德联保办公处”及“第三区区署民众问字识字处”。住在此校，整天常见有乡下人来，找联保办公处的人；或者是来找小学的刘老师，请他代写状子；等等。联保办公处的一位工役告诉我们，以前此处治安不好，即街上亦曾被盗匪洗劫六七次之多。有一次来攻李家，因李家有备未得逞，嗣后还未再来。近来聂县长就职后，对于剿灭土匪，殊为认真，处罪亦从严，匪患业已大体平息。至于会理到西昌一段，过去匪患最凶。听说我们打此经过，他劝我们机灵一点。

正说到这里，只见杨家坝的杨县长，押了两名土匪，来到此处联保办公处。据说今年三月间，距会理城三十里的学城坡，发生案子。土匪三人，里面还有一个小孩，将守哨的两名哨兵杀死，夺枪而逃。县府对此案，悬赏数千元，缉获凶犯。三个多月，未能破获。一直到现在，方才在杨家坝将两匪擒住，那小孩却给他逃了。我们细看这两名犯匪，面貌和普通乡下人，相差不多，只是皮肤要黑些，审问以后，他们直认杀人不讳。将来结局，自然是要为那两名哨兵偿命。这事并不是我们在新铺子碰到的唯一案件。在离开此处之前一晚，深夜又有人解了两名土匪到联保办公处来。这两位是以前在此处附近犯过劫案的。第二天一早，他们的头，就高挂在村口了。

木落寨

看到新铺子热闹的情形，想起此处距离会理不过百多里，我们当初以为由新铺子前进，沿途必然全是农业繁盛的地区，安全也不致成问题。哪知事实并不如此。这段路上，有些地方，实系相当荒凉，因此不免危险。这点我们由新铺子出去不远，便领略到了。

在一个晴天，七点一刻，我们离开新铺子。最初系循来时的路往回走。出村以后，走过村外的跨河石板桥。来此时雨后水大，晴天却竟浅至可涉，更前半里不足，到一处岔路口。此处大道往南去，即系回鲁车去的大路。左折循小路走，乃是去会理应采的路线。从后一路穿丘陵田行，约二里，即入全荒的山顶地带。一路前进，路左绕山顶行。地面大都露出红土，即有草皮处亦少。这一带的山，全是由暗红色的泥页岩所构成，泥土亦均作暗紫红色。如此一路前进，一部分路殊平坦，其余则大体陡向下趋。十一里后，路陡趋下山里余，下到一片河边苞谷田，左边走过一座小村。此村名杨家村，距新铺子约十五华里。

过杨家村约半里不足，即到河滨。这条小河，底由整块岩石构成，水颇浅而清。由此前进，最初踏河中石板行一小段，随改在循山边行，右溯此河而下，河谷辟有苞谷田及稻田。一路大体势缓向下趋，五里到木落寨。

木落寨是这条路上一座大村，村内设有“县立木落寨初级小学校”一所。街长约计里余。自新铺子来，一气走到此处，二十里未曾休息，到此方才喝了一碗茶。新铺子到杨家村一段，地面荒凉特甚，据称常出抢案。一路走来，不免心中悬悬。后来幸亏碰到一位老者，也是到木落寨去的。他自告奋勇，愿意替我们做义务向导，方才放下心来。

洋桥河

自木落寨前进，路在河右循冲田下趋（后来有一部分陡下）向北行，左绕山走。约一里即离河走，左边改溯一道已干的小溪而上。半里走石桥过此溪，趋上右山，初陡后缓。又半里，复在荒山顶地带走，但下望谷中略辟有田。自此前去洋桥河，十八九里的路，沿途大体荒凉殊甚，又是一片危险区域。唯中有数处，有农屋及山地。一部分较高山顶上，则长有云南松不少。路势有上有下，大势尚颇平坦。中间涉过泥河两三道。我们一部分人，因为走错了路，绕到石桥沟（一座距木落寨约十九华里的小村，不在大路上），又绕回来，时间上差不多损失了一点钟，下午一点钟左右，方才到达洋桥河。

“洋桥河”一名“洋河”，是一条小河的名字。在夏季河水不小。因为流得慢，泥浑特甚。去会理的大道，经由一道跨河大木桥，走过此河；该桥就叫作“洋河桥”。在此处河水大体系向东北流。过河到北岸，略上一点小坡，路左有三家卖食物的小店，该处地名也叫作“洋桥河”。其处距木落寨约二十华里，距新铺子约四十五华里（俗亦云四十五里），乃是这天路程中的餐站。

洋河的河谷，年代显然不久，但是刻下已相当地深。一路由新铺子来，沿途所见地质，以由暗紫红色页岩构成为主，间亦见同等颜色的砂岩。到了此处，看见洋河东南岸，全是由大块暗红砂岩所构成，岩层几乎与水面平行。将到洋河桥以前，先循石路陡盘下山。约半里不足，下到河滨，右折左溯此河而上，右绕石崖山行，又半里即到桥。

走到洋桥河，肚子饿得不堪。这座十分可怜的小村，虽然一共不过有三家茅棚，我们仍然不得不在此处设法吃点东西。泥水煮成的开水，喝了不少。豆花、冷饭、荞麦粑粑，胡乱地吃了好些，总算把肚子塞饱了。

雷打树

午餐以后下午一点四十九分，我们从洋桥河起程。初行路即陡盘上左山。一里到山顶，上极平坦，全辟成苞谷田。穿田一里，路左过一小村，名“洋河坪”。村子附近，略见有云南松。前去路有上有下，势缓上趋。两里左右，田地大体走完，又入荒山地带。前去地面不若刚才一段平坦，但路则大体仍平。六里路左走过一座茅棚，前去路左绕山顶上趋，两里路左又到一座茅棚。此处距洋桥河约十二华里，乃是守雷打树哨兵平常休息的处所，本地人叫它“雷打树下面的松毛草棚棚”，因为这棚就是用松毛连枝搭成的。普通驮马队过雷打树，大都是在午刻。一过那时，哨兵便下来了。我们到此，业已下午三时。哨兵自哨口下来，那时候正在这座棚子里，准备吃晌午饭。我们看见的哨兵，一共只有两位。一位单身的守棚老头子，正在替他们做饭。

因为听说雷打树是一座最危险的哨口，我们不得不恳求这两位哨兵，送我们一程。起初他们完全不愿意，说是此处哨口太危险，一两个人根本不敢去。守这哨的，一共有二十余名哨兵之多。平常轮流守哨。但是每次至少总有六个或八个哨兵同时在哨上，否则即怕盗匪袭击。其余不在哨上的哨兵，也在此处棚子等候，有事一叫就应，大家可以合力歼匪。为应付商旅需要，普通大都是在正午以前上去，午后三时左右下来。现在人都散了，他们实在不敢去。我们愿意多给他们钱，还是不敢。说了不少的好话，最后方才承诺，吃饭以后，勉强送我们过去。

哨兵吃饭的时候，我们也就便在棚子外面一个摊子上，买了些饼吃。和哨兵谈上以后，他们大诉生活苦况。他们说，哨兵都是乡公所雇的，每月只给饷八元。伙食归公家供给，由此棚代包。每天吃的，都是蔬菜饭（今日所见，果然如此），七天才有一次肉吃。在这种条件下居然要他们拼命！（哨兵给土匪打死，是很平常的事。）

四点左右，方才由哨兵武装护送，向雷打树山口前进。路大体循山谷向北行而略偏西北，多半陡向上趋。由此到垭口，沿途山顶地带，长的满是颇大的云南松，这就是便于盗匪藏身之所。地面露出岩石的地方不少，全都是暗红色砂岩，许多已因风化而呈龟裂状态。快到山口以前，右边有一处可以走下山去。哨兵指给我们看，那处崖下，便是土匪住处。

走过雷打树山口（距洋桥河约十七华里，俗称十五里），安然无事。两名哨兵，两块钱打发走，他们已经觉得很满意。据说此处垭口附近，有一棵不大的树松，有一次被雷击死，从此这地方就得了"雷打树"的名称。在此处照了一张相以后，我们循路由山口下趋。不远路右走过一座松毛搭成的茅棚，就是平常哨兵守哨之处。下趋共约一里左右，路又左绕山上趋，其中一部颇陡。一里又到一处山口，路改下趋，初缓继较陡。约一里后，路右绕山行，陡盘下山，左边则临冲一条。一里余离开此条冲田，路左临另一山沟，陡盘下山。两里不足，路左隔田见有农屋。再前半里左右，陡盘下山嘴。此段路陡峻殊甚，路上又多石子，极为难走。里余下到峰脚，走过一座小村。前去穿一片小稻坝平坦走，旋翻一座小坳，继又穿田行。如此前后约行半里（距峰脚），路右走过一座孤独的马店。此处已是张官冲的一部分，距雷打树约八华里，我们的驮马，早已到达此处停宿。因为对马店印象不佳，继续往前，向村子去。路穿一种略带丘陵式的平宽冲田前进，途中频过跨在溪沟上的石板桥，约三里到张官冲，找到小学宿下。下午六时方才到达，天不久就黑了。这一站路，虽则比较地平坦好走，可是路程不近。由新铺子来，路上一共几乎费去十一个钟头，到后相当疲倦。

张官冲

张官冲亦名张官场，距新铺子约七十三华里（俗称七十里），略为在大路旁边一点。据称原来这村居民，以张姓为主，所以得有此名。现在却大部分是姓刘的了。村子并不大，全村据说一共有七八家。街道只有正街一条，大体由西往东，共长二百余米，不过街倒不窄。据说“逢场”的日子，此处相当热闹。我们来此，不巧是闲天，到得又晚，街上冷落不堪，几乎什么都买不到。

小学位在村子西头栅门外一座小山坡上，全名为“会理县立张官冲小学”。校址原来是刘氏家庙。和云南地方一样，这一带大户人家的家庙，祖宗牌位以外，大都兼供观音、财神等菩萨；而祖宗牌位，反而退居次要位地，正殿上最显著的部分，倒给菩萨占满了。此庙虽已改小学，正殿上所供菩萨偶像，却并未撤去。

小学校长，当然也姓刘。此刻他不在校内。到后由一位管事的刘某招待。另外校中剩下唯一的一位人物，是一个老年的刘姓校工。这个老头子，耳朵已经完全聋了；但是刘聋子的诚实可靠，却和那管事人的油滑，成一对比。管事人告诉我们，说此校待遇太低，校长教员，都不能安心做事，纷纷欲谋他事。刘校长目下替本地要人刘大队长（一位在县府兼有差事的土豪）押马到云南去，所以小学生便放了假，不能读书。这匹马价值一万二千元，带去赠给滇境魏营长，意思想要换来两百发中央子弹（土豪有了子弹，当然更可横行霸道）。刘校长同时也想借此机会到魏营长那里，谋个差事，借以糊口；所以不惜校长之尊，屈身为押马人。至于小学生的前途，那就事实上管不了。这位管事人又说，刘大队长以外，全村最受尊敬的一个人，是七十多岁的一位前清老贡生。这位名叫刘琼甫，村人皆尊之为“老师”而不名。他又加一句说，刘琼甫就是他的叔叔；说到这里，脸上满露得意的样子。

我们来到张官冲，因为太晚，米和菜都买不到，感觉很窘，同时人也疲倦了，实在不愿意动。在这个当头，那位长衫阶级的管事人刘某，却自告奋勇，来替我们买米称油买菜。对于这番好意，我们当初是感激不尽。后来在街上打听，才知道他报了许多花账，原来目的不过是想揩点油。学校里面，连烧饭的设备都没有。我们煮饭炒菜，只好找附近一家人家代办。

望城坡

旅程中最后的一天，我们准备半天赶到会理，所以早晨六点一刻，就从张官冲动身了。由小学下去，不到半里路，便上村口“马路”。这条石板铺成的旧日大道，将我们引到会理城去。循路穿丘陵行，约两里后，趋上一片荒山，路势颇陡。不远走上一段尚未全部完工的公路，循之在光山顶上走，势仍多上趋（但中亦略有下趋处），大体向西行。自张官冲起，路均宽敞，土作黄色。在距村五里处，路改下趋，左旋走过一村。前行路陡向下趋。半里余过石拱桥一道以后，左循山边前进，右沿河谷田行，缓向上趋，有时颇陡。不远旋改缓下，穿田前进，嗣又微上。一路蜿蜒，循河谷走，河有时在左，有时在右。如此计行五里左右，穿过一村，名“旧长城坳”，距张官冲约十五华里。更前路续循谷走（此时又已离开公路），五里上到望城坡。

望城坡距张官冲约十五华里，前去会理尚有三十华里。会理地势较低。从此处出口向前下望，近处见有冲田一条，在山间蜿蜒展出。远处山脚烟起处，即是会理。“望城坡”一名，由此而来。由张官冲到望城坡一段，路系大体向西北行。自此前去会理，则又大部向正北去而略偏西北。地质方面，自张官冲附近起，途中所经山地，仍均系由砂岩及页岩所构成，近垭口一段，页岩殊属显著。山虽大部全光，但在山顶一带，则略见有云南松。

到达望城坡当日，风势很大，顿觉凉爽，那时不过上午七点三刻，哨兵还没有上来守哨。在田间找来两位哨兵，把我们和驮子送到此处，以两元遣回。望城坡离开会理县城，虽然很近，迄今却仍常出劫案。据说昨天当哨兵不在哨上的时候，还出过一次事。所以送上来的哨兵一走，同行的赶马人，立刻就催我们快走，连想停下照一张相也不行。

自望城坡前进，路由山口陡盘上山。一里以后，改为缓下，穿冲田走。又一里路走过一座古庙，名叫“龙吟寺”，附近有小茅村一座。自此前行，约两里不足，翻上一座小坳，右边即又到一农村。会理附近，出产梨子不少。此刻正是结梨的季候。自此处附近起，沿途路旁常见梨树，口渴时可以随意摘着吃。前行续穿冲田缓下，里余路右过一村，名“马厂”。附近开始见有大茨竹，此时前望近处矮山顶上，已见县城附近的文笔峰。更前续循冲田下趋，路左溯一河而下。六里走桥过河，前去改由路右溯一溪而上。里余右走过一村以后，翻过一座小坳。三里余路左又过一村；右边矮山，即系文笔峰所在处，路自此左溯一支河而下。一里走木桥过另一河。此处河身不窄，上有木船航行。过河不久，路程旋离河行。一里左右，又翻一座小坳。该处矮山，业已全辟丘陵田。不到一里，坳已翻完，路右过一村，左到河边。此时业已十点半钟，略前即在河边停下休息（休息处距望城坡约二十华里）。这河便是流经会理城边的“会城河”。隔河左岸，山边有公路一条，沿矮山边蜿蜒前进，那就是新近完工的西祥公路。自望城坡山口下坡后，实际上已入田园地带，路亦平坦，但地面尚略有丘陵起伏。到此乃见路左河谷，展出一片平得像纸一般的田坝，那便是会理附近的大坝子了。由此前去会理城，还有十华里更平坦的路。

会理坝子

十一点再向前走。不远路即右绕丹红砂岩山行，左循河坝稻田，平坦前进。四里路右走过李公祠堂，随即左折走跨在支河上的大石拱桥（名李公桥）一道。过桥右即过一村，亦名“李公桥”。前去穿会理坝子平坦走，四望一片稻田。两边矮山脚下，散布有村子不少。穿坝行约五里，走过一道跨在会理城河上的有顶大木桥（名为“金带桥”），即到会理城郊。过此桥上西祥公路走，随又走公路大桥过此河，复在河左岸行。略前半里不足，左折入市街。正午十二点，我们安全地到达会理，由东门进城。

一关复一关，中间经过好些危险境地，我们终于以十天半的时间，由昆明步行到会理。第一段路程，才算顺利告终。事后想起来，这一段经验，真仿佛像唐僧取经一般。经过滇北那些荒凉区域以后，到了会理，只觉得此城出乎意料地繁华。

昆明、会理间的交通路线

由昆明到会理，比较直接的路线，计有四条。此四线由东往西数过去，可分别称为 A、B、C、D 四线。另外新成的西祥公路，可称为 E 线。这几条路线彼此间的关系，可用图表一代表之如下：

图表一　昆明、会理间交通路线图表

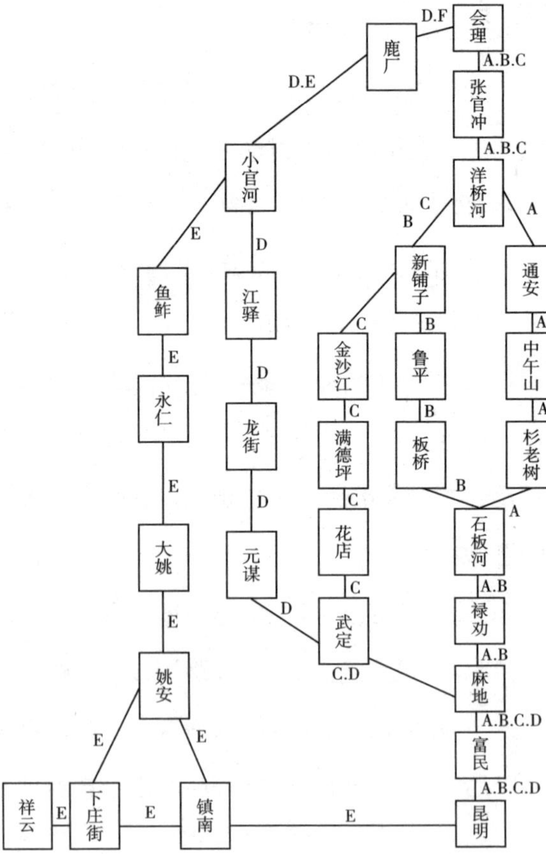

在此各线中，D 线为旧日驮马交通主要大道。其次为 A 线，再次为 B 线，交通亦颇频繁。C 线路最捷，但始终不过一条小路，马帮甚少循该路走。若以昆明做出发点，E 线绕得颇远。然在缅甸失守以前，滇缅公路，为我国国际交通主要路线。去年（民国三十年）夏季西祥公路循此线修通后，外来货物，可经由此线自祥云径趋会理、西昌，不必经过昆明，实为西南交通辟一捷径。

A、B、C、D 四线，如图表所示，自昆明经富民到麻地一段，完全相同。自麻地山口，分成两路：A、B 两线走禄劝，C、D 两线走武定。A、B 两线，由禄劝经拖梯、龙海堂到石板河，完全相同。由石板河前去数里，在招钩附近，分成两线。就中较东一线，经杉老树，下山在中午山（一作“忠武山”）过江到通安，即是 A 线。B 线较西一点，经板桥，下山在鲁车渡过金沙江，上山后到新铺子。此两线在未到洋桥河以前会合，前去经张官冲到会理。C 线由武定径向北趋，渡江到新铺子，与 B 线合。D 线则自武定西北绕到元谋县城，再由该处北行，在龙街渡江，经江驿（一作“姜驿”，在金沙江北岸，仍属云南省管）后，入西康省（宁属）会理县境，前去经小关河（一作“小官河”），鹿厂（一作“炉厂”），到会理。这条路虽是大路，但较 A、B、C 三线都要绕些。E 线自下庄街东北到姚安，前行大体续向东北，经大姚、永仁，在鱼鲊（滇岸名“拉鲊”），渡到金沙江东岸，入会理县境。更前在将到小关河以前，与D线会合。

我们这次走的B线，沿途所经地名及实测里程高度，如第四表所示。这条路线，普通多半叫作“小东路”。A线后来我又单独走过。据实测结果，该线沿途地名及里程，如第五表所示。按该表看来，杉老树一路，比较捷一点。同时该路沿途人烟，也比较密一些。

第四表　鲁车渡路线（即B线，俗称“小东路”）

沿途详细地名及里程高度表①

地名	距昆明华里数（实测）	距昆明华里数（俗称）	实测海拔高度（米）	附注
昆明市（大西门外）	〇	〇	一八九八	起点
☆杨仙坡顶	五	——	二〇〇九	——
＊王家桥	九	——	一八六四	——
＊大普吉	一三	一五	二〇一六	——
☆水甲箐	一九	——	二一七二	——
天生桥	二六	三〇	二〇七四	——
＊头村（李子坪）	三一	三五	一九八三	第一日餐站
＊二村	四三	四五	一九二四	属富民县
＊三村	五三	五五	二〇三八	——
＊王家村	五八	六〇	——	——
＊沙锅村	六四	六〇	一八六七	——
＊大营	六九	七〇	——	——
富民（县城）	七五	七五	一八四九	第一日宿站

① 表中高度的计算，多承中央大学朱炳海先生帮忙，应在此特别致谢。

续表

地名	距昆明华里数（实测）	距昆明华里数（俗称）	实测海拔高度（米）	附注
*黄家庙	八一	八〇	一七九六	——
*南营	九三	九〇	一七八〇	——
*北营	九七	九五	一八一四	——
*者北（兴隆镇）	一〇七	一〇五	一九二三	第二日餐站
*上者北	一〇九	——	——	——
☆鸡街坡	一一二	——	二一八三	——
*鸡街	一一三．五	——	二二二六	——
*小店场	一一七．五	一一五	一八九五	——
*冷饭桥	一二二．五	一二〇	二三〇五	——
☆麻地	一二五	——	二一五二	去禄劝与武定两条路分路处
☆硝井垭口	一三五	——	二一四一	富民禄劝两县交界处
*硝井	一四〇	一三五	一八七八	属禄劝县；第二日宿站
*柿花树	一四三	一三八	一八二六	——
*骑马	一五六	一四八	一七六八	——
*七里营	一六一	——	——	——
*角家营	一六四	一五五	——	——
*董家营	一六五．五	——	——	——
*沟家营（屏山镇）	一七一	——	——	——
*明友村	一七三	——	——	——
花桥	一七四	——	一七五七	跨在鹧鸪河上的大木桥

续表

地名	距昆明华里数（实测）	距昆明华里数（俗称）	实测海拔高度（米）	附注
禄劝（县城）	一七六	一六五	一八六五	第三日餐站
* 鲁西桥	一八六	一七五	一九五四	——
* 解奖营	一九一	——	一七六六	——
* 拖梯（荣发村）	一九四	一八〇	一七三六	第三日宿站
发民村	一九九	一八五	——	——
* 钻字崖	二〇二．五	——	——	——
* 杉松营	二〇八	一九五	一八八九	——
☆杉松营后山顶	二〇九	——	一九五〇	——
* 红石崖	二一四	——	一九四三	——
* 小箐	二一五	——	——	——
* 小店尾	二二一	——	——	——
* 车梁子	二二五	——	——	——
倒马坎	二二八	——	——	——
☆新山寺（庙前）	二三一	——	二〇六九	——
鹧鸪河滨	二三三	二一〇	一九一一	第四日餐站
团街	二四二	二二五	二〇九一	——
☆将到龙海堂以前的山顶	二五三	——	二〇五三	——
* 龙海堂	二五五	二四〇	二〇五〇	第四日宿站
☆龙海堂后山口	二五九	——	二〇八二	——
☆石关门	二六八．五	——	——	——
☆马楚大梁子	二七一	——	二三二八	——
二道河（村）	二八八	二七〇	二一七一	第五日餐站
二道河河滨	二八八	二七〇	二一四七	——

续表

地名	距昆明华里数（实测）	距昆明华里数（俗称）	实测海拔高度（米）	附注
☆一处山顶	二九四	——	二二九八	——
☆坎磴	三〇四	二九〇	二四二四	——
沙弥拉	——	三〇〇	——	——
鲁家坟	三一四	——	——	——
石板河	三二五	三一〇	二一三七	第五日宿站
路南河桥	三三三	——	——	AB 两线分路处
＊招钩	三三五	三二〇	二二八三	——
☆一处倮族村	三四七	——	二四四五	——
高沟	三四九	——	——	——
☆攀枝得	三五五	三三五	二五〇四	——
＊板桥	三七二	三五五	二二五七	第六日宿站
☆一处山口	三七七	——	二二五六	——
☆另一山口	三八〇	——	二三〇〇	——
＊白云山顶	三八七	——	二四一七	——
＊汤郎（金江土司衙门）	四〇二	三八五	二〇九八	第七日餐站
金沙江边（鲁车渡）	四二二	——	一一九二	云南、西康两省分界处
鲁车（马店）	四二二．五	四〇五	一二〇六	第七日宿站；属西康省会理县
☆天坪	四四二	四二五	二四五四	——
＊新铺子	四六〇	四三五	一九三七	第八日宿站
＊杨家村（河滨）	四七五	——	二一五三	——
＊木落寨	四八〇	四五五	二一二四	——
＊洋桥河	五〇五	四八〇	二二〇三	第九日餐站

续表

地名	距昆明华里数（实测）	距昆明华里数（俗称）	实测海拔高度（米）	附注
* 洋河坪	五〇七	——	——	——
☆雷打树	五二二	四九五	二二四六	——
* 张官冲	五三三	五〇五	二一八一	第九日宿站
* 旧长城坳	五四三	——	——	——
☆望城坡	五四八	五一五	——	——
会理（县城）	五七八	五四五	二〇六〇（据常隆庆以前测定）	第十日宿站（终点）

在本表中，* 表示村镇，☆表示山顶或山口（垭口）

第五表　杉老树、通安路线（即 A 线）沿途地名及里程表

地名	距昆明华里数（实测）	距昆明华里数（俗称）	附注
昆明市	〇	〇	起点
* 石板河	三二五	三一〇	第五日宿站
路南河桥	三三三	——	以上与 B 线完全相同
* 一处倮族村	三四三	——	——
* 赵坎	三五〇	——	——
荞麦地	三五二．五	——	——
* 皎西	三六二	三四五	第六日餐站
老油房（哨口）	三七四	——	——
半角哨（哨口）	三八二	——	——
* 杉老树（一称“大松树”）	三八八	三七〇	第六日宿站
* 路驿	四〇三	——	——
* 倮族村	四一〇	——	——
* 大村	四一二	——	——
* 甘田坝	四一九	——	——

续表

地名	距昆明华里数（实测）	距昆明华里数（俗称）	附注
☆鹦哥嘴	四二〇	——	——
*河门场	四二四	——	——
*小坪	四三〇.五	——	在金沙江南岸，仍属滇境禄劝县
金沙江渡口	四三一	——	云南、西康两省分界处
*中午山（亦作“忠武山”）	四三二	四一〇	第七日宿站；属西康省会理县
半坡	四四五	四三〇	第八日餐站
*桥源洞	四四九	四三六	——
☆中午山山顶	四五二	——	——
通安	四六三	四五〇	第八日宿站
一把伞	四七〇	——	——
*洋桥河	四八二	四七五	第九日餐站；以下又与B线完全相同
*张官冲	五一〇	五〇〇	第九日宿站
会理（县城）	五五五	五四〇	终点

*村镇，☆山顶或山口（垭口）

关于C线，据唐老板说，自昆明行，第三天（或第二天）宿武定。由武定往北，第四天走六十里到茶店，途中翻过多匪的“大黑山”。第五天六十里到满德坪，第六天又六十里到金沙江边。渡江后第七天三十里宿新铺子，与B线合。九天便可到会理（赶路只要八天），乃是昆明、会理间最捷的一条路。

经过武定、元谋的D线（以前昆明、会理间主要的交通大道），友人黄泽机先生曾经走过。据他用时间记录测定结果，沿途里程，如第六表所示：

第六表 武定、元谋大道（即D线）沿途地名及里程表

地名	距昆明华里数（实测）	距昆明华里数（俗称）	附注
昆明市	○	○	起点
* 二村	四〇	四五	第一日宿站
富民（县城）	七〇	七五	第二日餐站
* 者北	一〇〇	一〇五	第二日宿站
冷饭桥	——	一二〇	——
☆麻地	——	——	以上与 A、B 两线完全相同
* 冷村	——	一二五	——
武定（县城）	一六〇	一六五	第三日宿站
* 马鞍山	二二五	二五五	第四日宿站
* 马头山	二八五	三四五	第五日宿站
* 元谋（县城）	三三〇	三七五	第六日宿站
* 龙街（一名“那别”）	三八〇	四五五	第七日宿站
金沙江边	四〇〇	——	云南、西康两省分界处
* 江驿	四五五	——	在金沙江北岸、仍属云南省；第八日宿站
* 绿水河	——	——	——
* 松平关	——	——	——
* 河口	五〇〇	——	第九日宿站；属西康省会理县
* 小关河	五四五	——	第十日宿站；来到此处以前，与 E 线合
* 鹿厂	六〇五	——	第十一日宿站
会理（县城）	六三五	——	第十二日宿站（终点）

* 村镇，☆山顶或山口

按第六表，循 D 线走，普通是十二站的路。如赶站走，十天或十一天可以赶到（例如第一天到富民，第二天赶到武定宿）。除全走旱路外，到了龙街江滨，亦可乘木船顺江而下，在喇叭沟起岸。这段路走旱路要三四天，走水路，夏季水大时只需六小时。由喇叭沟（亦作“那八沟”）一天（三十里）到新铺子。如此一共水旱是十一天的路。若过喇叭沟继续顺江而下，可到中午山上岸；再循 A 线前去会理。

E 线现已辟成西祥公路（由祥云到西昌），成为川滇西路的南段。该路在祥云附近“下庄街”地方，与滇缅公路相接。其公路上的站名及距离，如第七表所示。

第七表　西祥公路（川滇西路南段）沿途站名及里程表

地名	距下庄街公里数	附注
*下庄街	〇	——
*马油坪	九〇	——
姚安（县城）	一一五	——
大姚（县城）	一四五	——
永仁（县城）	二三五	——
*迤计厂	二八〇	——
*鱼鲊（金沙江渡口）	三一〇	在金沙江东岸，属西康省会理县，对岸滇境小村名“拉鲊”
*立溪站（一作黎溪）	三二五	——
*小关河	三四〇	——
会理（县城）	三九三	——
*摩挲营	四五一	——
西昌（新村）	五六八	西祥公路起点
西昌（县城）	五七八	——

*村镇

按第七表，由祥云到会理，共计三百九十三公里，合七百八十六华里。循滇缅公路走，自昆明到祥云，计程三五六公里；到下庄街（在祥云之东）约三二三公里。据此由昆明经下庄街循滇缅、西祥两条公路去会理，共计约七一六公里（即一千四百三十二华里），远较旧日直走会理 A、B、C、D 线为迂回。但由腊戍循滇缅、西祥两路，经下庄街到会理，一共不过一三九八公里，仅较由腊戍到昆明的滇缅公路（一三二八公里）略远，实为由缅入康的捷径。另外由镇南县城（亦在滇缅公路上，距昆明二三三公里），去北径趋姚安，现筑有公路支线。自昆明乘车去，走该路比较可以捷些。昆明、会理之间，公路上业已有客车通行。旅程计六天到西昌。自昆明出发，第一天宿楚雄或禄丰。第二天经下庄街，上西祥路，宿大姚。第三天在大姚休息。第四天自大姚前进，过“江底河”到永仁。第四天由永仁行，在鱼鲊过金沙江后到会理宿。第六天由会理出发，下午便可到西昌了。

会理及其附近

会理印象

会理是一座典型的四川县城，虽则现在业已划归西康，从人物、街道、建筑、店铺、风俗，种种方面看来，我们的印象，都是如此。城不算小，大约有一公里见方。鼓楼一座，位在城的中心。从该处东西南北四条大街向四个方向伸出去。城的东边，流着一条颇大的河，名为“会城河”或“会川河”。西祥公路，在此河东岸，靠着城墙，向北展出。紧贴城根，四周还绕着有一道窄窄的护城河。从地理上说来，会理城位在坝子西边尽处，其西墙靠近矮山脚下。和中国别处城市一样，靠城附近，几十里以内的矮山差不多全是光秃秃的红土坡。

即是放在目前四川省境各处县城中间，会理也要算异常整齐的一座城市，同时并且是比较不小的一座。不但四条大街，全部是用石灰三合土筑成；好几条旁街，也是如此。正街普通宽阔，可是路面异常光滑，中间凸起来，殊为美观；不过雨后太滑，稍一不当心，大有摔倒的危险。城内旁街侧巷不少。巷子虽窄，却是大部分铺得很整齐的石板街。房屋建筑多是旧式中国建筑，大都殊为整齐。商店表面模样，以及内容，都和普通四川城市，没有多大区别。各种店铺，当然是应有尽有。洋货以及上海出产的货品，经由昆明运来的，为量不少。新近西祥公路修通以后，并有一些货物，系自缅甸经由该路径直运来。虽然如此，市面上所见商品，仍以土货占去绝大部分。

会理的繁华热闹，真是当初意料所不及。原来我等心目中，以为这处逼近边陲的城市，必然相当冷落，和富民、禄劝相差不多。一到此处，看见如此热闹，大令我们惊奇。不独云南外县远比不上，就是四川腹地各处县城，赶得上会理的，也并不太多。清时西昌是府（宁远府），会理是州。可是自来会理就比西昌繁荣得多。据说在滇越铁路未通以前，由上海及外国运到云南的货品，是由长江达重庆，然后由川省经会理达昆明。同时自会理西行到三堆子后，溯金沙江而上，为当时由宁属通往大理的大道，由大理可以通到缅甸。清末法国人将滇越铁路修通以后，洋货以及上海物产，改采海道到海防，经由该路入滇。因此会理商业，大为减色。然而海道运滇的货物，到昆明后，一部分经会理运入川省，所以会理的重要性，并未消失。不过比起以前滇越路未通时，不免相形见绌。即在目前，此处市面繁华，仍然胜过西昌，不失为一商业城市。在另一方面，西昌自民国二十七年成立了军事委员会委员长西昌行辕以后，一跃而成为一处后方军事及交通中心。同时因为宁属农产品颇丰，西康省政府，亦甚重视该处。西昌街上，政府机关林立，满街皆是公务员，又是另一种风味。

会理颇有不少的好房子，此点亦为西昌所不及。庙宇公馆，很有一些规模宏大的。其中大部是滇越路未通以前的全盛时代所遗下。城内政府机关，除县政府及县党部外，有邮局及电报局各一所。经济部资源委员会川康铜业管理处，在此设有办事处。城内并有公园一座，系由以前一家私人花园改成。里面相当宽敞，布置尤为曲折幽雅，殊足称许。其中有池有亭，乃一典型式的中国花园。园内附设有民众教育馆。

兵士多，布告多，是会理城两种特点。一路从僻静的乡下地方走来，正式军队久已不曾见面。一到会理城厢，顿感武装兵士特别地多，到处都碰见他们。驻扎此处的，那时全是二十四军。服装相当整齐。我们一路走来，到此草鞋短装，衣服业已相当褴褛，走进城的时候，城门口的卫兵，注目望着我们，不过并没有麻烦。走到鼓楼，在一家茶馆坐下喝茶，只见鼓楼墙上，贴满了各种各样的布告。街上人挤得水泄不通，热闹异常，就和别处赶街子一般。城内南北大街上，商业最为繁盛。另外北门外（本地人称为“北关”）大街，也很热闹，甚至超过城内最热闹的部分。在这几条最热闹的街道上，每天日中人都是这样地挤。一件值得注意的事，是街上很少看见夷人赶街；虽则县城东面，离夷区仍然不远。晚上没有电灯，为此城一种缺点。因此夜间比较地要清静得多，但是几条热闹街上，夜市仍盛，尤以食物摊子为多。夜间各家店铺里面点的不是菜油灯，就是洋油灯，可惜大都不亮。门口略有悬纸灯笼者；但是夜间在街上走，即在大街，一半也要摸着走。

商务虽然繁盛，在我们走过此处的时候，会理尚未设有银行，汇兑全需依赖邮政局与钱庄。（当时只有西康省银行在此筹设分行。半年以后，街上却设立有好几家银行了。）娱乐方面，会理尚未设立电影院。戏院一共有两家。在北关的一家，夜间唱川戏唱到好晚。一直到现在，会理并没有放过警报，更没有敌机光顾过，这是一件幸运的事。以前此处生活甚低。最近一年，方才向上陡涨。我们路过的时候，本地人说，此处物价，较半年前业已涨了三四倍。一般物品，以及伙食，在当时较之昆明，约高三分之一。有些东西，高到一倍以上。

城内学校，颇有几所。就中最大的一所，是县立中学。该校校址，原来就是文庙，里面异常宽敞，我们来便借宿该校。此校对面，有一所中心学校（小学），里面也很大，西城为学校集中的地区。

北关的万寿宫，为县城最大庙宇之一。资源委员会在此所办皂烛厂，设在该处。另外借用此庙的机关，尚有资委会制糖厂筹备处，与一官商合办的“裕元矿业公司”。该公司业务，为在通安附近山上，开采金矿，由青年地质学家常隆庆先生主持其事。常先生是北京大学毕业生，为近年来中国科学家入凉山之第一人，我们此去，也想通过凉山。到了这里，便去找他，细谈凉山情形。常先生很客气，定要邀我们到“四川饭店”去吃饭。好久没有吃好菜，一到馆子，我们这群人，正像由饿牢里放出来的一般，二十几盘菜，如风卷残云一般，一会儿就完全光了。

大铜厂看铜矿

会理县境，素以产铜著称。产铜地点，计分通安、鹿厂、黎溪三区。中以鹿厂一区，距离县城最近。这三区的铜矿，在清朝曾采过。清末海禁大开，外货涌入。此等土法炼铜，生产成本既高，货色又欠佳良，逐渐趋淘汰。民国以来，此等情形，变本加厉。至抗战初起时，这三区的铜矿，已全部陷于停顿。抗战发生以后，因铜为兵工业所必需，而各国又均在积极备战，自国外运铜来，不复如以前的方便。于是政府乃复注意到后方固有铜矿的开采，除云南东川铜矿素来最为有名以外，其他可采的矿，计有云南永北、四川彭县与西康会理三处。民国二十八年，资源委员会川康铜业管理处，来此接收铜矿。将通安、鹿厂、黎溪三处矿区加以研究以后，认为通安藏量最丰，鹿厂矿质最佳，遂先在鹿厂进行开采。

鹿厂原名“炉厂”，该名即影射炼铜之意。后来讹传成为“鹿厂”。属于鹿厂范围的矿区，从东到西，又分为大铜厂、老矿山、百草硐三区。中间老矿山一区，即在鹿厂街后东山，距该村最近。因开采最早，故得此名。百草硐（一作“白草硐”）在西，与鹿厂遥遥相对，相隔不过一条山沟。大铜厂则在鹿厂之东十余里，走小路翻一山即到。

我等来到会理的目的之一，是想去参观铜矿。川康铜业管理处处长谢树英（济生）先生，是一位老朋友，此刻适在会理。晤谈以后，他便欣然自己引我们去看矿。三处矿一天去看，无论如何来不及。因为当时只有大铜厂还在开采，我们就决计到该厂去看一看。

一早七点钟，从会理动身。时间很早，会理人大都还没有起来，街上完全是静悄悄的。在街上走过的时候，到处嗅着有糖味，这是会理为糖业中心的一种直接证明。出城东门走上西祥公路，循该路径向南去，穿会理坝子平坦走。约行十里左右，路右绕梯田山走，缓上一坳。至此田坝走完，路入丘陵地带。里半过坳口，路穿丘陵田走，缓向下趋。又一里半，到“大转洞”休息。

“大转洞”距会理约六公里半（合十三华里），俗称十五里。公路在此处转弯。跨在一道小河上，筑有一座弯曲的公路大桥，故得此名。过桥路右有小村一座。

自大转洞前行，续循公路走。约半里余，左折离开公路，改循田间小径前进。略前走过跨溪石板桥一道，前去路左绕山，右沿溪谷田走，溯溪而上。田中所种农作物，起初全是苞谷，后来改为水稻。一路前行，势缓上趋。沿途道旁梨树甚多，此时正好结果，到处可以随意摘食。路旁并间见摆有卖梨的摊子，价亦甚贱。左边山上，略长有云南松。一路前行，沿途所经，都是一种良好的田园风景。冲田、农屋、村庄、树木，这一切都令人感觉，此处是人类安居的处所。植物方面，除云南松及梨树外，尚见有花红树、棕树及仙人掌等。如此约行十一里（后来有一部分系在溪右行），冲田风景走完，路陡盘上松山去。一里路改缓下。又一里，路右走过一座农屋，左循苞谷田边平坦走，不远即过到溪沟对面行，此时已近大铜厂。山虽愈走愈高，树木则反渐少。缓上里余，过一山口，距大转洞约十七华里，会理三十华里。自山口路缓下趋，两里复改上趋颇陡，旋即入大铜矿厂的大门。进门后路向下趋甚陡，左绕山行。约两里下到一道已干的溪沟，过沟乃到该厂办公室。由城来此，计程三十四华里。其处位在会理城正南面微偏西。一路走来颇快，到此不过十点四十分钟。

矿厂附近，只有几家人家。往南循山沟走，六七里，有一小村，名叫“大铜村”。“大铜厂”一名，即系由该村而来。铜业衰落以后，此处全成匪窟。两年以前，当资委会尚未来此接收矿区的时候，此处附近一带，全是土匪窝子，连本地人都不敢轻入。无怪当初大家对于此处，裹足不前。资委会派来的工程师，来此竟做了开路先锋。他们不畏艰阻，冒着性命的危险，来到这里。仅有的几位矿警，武力也很单薄。但是幸运得很，来此两年，并没有出过意外事件。大约匪徒听说来的是中央政府派来的人，不免望风披靡。无论如何，他们此来，连当地老百姓，都沾了光。附近居民，从此可以安居乐业。我们国家，在抗战建国的大业当中，最需要的，正是这班不畏艰难险阻的建设家。

治安现在虽已没有问题，在此生活还是很单调；而且购买东西，极不方便。厂里职员工人的食品，都要靠去鹿厂或张官冲赶街子买来。好在两处都近，并不十分麻烦。（张官冲距此，不过十五华里，可惜路上不太安全。）我们这番来，昨晚铜业管理处不得不当夜派矿警赶上山，关照准备东西，今天给我们吃。

此处地方荒野的另一证明，是一直到现在止，附近野物仍多。住在厂里，夜间常会听见狼叫。日前还有人抱着一只小豹子来卖，只索十元的代价。

谢济生先生，是一位留德专门学矿的老资格。主持铜业管理处以来，办事极有精神。在政府主持建设事业的人员当中，要算是一位干才。据谈，他办矿的方针，是在做详细的地质测量以后，趁着物价还不十分太高的时候，尽量多开工作面（Working Surface），并不急求出货。等到工作面开够了，然后大量开采，比较地可以少受物价变迁的影响。这种办法，许多人不以为然，其实却是很合理的。谢先生又说，中国铜矿，含铜量不高；如此铜矿，普通含铜不过百分之二三。土法炼铜，产量不高（因未经选矿手续故），生产亦慢。若要大量生产，非用新式方法，以机器选矿不可。本厂将来计划，拟每天出铜两吨半。此数虽不见大，但即如此，每天所要处理的矿砂，已达一百吨上下。鉴于本地人力缺少情形，用人工来选这样多的矿，实不可能。而自外国输入机器，则在抗战局面下，又难达到目的。这事对于本厂，乃是一件最严重的事。

资委会接收会理铜矿后，由民国二十八年下半年到民国二十九年年底，一共不过用去十余万元。民国三十年年度预算，每月七万元，比较舒展。近来奉令紧缩，加以物价陡涨，原来计划，一部分不得不缩小或撤销。如“老矿山”铜矿的开采，近已完全停工，工人一齐调来大铜厂工作。此处铜矿，停顿已久。熟练工人，当地无法可招。自东川找工人来，又嫌路费太贵，目前所采办法，为令工程师训练一部本地工人，教他们“放炮”（炸开矿床）选矿，种种工作。然后再由这些训练出来的工人，去训练其他工人。由此看来，工程师不但是工人的管理者，而且是教他们手艺的老师。至于计划和执行工程设施，尚在其外。如此办法，麻烦虽然比较要麻烦一点，但是工程师与工人之间，发生了师生感情，管理等等，一切都要便当得多，不致造成彼此对立的局面。而且他们学出的技能，比起平常所谓熟练矿工来，还要规矩一点。

矿上工程人员，一共有好几位，大都是焦作工学院的矿科毕业生。原任此厂主任的一位王某最近因事去职，目下工务、工程两方面，都由何副工程师仪贞负责。何君毕业不久，年富力强，确是一位干练人才。据他说，工程和技术上的事，倒还好办；最麻烦的，是管理工人。下工以后，他们闲着无事，常会聚赌。有些还有烟瘾。要想根绝这些恶习，很不容易办到。又说，此处矿山，下洞时所点的灯，用的是“红子油”。“红子”为会理附近一种特产，种在田里，有点像油菜。冬天开花，废历年后结子。榨出油后，成为“红子油”，像普通的菜籽油（清油）一般。这种油不但可以点灯，而且还可以吃。因此工人将油领去，往往偷着拿去吃。为防此点起见，现除限制每人领用数量以外，并且掺上一些蓖麻油，让他们无法可吃。另外如火药、“炮杆”等等，领用时数量上亦均有限制。

此厂工人宿舍不小。原来预备有一千工人以上的宿舍。现因工人难找，及近来紧缩关系，工人数目，远不够此数。以前最多时，连“老矿山”一起，一共到过四百工人。目下拢总只有二百四十人左右，全在本厂工作。因为这样，工人宿舍，住得颇松。一间颇大的房，不过住上两三人。不过里面设备，殊为简陋。每人所有，只是一张木床，上面铺上一床草席。工人一天做八小时的工，矿洞相当高大宽敞，还不算苦。每天上午八时上工，十二点放工。下午一时再上工，到五点便完了。工价方面，除食宿由厂方供给外，对于挖矿的工人，采取件工制。他们将自己挖出的矿，用手工选好以后，各自砌成一堆，积有相当数量，即请监工来点，每百万斤给工价若干。挖到较厚的矿层，所得单价，要较薄层少些。至于在地面工作的工人，则工价系按日计算。

大铜厂、“老矿山”和百草硐三区的铜矿，实在说来，系属同一矿床。这处铜矿，藏在砾岩（conglomerate）当中，在一种含铜砾岩的状态下存在。砾岩本身，又夹在暗红色砂岩与页岩的层间。后者之中，上下共夹有三层砾岩。在大铜厂所开出的铜矿，属于第一层矿岩。在“老矿山”所开的，属于第二层。在百草硐所采的，属于第三层（最下一层）。最上一层（即第一层）砾岩，全厚约计四十余米。夹在不含铜砾岩中的含铜砾岩，上下计有三小层，共厚一米余；连上各小层间的不含铜砾岩，总厚八米左右。按所含矿物种类说来，第一小层所含铜矿，几乎全是孔雀石（malachite）。第二小层，为孔雀石与辉铜矿（chalcocite）的混合物。最下一层，则大体全是辉铜矿。所谓含铜砾岩，是一些铜矿，散嵌在砾岩中。大约在造成时，此等铜矿，系填入砾岩裂缝中，故作此状。因此将该类岩石打碎以后，一部分乃系不含铜的砾岩，需用人工剔出，只留含矿部分。好在铜矿都有颜色，如此选矿，并不困难。孔雀石是一种碱型的碳酸铜，作美丽夺目的蓝绿色。辉铜矿的化学成分，为硫化亚铜，作钢灰色，带有金属光泽，所以得有此名。以上所述，为本处所产两种主要的矿石。另外附带的矿石，还有赤铜矿和蓝铜矿。有些矿石里，间或并看见有自然铜的结晶。赤铜矿（cuprite）亦称红铜矿，成分是氧化亚铜，颜色作哑红色。蓝铜矿（azurite）是一种十分美丽的深蓝色结晶体，其成分亦为一种碱型碳酸铜。一到矿山，看见这些五颜六色的美丽矿石，真是引人入胜。

到厂饱餐以后，谢、何两位先生，陪去看矿洞。自办公处行，路右循山边走，左溯干溪底而下，蜿蜒下趋颇陡。此处内线交通，正在修筑中。路基颇宽，逢沟即搭土桥，工程不小。将来完成后，可走汽车。据谢先生说，将来炼铜厂，拟设益门，此处只采矿砂，用卡车载往益门，就该处所出焦炭冶炼。会理、益门之间，现已有公路（即西祥公路的一部分）由本厂接到该路，亦拟由本厂自行筑路。一路前行，沿途数见老矿洞，大都洞口太小，位置太高（故洞甚深），现已不适于用。盖此处铜矿，明朝时候即曾采过。当时本地人民，知识颇为幼稚。故所开矿洞，不一定合乎科学原理。

行约四里，路左到达目前采矿的地方。大铜厂的矿脉，走向西南，自西南到东北，长约三四华里。现在开采处，地面出现有露头，主要矿洞，计有两个。一名“爆火闹堂”，系将一个旧洞扩大而成。另一个名为“大长子洞”，乃是新辟的。走到此处，正值午刻放工。趁这机会，我们到本厂附设的砖瓦厂去看一看。自矿洞续向前进，路左绕山边，右溯河沟而下，约行两华里始达。此厂计有小型扇形砖窑两座，每座一次烧一万多块青砖，烧两三天即得；连装窑出窑，一共一次需一星期左右。成本每千砖约合一百九十元，瓦二百一十元一千。此较本地市价（每千砖五百元），低去不少。

参观砖厂回来，下午一点，工人上工。最初有“炮工”（炸矿的工人）“放炮”。俟硝气略散，我们就持灯下洞参观。先下“大长子洞”（俗称“大洞子”），内甚宽敞。走进去全部人可挺腰直行，里面也很干净。矿工得有如此工作环境，殊属难得。夏天正午，外间温度甚高。入洞顿觉阴凉，甚至有点冷。循道进去，洞深约一百三十米。将尽处，两壁正在进行开矿工作。几百矿工，铁锤齐举，敲凿矿石，叮当作节奏，堪称壮举。此乃我国建国史伟大的一幕。

由“大长子洞”出来，我们进“爆火闹堂”一看。此洞较为曲折，洞底也没有大洞子那样平。循路走，洞深约二百余米。开采的矿层，有第一和第二小层的含铜砾岩。

鹿厂一瞥

在会理停留的第三天，趁便去鹿厂看了一趟。清晨从会理城动身，循西祥公路穿田坝南下，路大体系向南、西南行（最初一段系向正南）十里入丘陵田地带，又三里过“大转洞”。自该处续循公路前进，沿途见工人甚多。改善路面的工作，正在积极进行中。为着应付他们的需要，路旁隔不远就看见有卖茶卖吃食的小摊子。卖梨的摊子也不少，一角钱能买五个大梨。一路续穿冲田前进，约四里后，路右绕松山上趋，左临冲田走，大体仍向南、西南行。三里不足，上到坳口，路改下趋，初陡旋缓。下趋四里，改左绕矮山走，右循冲田行。起初仍缓向下趋，不远旋改平坦，向西南穿冲田行。如此计行三里左右，左折离开公路（此处距会理十三点五公里，合二十七华里），循田间小径走，旋涉小河一道，上坡后即到“鹿厂”镇的北端。

鹿厂为会理县境一座大镇，以产铜及瓷器出名。其处距会理县城约二十八华里，俗称三十里。公路修通后，此镇即位在公路旁边，东侧半坡上。该镇街道，实际上不过由北到南一条正街。不过那街不短，蜿蜒约达两里之长。街是全部用石板铺成的。到此镇以前所爬上的山坡，由坡脚处到街边，表面盖满了一层以前炼铜所剩下的熔渣，由此可见以前铜业之盛。

到此正赶上街子之期。街上人山人海，拥挤不堪。出卖货品，许多是由上海来的货色。一般情形，俨似都市景况。上等牙刷、力士香皂等比较摩登的货物，都有出卖。本地出产的粗瓷碗，摊子上很多。表面微带粉红色的石膏，为本地一种特产。问挑石膏者云，此货来自距此三十里的官沟地方，在此处售价八十元一挑。一家新开张的菜馆，里面挂满了红对子，门口大放鞭炮以资庆贺。

鹿厂街上所设公共机关，计有“鹿武乡乡公所”及“鹿武乡村模范学校”，均在正街路东。稍向里面一点，有一座川主庙，亦称“瑭琅宫”。川康铜业管理处的“老矿山”办事处，现设此处。铜管处在此开采铜矿，已有好几个月。近因紧缩关系，停止进行，正在赶办结束。主持办理结束者，是一位北洋大学毕业的郑工程师。晤谈后郑先生陪去参观矿洞。洞即在此镇东面所倚山上，行约十分钟即达。洞口已近山顶。进身颇低，须屈身而入，一路弯腰前进。此与大铜厂各洞之宽敞好走，大有区别。据郑先生说，此洞系将原来土洞扩大而成。本来的洞子更小，须蛇行而入。沿路屈身走进洞去，大部下坡殊陡。如此共行约一百余米，洞即走完。据称自洞口至此，高度下降有四十余米之多。洞尽处为一大水潭。投石下去，听响声知水甚深。此处铜矿系含在第二层矿岩中（参阅上文）。该层砾岩，厚度约计有两米到四米左右，铜矿在其中散布颇均，矿以孔雀石为主。砾岩上下，均系暗红色的砂岩和页岩。较此洞更高处，逼近山顶，另有一口老洞，据称所采为第一层砾岩内所含铜矿。归途自山坡上隔沟西望，近坡脚处为瓷厂，其上有瓷土。较南山坡半腰，一丛树处，那系百草硐。

饭后参观瓷厂。自鹿厂街上行，向西横过窄条山沟冲田，越过公路，到对坡脚下即是。此处几十家人家自成一座小村，与鹿厂街上隔冲相对。但其处仍为鹿厂的一部分，未另赐以他名。据本地人说，此片山地，原来是一处庙产，后来改归本地学校执掌，今则又改隶县政府财政委员会。各处住户及瓷厂，现皆向该会纳租。在此大小瓷厂，据称共计约有三四十家之多。规模类皆甚小，一家不过几名工人。关于夷患问题，据云夷人距此八十里，从未来此骚扰。

此处瓷厂当中，比较最大而且最进步的一家，名为“鹿磁德通利工业制造社”，老板姓郑。鹿磁（鹿厂所产的瓷）在会理一带，相当有名。不过此处瓷土品质，既不太好，制造方法又皆不求进步，所以出产瓷器，几乎全是粗瓷。郑老板是本村一位比较有新知识的企业家，所办的厂，若干方面，已渐采新式窑业的原则。出品除粗瓷外，有所谓“改良瓷”一种，系在模仿别处出产的细瓷。到此参观，郑君招待甚为客气。只惜街子之期，厂上停工，未能看到全部工作情形。

鹿厂烧瓷所用瓷土或高岭土，产在与街相隔一冲的山上（瓷厂即位在此山坡脚），位近山顶，作一陡坡形状，土色白中微带乳黄，自山脚可以望见。据郑老板说，制造粗瓷产品，全用本山瓷土。制“改良瓷”则此土嫌不够好，需掺以本处附近以及永定营所产瓷土，方能合用。（永定营位在西会道上。该处所产瓷土，实较鹿厂为佳。但因该处发现瓷土时，鹿厂瓷业已有基础，遂移土就窑，将瓷土运来此处以制细瓷。）制粗瓷器所用釉子，系将米糠一百斤，加上一定数量（十斤或二十斤，视其需要而定）的石灰，煅烧至白，冷后调水用之。制“改良瓷”所用釉子，则用“永定泥”（即永定营出产的瓷土）、长石（自昆明运来）、“马牙”（即石英，产在此处后山）及方解石作为原料。就中永定泥约占一半，其他三种材料共占一半。这两种瓷器，制造时烧窑均只烧一次。所用的窑，与昆明近郊烧粗瓷所用“黄窑”（出哑黄色瓷器的窑）相同，依山坡建筑，上下分成九个仓。每窑需烧柴七千多斤，出货约有三五万斤。粗瓷需烧三天两晚，改良瓷据称每仓两三小时。制瓷饭碗时，坯子做好，用“碗花”（即钴盐，由德国来）画上图案花，外面涂上釉子，然后入窑烧之，一次即得。一套（十个）大瓷碗，一套小瓷碗（均系粗瓷）两样一共在厂上不过售国币十元，可算便宜。除制上述两种瓷器外，本厂并制琉璃瓦及类似产品，此等产品所用釉子，仍系将米糠与石灰煅烧而成，但煅烧后加上一些本地所产铜矿，故烧后得绿釉。厂上研磨工作，大部系用人工。此外安有一部牛力研磨机。

西会道上

西昌、会理间的交通

由西昌到会理，自北往南的西会大道，向来是宁属境内交通的主要干线。这条路线，沿着安宁河谷展出，西面傍着这河，东面倚着螺髻山脉。因为循河谷行，全线大体路多平坦。在西南各省山岳地带，像这种平坦的路，颇不多见。这一带地区，仍是一种高原地带（据常隆庆先生以前用高度表测定结果，会理海拔高度为二〇六〇米，西昌一八二〇米），南与云贵高原接在一起，西面接上西康高原，成为后者的尾闾。会理附近，坝田颇宽，西面距河颇远（中间隔有丘陵地带），东西离山亦不近。北行六十五里过白果湾，东面仍紧靠螺髻山脉。更前六十里左右，到永定营附近，西边始紧伴安宁河上溯。自此北去西昌，一路大体系左河右山，顺河流蜿蜒前进。以路线而论，由会理到西昌这一段，约计三百四十华里的路，大体可说是径向正北行。

这条西会大道，以前称为六个马站，普通六天可以走到；步行或者乘滑竿，赶站走只要五天；马帮则常将此路分作七天走。西祥公路北段路线，自会理直到黄连关，大体不是与旧日大道完全相同，便是紧靠旁边，与之平行。过黄连关，始与旧路分歧。旧路较西一站，西面续靠安宁河颇紧，东边离螺髻山脉较远。公路则东面靠山较近，西边离河较远；在将到西昌以前，绕过邛海（在西昌城东南）南面及西面，然后进抵该城。这一节路，公路与旧路，相隔一条矮山（公路最后一段，系绕出炉山之后）；公路比较要绕一些，但更平坦。兹将此次测得旧路沿途站口里程，与公路上的距离（一公里折作两华里），列于第八表中，以资比较。

第八表　西会大道上沿途地名及里程表①

地名	旧日大道上距离（华里）		西祥公路上距离（实测）		附注
	实测	俗称	公里	华里	
会理（县城）	〇	〇	〇	〇	起点
白云寺（庙）	一〇	一〇	——	——	——
* 铺子房	——	——	一〇	二〇	——
* 大湾营	二五	二五	——	——	旧路第一日餐站
* 油菜地	三五	三三	一七．八	三五．六	——
* 益门	五五	五〇	二八．三	五六．六	——
☆慈巴坳垭口	六〇	——	——	——	——

① 本表中所列距离，均指距会理而言。又所谓旧日大道，目下大部分系循公路走；与从前真正的旧道，颇有区别。

续表

地名	旧日大道上距离（华里）		西祥公路上距离（实测）		附注
	实测	俗称	公里	华里	
*白果湾	六五	六〇	三六．五	七三．〇	旧路第一日宿站
孔明寨	七五	——	四二．一	八四．二	——
天宝山脚	八〇	——	——	——	——
*分水岭	八一．五	——	四七．九	九五．八	——
*摩挲营	一〇二	一〇〇	五九．二	一一八．四	旧路第二日宿站
*云汉乡	一一七	一一五	——	——	——
*永定营	一二九	一二五	七三．七	一四七．四	旧路第三日餐站
*锦川桥	一四四	一四〇	八〇．六	一六一．二	旧路第三日宿站
*铁匠房	一五九	一五五	——	——	——
*乐跃场	一七六	一七〇	九七．一	一九四．二	旧路第四日餐站 公路餐站
*半踮营	一八六	一八〇	一〇二．一	二〇四．二	——
*小高桥（一称丰裕场）	一九七	一九〇	一〇八．四	二一六．八	旧路第四日宿站
*一把伞	二〇七	二〇〇	——	——	——
德昌分县（铁索桥）	二一九	二一五	一二〇．六	二四一．二	旧路第五日餐站
*麻栗寨	二四二	二三五	一三五．一	二七〇．二	——
*黄水塘	二五九	二五〇	一四四．四	二八八．八	旧路第五日宿站
*黄连关	二七九	二六五	一五四．八	三〇九．六	过此村后公路与旧路分道
*崩上坎（一称“经久坎”）	二九七	二八〇	——	——	公路不经此处；旧路第六日餐站

续表

地名	旧日大道上距离（华里）		西祥公路上距离（实测）		附注
＊马鞍营（一称“马鞍山”）	三一二	——	——	——	公路不经此处
＊马道子	三二〇	二九五	——	——	公路不经此处
＊尧善桥	三三一	——	——	——	公路不经此处
西昌（新村）	——	——	一七五．一	三五〇．二	旧路不经此处
西昌（县城）	三三八	三一〇	一八五．一	三七〇．二	旧路第六日宿站（终点）；公路乘汽车自会理来，一天即到此处

＊村镇，☆山口（垭口）

雨中离开会理

在会理短短的两天半，我们对这地方印象不错。朋友们殷勤招待，尤为可感。可惜时间有限，不容许我们流连。

住在会理的几天，常隆庆先生，特别派了一位小勤务兵来招呼。这位小朋友，年纪很轻，人很聪明，经验也很丰富。据他自己说，现在年龄不过十六岁。可是他会打枪，而且以前还卖过鸦片烟。我们出去，请他代守房子。起初很好。后来有一次，一位同人回来，发现自己的一支自来水笔不见了。从此这位小勤务兵，就不常见面。临走的时候，也不来讨赏钱。

住在县立中学，借他们的厨房烧饭。除开烧饭的一位老头儿以外，中学里面我们的工役，还有三位年龄不等的小孩。临走以前，我们赏给他们十块钱，一起交给老头儿。不料那老头将钱完全吞没，一点也不分给小孩们。小孩们知道了，跑来向我们哭诉。不得已向老头手里，拿回五元，交给小孩。年纪较大的一位小孩将钱接去。他们自己里面，又分不匀，大的欺负小的，弄得又是一阵号啕大哭。想不到一点小事，会引起这许多社会问题。

由会理到西昌，除可乘汽车以外，骑马坐滑竿都行。那几天不巧下过大雨。刚修好的公路，途中有一段坍毁，正在积极抢修。几天以内，汽车不能通行。骑马坐滑竿，都嫌太贵，而且也不便于进行考察工作。所以我们决定，仍旧步行前进。行李自己不能拿，只好雇驮马或挑子，因为新近西昌方面，封马运汽油，赶马人生恐马被封去不得回，都不肯放马北去。兼以在会理途中，唐老板告诉过我们，说像我们这种旅行，一路上既不能老跟驮马走在一起，早晚装卸行李又耽误事，而且对赶马人是一种麻烦，两方面都有不便；因此不宜于雇马驮行李，而应雇人挑走，一切都可自由些。这话我们信以为真，就这样做了，后来懊悔不及。驮马无论如何，是不抽鸦片烟的，赶马人也没有这种恶习。早晚装卸，诚然多费点事，耽搁一些工夫，但是赶马人起得很早，天亮不久便可动身。途中也没有多少耽搁；按站赶路，一点不成问题，而且在普通情形下，大都到得很早。挑夫问题却两样。这里人的因素，成为决定性的因素。在这条路上，十个挑夫或滑竿夫当中，至少有九个半染有很深的鸦片瘾。他们的哲学，是不“吹烟”（抽大烟），就挑不动，抬不动。无论向他们如何解说，都是枉然。抽足大烟以后，他们不管是挑是抬，确能走得很快，比起我们空手来还要快些。然而正是因为有瘾的关系，他们一天到晚，兴趣全在抽烟上面。一到地点，只知如何去过瘾。至于如何能挣到生活费，并不十分关心。早上很晚还在床上，需要客人三催四请地去请安，方才慢慢爬起来。起身以后，还要过足了瘾，方能上路，否则事实上一步也走不动。沿途走到喝茶或者吃饭的地方，到处要停下“吹烟”。在他们钱包许可的范围以内，抽烟次数，总不嫌多。身上钱光了，就向客人预支。无论如何，烟是非抽不可的。同时每次抽完，又需客人再三催请，方肯上路。这样旅行，真有说不出的苦处。比起雇驮马走，麻烦得多了。

当初不知这种情形，马又过于难找，所以我们自会理到西昌，终于是雇人将行李挑去。那时候正值西祥路兴工未竣，人工很稀少，代价亦高。幸亏得到常隆庆先生帮忙，才雇到四位挑夫。这里挑东西的代价，习惯上不是按挑夫人数计算，而是按所挑东西的重量计算，多挑点的多得钱，我们十一个人的行李，共重三百二十三斤（旧秤）。单价是挑到西昌，每百斤一百四十元。这点行李，分给四个人挑，据他们说，所付代价，仅够沿途开销；因为按规矩路上吃饭吹烟，都是吃他们自己的。这班挑夫们，大都有家有室，有妻有子。可是因为染上烟瘾，无论何时，所得仅足糊口。家中妻儿，只好弃之不顾，听其自生自灭。好在他们家里，大都管有几亩薄田。家中人务农为生，尚可勉强维持生活，不致饿死。对于这班苦力，“吹烟”成为生活唯一的目标，唯一的快乐。钱多多抽一点，钱少少抽一点，反正弄得每天身上不名一文了事。他们从来不会有积蓄。每次走到旅程终点，在店子里住下，闲过一两天，便欠上一屁股的债。下次生意讲好了，首先要请客人垫钱，替他们还清店主人的债，方能动身。以后沿途便向客人预支工价，按日消耗。对于他们，最仁慈的雇主，是一路加紧克扣，不轻予预支的人。这样在可能范围内，每天只给最低限度的钱，让他们少吃一点“黑饭”；到了目的地，方才将剩下应得工价，一齐付清，让他们多少留下几文钱，至少不致立刻沦为乞丐，乃是一件造福不浅的事。挑夫们终年身上穿的，不过是一套蓝布褂裤，不换亦不洗，破了自己补。据说一套可以支持半年。

我们雇挑夫，原来提出的条件，是不要有烟瘾的。但是这件事显然是不可能；因为在这一带，恐怕根本就没有不抽烟的挑夫。结果雇来四位挑夫，三位有很重的烟瘾。只有夫头聂某（一位壮健的汉子），瘾较轻些，但也到了每天非抽不可的程度。据他自己说，对于抽烟，刚学会不久。他们这班下力人，在路上一起来，同伴当中，伙食各吃各的，烟账则一起算，不问每人所抽多少如何。他们在路上，往往经过一天异常的疲劳以后，反而宁愿省着钱不吃白饭，“黑饭”则非吃不可。多下的几个钱，必要时私下可以偷着多吸两口烟。聂夫头又说，以前他并不抽烟。后来因为眼看自己用气力挣来的钱，被别人抽烟抽掉了，太不甘心，所以就开始抽起来。现在每次必饱吸，以将本钱捞回。这样愚鲁，也真可怜。

聂夫头挑的东西最轻。为着增加收入，他附带着做一点生意。别的东西，带到西昌要抽税。他所带的，只有几件新的白麂皮背心。这种背心，在这一带，劳工阶级，最喜欢穿。在昆明一件不过卖五六十元，在会理八十元，到西昌则卖到一百二十元，带去获利颇厚。一部分背心，他拿来一件套一件地，穿在自己和其他挑夫身上。另外一部分，匀在行李上挑着。据他说，自己以前也做过生意，挣了一点钱。后来被一位朋友倒掉一笔账，又复囊空如洗。他又说，在这条路上，带烟土最为有利，所以偷带的不少。一两大烟，在会理不过值五十元，在西昌则卖到八十元。

我们离开会理的时候，是上午十点钟。早晨飞了一点细雨，此刻慢慢变大了。我和一半同人先走。另外一队，押着大批行李在后面，我们一队，自县中起程后出北门，循北关大街径向北进。跟我们走的，只有一挑行李。北门外市街颇长。约一里，出一门，石灰三合土路走完，但前行仍有一段街房。又向前两里不足，穿过一座小村。再二里，又过一村。略旋路向左折，走过一道大桥。此桥名“三元桥”，跨在会城河上，距县城约五华里。过路续循旧日大道向正北行，但会城河则到路左。约一里左右，始上公路。（公路从会理东门外经过，径向北去，并不穿城而过。自城内上公路，应出东门。但最初一段，循旧路出北门，比较地略为要捷一点。）循公路向北前进，约四里路右到白云寺。

大雨到白云寺

和我们一起走的那位挑夫姓马，同伴们都叫他“老马”。四位挑夫当中，这位烟瘾最深，但是人最老实，所以别人都欺负他。走出会理的时候，他一人挑的那担行李最重。一路淋着雨，铺盖打湿了，越来越重。本来这挑行李，干燥的时候，也就够重的。打湿以后，更加受不了。一路雨愈下愈大，我等押着这挑行李走，老马沿途叫苦不迭。到了白云寺，已经正式下大雨，我们一身也早已打得透湿，没奈何只好大家停下，在这庙里躲一躲雨。这时候庙内业已聚了不少的人，都是南下和北上的客商与行人，途中为狂雨所袭，来此暂避的。

白云寺是会理附近一处名胜，距城约十华里（俗亦云十里）。无意中来此避雨，得有机缘瞻仰一番。此庙颇大，建筑不错，布置亦佳。佛像雕塑，尤为精美。边地看见这样好的庙，颇不易得。庙内前殿供的是玄天大帝，二殿供送子娘娘，三殿供观音。

初到白云寺，颇觉有趣。雨天颇冷，站了一会儿，身上冻得发抖，雨却一点没有转小的样子。一路淋到这里，已够狼狈。但是，待在此处，亦非办法，约莫歇了半点钟左右，其他同伴，押着其余三挑行李来了。他们一到，马上先和我说，这些挑夫，因为下雨，今天根本就不想走，好容易硬把他们押来。今到此处，他们非停不可。希望我们这一队，赶快前进，这样等一下他们才有理由，叫那些挑子走，如此大家还可勉强赶点路。一听这话不错，同时看见躲雨的人已有少数几位起程，我们便不顾一切，硬押着老马前进。

榨木树避雨

由会理到白云寺一段路，途中虽够狼狈，但是我们还有心情，去欣赏会理附近的雨景。这段路是平坦地穿田坝前进，溯会城河而上。雨雾中东望田坝尽处，突起一条颇高的山脉，那便是所谓螺髻山脉的一部分。越过这条多少有些树木的山脉，即是神秘的夷区。那边情形究竟如何，我们心中老是揣摩着。

在白云寺一冻，游览的雅兴，完全消失了。当前的问题，是如何赶路。那时候已经快要正午十二点钟。我们心中总想，无论如何艰难，当晚必须赶到益门或白果湾。一种必须赶路的理由，是身上所带旅费，已感不很够用，志愿虽是如此，天气却不由我们吩咐。自白云寺前进，雨势不但毫未减退，而且更加狂起来。走了不过一里多路，一共淋了十分钟雨，老马已经告饶，我们自己也受不了。那时候凑巧路右有一间独家店，我们就大家钻进去，再躲一回雨，问店主人以后，知道此处地名为“榨木树”。到此又冷又饿，浑身冻得发抖不止。赶路的勇气，亦已消失。主人家生了一堆柴火，我们大家在火旁躺下，烤衣取暖。疲倦之余，身上一件衣服的口袋烧烂了，方才发觉。

主人家还没有吃饭。平常很少会有人在此投宿或就餐，所以更没有预备给客人吃的饮食。恳求了好半天，他终于答应，马上就煮饭，煮好了分一点白饭给我们吃。烤过一阵火，人慢慢感觉舒服起来。同时大雨倾盆，一点也不见小。看看形势，今晚非住此处不可。但是此处仅有的一间房，如何睡得下我们一伙人，事实上却成问题。一个钟头以后，雨渐小些。后面一队人来了，从门缝中看见我们，叫我们一同前进，只好又跟他们走。午饭并未吃成。老板倒好，一点不生气。给了五毛钱柴钱，也就表示满意。

大湾营一宿

离开榨木树，是下午一点十分。自此前进，陆续在宽敞的会城河河谷，穿田坝前进。里余走木桥过此河，河复到右。一路冒雨前进，途中数走木桥过支溪。雨后溪水陡涨，均成泥浑狂流。雨势起初虽则不大，不久又复渐渐大起来。老马挑着湿行李走，愈来愈重，沿途叫苦不迭，定说这挑行李，干燥时也有一百斤，打湿后至少一百四。到了后来，他走几步停一停，最后索性不走了。没有办法，只好由两位气力比较大些的同人，一人替他背一只铺盖，将他那挑行李的重量减轻一半，这样才勉强地缓向前进。

如此前行五六里，河谷冲田转窄。地面渐带丘陵式，路左绕山上趋。河身坡度，此时亦增大。一里路左走过一座小村。又五里左右，路左到一座茶棚，停下休息。这时候雨又已经很大。茶棚以篾席搭成，里面不小。好几位卖零食的，在内设摊。其中一位卖粑粑的少妇，短发旗袍，上身还披上一件男子的西装上衣，颇为奇特。问她才知是一位在此监工的工头的太太；丈夫姓陈。借着这种小生意，她在替丈夫增加收入。问大湾营还有好远，据说就在前面，上一点坡就是。自此处茶棚行，离开公路，左斜循旧日石道上山坡，数十步即到大湾营街上。

大湾营距白云寺约十五华里不足，距会理约二十五华里（俗亦云二十五里）。到此还不到下午三点钟，但是狼狈已极。益门在前面，尚有约略相等的距离，雨中估计无法在天黑前赶到。一看雨势愈猛，我们决定在此停下过夜。白云寺以后，其他一队人，走在前面。他们也已经决定宿此。将到村口以后，在公路上画有记号，叫我们来到这村。匆忙中未曾看见，我们这队人，经过慎重考虑以后，单独地决定留宿此处，这真是不约而同。走到此村，我们在一家只有一间房的小店停下。不久其他一队人，发现了我们。午餐以后，接我们到他们所宿那家较大的店去，大家一齐团圆。

在这单间房的小店里，我们第一次尝到“帽儿头”的风味。吃“帽儿头”是四川以及宁属地方一种通行的风俗。所谓“帽头儿”，是将一碗饭添满以后，额外多添一些，上头用另一只碗扣上，做成凸起的头，像一顶帽子一般，其量约当于两平碗的饭。按规矩凡是吃“帽儿头”的，照例由店主多少供给一点菜，不另收费。这种不要钱的菜，大都是炒熟的素菜（如炒豌豆、炒辣椒等），有时则不过是点泡菜或咸菜。虽然不要钱，客人却要知趣，不能放肆大吃。要不然老板就会表示不高兴，或者甚至加以干涉。同时这种菜是大家公吃，不是专给哪一位或哪一批客人。吃完可以添，别人吃剩下来的也就得接着吃，不能叫主人另换新的。此处饭并不贵，一个“帽儿头”不过四毛钱。因为一时找不到别的东西吃，饿了大半天以后，我们吃了几个“帽儿头”，几碗豆花，就算了事。饭后我们继续围火烤衣，许久未走。和我们一样避雨来此的客人，又来了几位。主人拿出不愿意的样子来，接连催我们走。蘑菇了一会儿，到了下午五点多钟，终于不得不走。普通烤火是不要钱的，我们因为烤得太久，有点儿过意不去，临走的时候，给了主人八毛钱的柴钱。主人还嫌少，定说我们至少烧了他两块钱的柴，叽咕了好久，我们只好掉头不顾而去。

投宿的那家店子，是全村中最大的一家。可是此村实在太小，这家店子也就小得可以。房子虽有两进，地方却真不大。我们十一个人，分睡后院两边矮楼上，挤到不能翻身的程度。一路淋雨来，铺盖大部打湿。就是这样，在湿被窝里睡了一夜。上半夜天还继续下雨，屋顶漏下雨来，如此更形增加我们的狼狈。自昆明出发以来，以这一晚为最苦。但是大雨中挣扎到此，很够疲倦，一夜居然睡得很好。第二天一早醒来，雨已停了，不胜高兴。

这家店子，虽然略为大些，但是里面很脏，而且也是除米以外，一样东西都买不到。幸亏在茶棚碰见那位卖粑粑的工头夫人陈太太，在此店长住。大家认识以后，她很慷慨，将预备自己吃的菜，分卖了一些给我们。晚上吃了一顿饭，拿炒蛋、煮洋芋和酸菜汤作宴。早上米不够了，便吃了一顿洋芋饭。像这样又挤又脏又漏，跳蚤又多的店子，歇一夜“干号”，居然开口要八毛钱一个人，后来给了六毛了事。话虽如此说，大雨中能赶到此处歇，已经算是幸福。

在大湾营的一夜，就寝以前，我们和挑夫们，大家一齐围着火坑，烤火烘衣，一面聊天。店主人对于烧柴，异常吝啬。每次抽出一根草来烧，都要使他呻吟一声。可是不顾他屡次提出抗议，我们仍旧继续烤火聊天。挑夫和我们，此刻已经很熟，大家可以畅谈。谈到喝酒问题，我们说，无论如何，酒不应该多喝。这时一位挑夫便说道：“酒有人真会喝。像我们这里的‘朱大力气’，一人一顿能喝一两斗。这位朱大力气，真能吃，又能喝，尤其是气力大。三十多斤一斗的米，他能背上六斗，蹲着就屙屎，连米也用不着卸下。现在年纪已经六十多岁，'扮'起禾来，却抵得过好几个壮丁。”从这里我们的谈话，转到蔡三老虎身上去。会理一带人心中的英雄，就是朱大力气、蔡三老虎和邓秀廷三个人。随便一谈，就会谈到这三位。蔡三老虎和他的兄弟蔡幺老虎，二十年来，在西会路上，骚扰不堪。汉人一提起他，就会头痛。这条交通线之所以幸存，完全是邓司令的功劳。

油菜地

一早八点钟，我们由大湾营动身前进。一个大晴天，予我们不少鼓励。自村下到公路后，随又右斜循旧日石板路走。此处附近一带，大湾营之东，展出一小片冲积平原（Alluvial Plain），全部辟成稻坝。此片平原，系由一道大溪的下游所造成。（会城河至大湾营附近即完，此系另一条溪水。）里余走木桥过此溪，其水全清。又一里，复返公路。前去溪谷顿窄，复入丘陵田地带。循公路前进，势向上趋，一部陡上；路左沿山边，右循溪谷走，途中两过跨在支溪上的木桥。约行三里余，过跨溪大石桥一道。此时见公路支线一小段，系用笼土抢修。续向前行，溪谷愈窄，稻田全完，谷中只略剩一些苞谷田。两边山上，树木已多，种类有云南松等。（由会理到大湾营一段，右边向上略见树木，左山则绝少。过大湾营，树乃渐多。）地质方面，自此处（距大湾营约五华里）附近起，公路上路旁见堆有大块的花岗岩，但左山则大体仍系由暗红色页岩所构成。宁属地方，自南到北，由会理附近到西昌，再向北去，经冕宁到大渡河边，这一路上，多半地方，不断地有花岗岩侵入水成岩间，此乃造成宁属矿藏丰富的一种主要原因。在这里我们已经开始看见花岗岩的踪迹了。

过石桥续沿溪上溯，途中又两次走木桥过支溪，约三里过跨溪木桥一道，前去改由路左溯溪而上，溪已殊窄。又行两里不足，路左到一村，名"油菜地"。挑夫今早未曾抽够烟，到此定要停下，补充几口，只好依着他们，大家在此休息喝茶。

油菜地距大湾营实约十华里（俗称八里），会理三十五华里。后来我们才知道，此处从前是匪患最凶的一处地方。在公路未修以前，这一带不断出劫案。整个西会道上，固然都有相当危险，其中最危险的地方有两处，北边是铁匠房，南边是油菜地。本地人一提起这两处地名，不免就要战栗。我等当初不知此等情形，心中很坦然，在村中坐下大喝其茶。后来走到别处，朋友们都问我们，油菜地是如何过来的。

对于挑夫们，油菜地有另外一种意义。他们说，这里的烟土，品质最好，价钱也公道，可惜昨日没有赶到此处宿下。在怕匪与过瘾二者当中，他们宁愿冒夷匪的威胁，来满足对于大烟的欲望。

昨天打湿的铺盖，夜间并未能烤干。今天挑走的行李，仍然是湿的。因此挑夫走得很慢，我们到后许久方到。尤其是老马，行李既重，烟瘾又未过足，简直就走不动。临到油菜地以前，竟不得不自己掏出一块钱，和一个挑白菜的乡下人换着挑。走到油菜地，我们试将行李再看一看，他所挑一担，果然过重。原来我们以为老马特别不行，到此才知道他实在受了同伴们的欺负。因此将聂夫头叫来，令他将各挑行李，重新调整一下，把老马的担子减轻许多，夫头自己加重一点。

向益门前进

挑夫们在油菜地，吞云吐雾，大得其所，赖在烟床上，硬不肯走。一连催了多少次，挨过大半个钟头以后，十点钟方又勉强起程前进。老马并不是真走不动，过足瘾，减轻负担以后，他和别的挑夫一般，跑得如飞，比我们还走得快些。

到了油菜地，据说大路东边，就是夷区。由此北去，直到锦川桥，这一段路上，沿线以前都是匪患最烈的地方。公路修通，情形改善了许多。在我们走过的时候，沿途几乎不断地看见大批工人，积极地在做改善路面的工作，这样更令我们放心。

油菜地位在公路左（西）边。由大湾营溯之而来的溪水，此时在路左。那溪到此，已经很窄，而且水也干了。出村复返公路。约半里又离开，复循旧路走，离溪前进，势向上趋颇陡。里半爬到山顶，路改缓向下趋，旋返公路，又复上趋。不远又到一座坳口（此处为一分水岭），复改缓下，左循山边，右沿一条溪谷苞谷田走，溯该溪而下（此系另一溪，并复由大湾营溯之上来者）。如此计行两里，途中两次走木桥过支溪，乃复离开公路，上旧道走，陡上左山，不久旋改上趋较缓。约五里后，路左走过一座小村，距油菜地十华里。此村附近，多核桃树。山的构造，山顶一带多为花岗岩，下面一段则系泥页岩及泥板岩。（在油菜地过来不远，并曾见有石灰岩。）由此村循旧路陡向下趋，右临溪谷而下。约一里（途中走木桥过两道支溪）下到公路，复循公路前进，左绕山边，右循溪谷，缓向下趋。又一里，到“大磨”（距油菜地约十二华里）停下休息。此处原无村庄，现因公路兴工关系，路左搭有几座卖食物的草棚，生意极好。

自大磨前行，路续左循山边缓下，右则沿溪谷冲田行。此处冲田，满种水稻，平宽像一片坝子。一里走一道跨在此溪上的公路大石桥，前去溪到路左，此时已宽似一河。在此桥上面一点，河上有用笼土筑成的桥墩。前行穿稻坝走一段以后，路改右绕山行，左循河坝田溯河而下，势缓上趋，两里走过一道跨在支溪上的木桥，旋即离开公路，改抄田塍小径下趋。三里不足，路右过益门砖厂（属川康铜业管理处）。烧红砖的砖窑一座，正在建筑中。将来拟用此窑，烧出红砖，用以搭盖房屋。并用一部分砖，另盖一窑，烧出一些火砖。然后再用那些火砖，搭成一座正式的火砖窑，烧出大批火砖，用来搭炼锌和炼铜的炉子。将来炼厂，即设此处附近。

过砖厂未停，续向前进。里半走过跨河的公路大木桥一座。此河流经益门镇旁边，即称“益门河”。由大磨以南一路溯之而下的大溪，即系此河上游。略前又过一座跨在支河上的大木桥（桥系用笼土做墩），即到益门镇。

益门

益门距大湾营约三十华里，距会理约五十五华里，为会理县境一座重要镇市。此镇原名“夷门”，由名可见为一种汉夷交界处。近来谐音改作“益门”，本地人还觉不惯。以前此处夷患闹得很凶，最近始安定下来。因为这样，此处汉人，也是相当强悍，且多带有枪支。盖非此不足以自卫，无怪其会要这样。据铜管处人说，初到此处，极觉可怕。现在此镇渐趋繁荣，公路既已修通，官厅势力也能充分达到；本地百姓，已经比从前要驯良得多。益门附近，产有煤矿及耐火土。煤矿刻已由铜管处加以经营，称为“益门煤矿厂”。其处小地名为“老山坪”，距镇不过六华里。耐火土产在砖厂附近山上。以前本地人在白果湾用土炼锌，即采此处瓷土，用来制炼锌罐。将来铜管处在大铜村所采的铜、天宝山所采的锌，拟均移矿就煤，运到益门来炼，炼厂即设目前砖厂所在处。将来冶炼，拟全用新法。炼铜用焦炭，炼锌用焦炭及发生气（Producer gas），前者做还原剂，后者作为燃料。现在国防上需锌颇急，拟先用土法赶炼一点锌。除铜管处事业以外，矿厂对过，镇的附近，西昌行辕，设有酒精厂，不久可以开工。从此这处原来武蛮荒僻的地方，将因煤矿的恩赐（此处煤矿，据称乃是宁属最好的一处），一变而成为一种新式的工业区域。在两年前，这种事是完全意想不到的。煤厂民国二十九年一月，业已开工。炼厂民国三十年三月，方始筹设。将来组织，砖厂是附设于炼厂之下。

益门镇（一称“益果乡”）并不大。短短的正街一条，用石灰三合土铺成，中间嵌上一条直铺的单条石板；由南到北，不足三百米。镇上建筑，纯然是汉式。但是据说往东去不远，十余里即到夷区。阴历每逢三六九，是此处街期；赶街的时候，来做买卖的夷人不少。我们到此，碰上一个闲天。可是因为修公路的关系，街上还是相当热闹。茶楼饭馆，忙碌异常。铺子里，摊子上，居然摆着力士香皂一类的外来摩登物品。一家茶馆里，好几位上海工人，跷起脚在那里喝茶休息。走过的时候，听见他们用上海话聊天。其中有一位，忽然说道，他居然会这样深入内地，真是当初所梦想不到；如何会跑到这里来，连他自己都莫名其妙。西祥公路的修筑，的确使宁属地方，起了意外变化。以前的荒僻乡村，现在变成了热闹镇市。以前匪患充斥的道路，现在变成了可以安然通行的交通要线。整理交通，对于开发边地，真太重要了。修筑公路的另一种附带结果，是物价陡然高涨。原来西会道上，因为夷患闹得凶，沿线人口不多，现在突然来了这一大批工人，粮食等等，一切都感不够。既然供不应求，按照经济学的原理，物价当然要陡涨起来。在我们路过的时候，鸡蛋在此，已经卖到五角钱一个。

益门街上，尚未设有邮政代办所，只有一个邮政信箱。学校方面，有一所县立初小。铜管处炼厂办事处，原设街上。我们到时，正巧搬家，搬到砖厂那里去。炼厂主任，是一位工程师，葛翔先生。我们带有谢济生先生的一张介绍片，本来预备要找他。到此路上就碰着了。那时候已是正午，葛主任定要邀我们去砖厂坐一坐，在那里午餐。砖厂虽然刚设不久，里面办公室和职员宿舍，设备都不错。葛主任房里，甚至放有一架留声机。这和本地老百姓的文化比起来，不啻差上两世纪。葛主任和他底下一位安组长，待我们很好。自己虽正在搬家，却叫人做了不少的烙饼给我们吃，让我们饱啖一顿。

在砖厂休息的时候，碰见煤厂王主任。王先生是一位经验异常丰富的老工程师，以前在六河沟煤矿做过事。据他谈起，益门煤矿，虽则在宁属有名，但是质量都不见佳。煤层不厚，多半为“鸡窝煤”［即藏在包囊（pocket）中者］，不成正式矿脉。煤中所含挥发质，不过百分之十三至十六，仅仅勉强可以炼焦。拿产量来说，此矿目前一天不过出三吨煤，收入尚不够开销。将来计划，亦不过日出三十吨，如此即足供炼厂与酒精厂之用。此数较之六河沟日出两千吨，不啻天渊之别。不过就宁属各县境内煤矿说来，此处仍是最好的一处。抗战以来，王主任在西康省境，为政府采矿探矿，走过地方甚多。洪坝大森林、湾坝银矿，都曾去过。和他谈起各种情形，甚为有趣。

益门附近山上，因为地方荒野，以前夷患甚炽，迄今树木茂盛，野物充斥，仍是一种森林景况。树木当中，主要种类，为云南松、水冬瓜及青杠树。水冬瓜是一种高大的树，树干很直；叶子从近根的地方起，沿着树干四周，一直长上去，造成这种树的特殊形状。此树木材很好。在益门附近山上所产的，有些直径大到两英尺左右。将到益门以前，我们在路上碰到好些背木板南下的背子，所背大都是由松树（云南松）或青杠锯成的板子。问他们从哪里来，据说来自“石窝河”地方；该处就在山上，离镇不过几里路。

翻过慈巴坳

下午三点，我们方才离开益门。葛主任派有一位矿警，陪我们一起走，准备明天引我们去天宝山看铅锌矿。由益门到白果湾一段，公路盘上太绕。最初一段，我们纯粹是循旧道走，而且抄的是小路。出镇北口，即走小路陡盘上一座由紫色砂岩与页岩构成的山。两里复上公路，循之盘上山去，坡度较适才一段小路为缓和，路左绕山上趋。这段路上，树木稠密，不见人烟。途中忽见公路上有一大摊血迹，不免令人惊心。由此联想到以前所听见关于盗匪杀人的故事，更使我们心中上下不定。后来听说这不过是路上工人杀羊所遗下来的血迹，方才放下心来。山顶一带，树木愈密，种类有云南松、油杉、大叶青杠、水冬瓜等。路上又碰见背大块杉板自北来的背子，人均壮健异常。可惜久作此业，颈项已弯，背部横肉突起。行进的时候，面部表情，仍是异常吃力的样子，一路咬牙喘气，亦殊可怜。据他们说，这些板子，系从土门子（按：该处系在西昌县境内，西昌城之南约一百五十余里）背来。

循公路上趋，约三里不足，略向下趋，旋复改上，不远即过一处山口。此处地名“慈巴坳垭口”，距益门约五华里。前去白果湾，尚有五里下坡路。西祥公路上，据说以此点为最高。其处较白果湾，约高二百五十米。由此经白果湾直到“分水岭”，大体一直系陡行下坡，高度一共下降五百米之多。

自垭口循公路陡盘而下。山顶一带，森林仍好。益门附近一带的林山，因为以前未曾大加砍伐，到今保存得不错，的确可爱。此次修筑公路，这处供给一批很好的木料。可惜因为有利可图，本地人民，大肆砍伐，此事如果不加以节制，在不久的将来，好好的林山，便有变成光山的危险。

下山途中，路线大体是跟着公路前进。但因公路盘旋过甚，途绕得太远，途中大部分抄小径下去，势更陡峻。路左则大体系临一溪下趋。约行二里半，走过一道跨在支溪上的公路大桥。又约一里，路左过一小村。山上树木，至此已较稀，但较之别处，则仍甚好。附近一带，路旁常见一种树，本地人称为“抱角皂”树，据称其上可以养白蜡虫。路前半里，到一岔路口。循右岔小路走，势向上趋。途中连过两道跨在支溪上的木桥，计其行一里左右，计于下午四点半钟，到达白果湾停宿。原来晴热的天气，将到时忽然飞了一点细雨。将到白果湾一段，右山一部分系砾岩所构成，其中一部业已风化。

白果湾

白果湾距益门约十华里，距大湾营约四十华里，距会理约五十五华里（俗称五十里），为西会道上一要镇。较之益门，此处夷患比较轻些，即在从前，亦颇热闹。西祥公路开通以后，更加安稳。不过同时物价却和益门一样，陡然高涨起来。其中理由，一部分是因为百物供不应求；二来是因为工人待遇相当优厚，可以任意挥霍。价钱虽然高些，东西却是应有尽有。随便到街上看一看，店中摊上所售商品，洋货及上海来的货色，种类甚多。毛巾、力士香皂，等等，到处看见出卖。街上碰到的人，说上海话或北方话的不少，他们都是由滇缅铁路调来的工人。货物的充实，人物的变迁，这些情形，全都是西祥公路的恩赐。

由白果湾沿西会大道北去，下一点为摩挲营。这两处地方，成为一种有趣的对较。白果湾地势较高；由此前去摩挲营，一路大体陡行下坡。据公路上人说，白果湾海拔高度，约计一千七百米；摩挲营较此，低去七百米，因为这种关系，白果湾气压较低，天气较冷。摩挲营则气压及温度，都要高些。白果湾以产白蜡虫出名而不产白蜡；在另一方面，摩挲营则不产蜡虫而产白蜡。这是一件异常有趣的事。大约白蜡虫育种，宜于在温度较冷、气压较低的地方；而其产蜡，则宜在气压高而天气暖的区域。如凉山所产蜡虫，卖到峨眉去，养于白蜡树上以产蜡，亦同此理。此即谓蜡树的培植，需要低湿温暖的地带；与蜡虫育种所需要环境，完全不同。正和白蜡是摩挲营一带的特产一般，蜡虫乃是白果湾的特产。每年阴历三月，此处办有“虫会”。届时大批良好的白蜡虫种，在此出售，卖到摩挲营以及峨眉等处，去培植产蜡。

循西会大道北行，到油菜地益门一带，昔日夷患最凶。到了白果湾，情势比较弛缓。往北到摩挲营，更要好些。自摩挲营前进，夷患又愈趋严重；在锦川桥、铁匠房一带，达到顶点，再北则又松下去。因此市面情形，以前益门最为冷落，自该处往北，渐趋热闹，至摩挲营达到极点。更北又复愈走愈趋萧条。过铁匠房后，方又渐趋繁荣，如此以达西昌。至目前生活程度情形，据称沿途以白果湾及摩挲营两处为最高。自会理北行，物价逐步上涨，至摩挲营附近达到最高点。过此北往西昌，又复逐步下降。到了西昌，一般物价（外来物价除外），多较会理为低，尤以食品为甚。

白果湾附近，矿产丰富。自慈巴坳垭口来，沿途路东那座高山，全是煤山；与益门煤矿，连成一气。这边山上的煤，一部分也已有人开采，并且设有土法炼焦厂。自白果湾东行，翻过这座高山，十五里到汉夷交界的“下村”。过该村再往东，便是全由倮夷居住的区域，这就是在宁属所谓的“夷区”了。自白果湾北行十五里，到天宝山脚。该山位在路西，近山顶产有很好的铅锌矿。以前的会昌公司，在此镇后山上，设了一座炼锌厂。

来到白果湾的这天，本是街子期。赶街的时候，街上夷人很多。不巧到得太晚，街子已经散了。将到的时候，碰见有人挑了一担纸回去。据他说，这种本地草纸，是由北面锦川桥挑来此处卖的。街散以后，市面要冷静得多。此镇也并不大。一条由南到北的正街，总长不过一百五十米左右。同行的人，有一部分自益门先行，早到此处。他们赶上了街子，据说很热闹，看见不少夷人。其中有一位他们中间的贵族，口含旱烟袋，身穿类似前清官服的衣服，甚为有趣。赶街夷人，尤以妇女为多。

初宿公路段上

白果湾街上，最好的一幢房子，原来是一座庙，后来改作小学。现由公路暂时借用，在此设“西祥公路工务第三十分段”，并附设“西祥公路第十总段诊疗所”。西祥公路修筑时，一共系分十二个总段兴工。每个总段下面，分为几个分段。第三十分段，属于第十总段。其所管修的一段，南边起自慈巴坳垭口，北面止于分水岭。

我们一到此镇，看看没有适当的地方可以投宿，试试到公路段上，借住一宵。公路上人很客气，马上就答应了。庙内原来的大殿，现在改作总办公室。晚上他们一面工作，一面将办公台子搬开一些，让出地方给我们睡。不但招待住宿，他们并且特别做一桌菜，供给我们伙食。一宿两餐，全不要钱，而且吃得很好，大出我们意料。原来我们离开会理，身上所带旅费，并不富裕。听说路上伙食很贵，只有作最刻苦的打算，方能勉强到达西昌。不料运气很好，居然碰到这样慷慨的主人。来到此处，不但未曾吃苦，反而炒鸡炖肉，大吃起来。这真是“天无绝人之路”。后来一路上好几天，食宿都是打扰西祥公路，如此很舒服地到了西昌。要不是公路局这样照顾，那就不免惨了。

在这分段上做事的，全是几位年轻的工程人员。他们刚从大学毕业不久，还没有脱离学生习惯。他们一共三位。主持者朱君，是以前苏工的毕业生。另外还有浙大工学院毕业的赵君和交大毕业的蔡君。我们到此，已经快要下午五点钟，他们仍然在忙于画图办公，如此一直忙到晚饭。夜间在灯下，又继续做了一阵工作。据他们说，这段公路，工程业已完全告毕，现在在赶办结束。如此情形，仍然不分昼夜，这样努力，真是可佩。一方面做事如此认真；另一方面，他们对于客人，真是殷勤周到，令人感激。晚上办完公以后，我们和他们，大家拿出青年的作风，玩玩纸牌，说说笑话，一直弄到夜深，方才尽欢而散。第二天临走时，连给用人一点小费，他们也不肯收。

抗战以来的建设事业，并不是件件结果圆满。西祥公路如期赶成，却无疑是一件伟大的成就。西祥公路，就是以前所计划的康滇公路之一部分。全长五百七十公里，中间经过崇山峻岭的艰阻地带。政府在民国二十九年下半年，方才决定积筑此路，委杜镇远先生为局长，限期于民国三十年六月全部通车。在当初一般人看来，限期如此短促，成功简直是不可能。然而在杜局长领导之下，上下同心协力，居然如限完成，这真是我国战时建设的一种奇迹。在全线中，会理到西昌一段，占去一百八十五公里。这一段路，民国二十九年十一月，方才奉命开始测量。民国三十年一月九日，全线测完，开始兴工。同年五月底，便全部通车。目下路上虽有许多工作，仍在进行；但其性质，乃是加宽，改善，及加铺路面，以及抢修雨季中坍毁之处。说起赶修的速度来，这条在战时加紧完成的公路干线，可说是打破了国内一切筑路纪录。

西祥公路之如此速成，绝不是一件偶然的事。驾轻就熟，与同心协力，是此番成功的秘诀。修筑此路的时候，全部技术人员和熟练工人（石工、木工、桥工等），全系由滇缅铁路借调过来。修完以后，准备仍然调回滇缅。他们对于修筑公路富有经验，所以进行能特别迅速。在这条路上服务的人员，从上到下，可以说没有一个人不紧张，没有一个人不是十二分努力。工务人员，根本就无所谓办公时间。不分日夜，他们都在拼命地干。我们此行，一路在段上看见这些工务人员，往往夜间在汽灯底下（有时甚至在菜油灯下），仍在办公，仍在画图。问起他们所得待遇来，比工人好不了多少。然而他们中间，每个人心中都是很愉快的，因为看见事业如此迅速地完成了。劳工方面，贡献不下于工务人员。上海来的“老师傅”（熟练工人）、北方来的监工，大家一齐把精力和经验拿出来，协同造成国家的动脉。专任土方工作的本地民工，也深博外来朋友的赞美。这条公路如此迅速完成，可说是全民抗战一种具体的表现。

天宝山看铅锌矿

由白果湾到摩挲营，循公路北行即达。因为这站路很短，而且听说天宝山的铅锌矿很不错，我们特别绕道去该矿看一看。上午七点半，从白果湾起程。由益门带来那位矿警，引路前进。出街后循旧路北进，右绕山下趋，初缓旋改陡下；左则续溯到此镇以前所溯的溪而下。两里余踏水过一支溪，即返公路。循之右绕山缓下，左仍沿溪下溯。如此约行两里半，走过一道跨在支溪上的木桥，路右坡上旋过一村。此处距白果湾约五华里。原来溪谷殊深，路面离水面颇远。到此溪水已大，似一小河，公路亦与水面相差不多。前行陆续缓下，三里复走木桥过支溪。又一里，走木桥过河（此处距白果湾约九华里），前去改由左循山边走，右溯河而下，势仍缓下。一路来此，河中大块漂石甚多，激水成瀑流，风景不错。唯离开白果湾不远，山上树木顿少，到此一带，竟是一片光山，未免有煞风景。将到此桥以前，途中前望河右有一片陡石崖所造成的山峰，劈面耸起甚高，即本地人所谓“孔明寨”。相传诸葛武侯南征孟获，在此处扎过营。一路到桥，河右的山，大体系由石灰石及一种含泥石灰石（shaly limestone）所构成，有时间见花岗岩。

过桥行约一里，路右对河过“孔明寨”下。此座高山，除露出石崖部分外，其余亦只有草皮，全无树木，大致系因砍伐过甚之故。按附近地质看来，此山似有蕴藏矿产可能。在此处附近，抄小路陡下一段。半里走过一道跨在支溪上的木桥，复返公路，循之缓向下趋。此时地质变化，愈趋复杂，除石灰岩外，构成左山的岩石，并见有花岗岩、石英脉、砾岩、片岩（Schist）等。植物方面，则遍山全光，毫无树木，山上只剩一层草皮。如此约行四里不足，走过一道跨在支溪上的木桥，即到天宝山脚。此处距孔明寨约五华里不足，距白果湾约十五华里。由白果湾到此，路系一直下坡。到此去天宝山的路，与公路分岔；前者向左折，西去循小路走。

天宝山是一座高山。山脚一段，大体系由片麻岩（gneiss）所构成。其上为一层片岩。更上直到山头，则全是石灰岩。铅锌矿藏在石灰岩中，位近山顶。走到此山脚下，过桥左折，抄小路陡趋上山，路左溯溪而上。矿警把路带错。爬了一段山，发现路误，勉强翻过一座满辟梯田的山坡，后来穿洋芋田陡下，方返正路。原来由山脚到此处，有一条平路可通，我们枉费了一番气力。要是循那路向北绕过这座田山，走来便当得很。返正路后，循路陡盘上山，方向大体向西。约两里余，路上较缓，向西北前进。半里余过小溪一道，路改微下，向东北行，旋复上趋。一里不足，折向北行。约半里，路已绕到山峰后面，停下休息。此处距山脚约六华里。原来以为此处即是山顶，到此方才知道不过是半山。此时下望，看见山下河流，刻成 V 字形的新谷（V-shaped Young Valley）；公路在河旁，蜿蜒展出。休息后，续向前进，路左绕山缓下一段。一里不足，复改缓上。又一里，改循石灰石铺成的石块路，陡盘上山，随即到一坳口，距刚才休息处约两华里，距山脚约八华里。该处有岔路。向左抄一条小路走，两分钟到西岳庙。读碑记知此庙系前清道光十一年立。目下神像仍存，香火已断。庙中道士，久已不在。现在住在庙里的，全是些矿厂上的矿工。庙中一碑，上刻此庙沿革。其中有云，此处在前清康熙四十二年时，曾经纳过"什二课税银二千三百六十二万两"。此说与事实不符，必系撰者故意夸大其词无疑。

自西岳庙复行，返坳口后，循上山大路走，路左绕山缓上。半里复改陡上，路右溯一溪而上。此溪的底系一大片石灰石质的石板，坡度甚陡。水从上面急流而下（有小瀑布处），刻石作槽。又半里，上到此溪上端，涉溪而过，路左旋过一座小村。村内住有一部分矿工，另外并有普通住户人家，及做生意者。前行路续陡盘上山，约一里到达矿厂。

此处矿厂，全名为“经济部资源委员会川康铜业管理处宁属分处天宝山矿厂”，事实上则现由资委会与西康省政府合办。天宝山是这座大山的总名。铅锌矿所在处，小地名为“一碗水”。其处位近山顶，距山脚约十华里，距白果湾约二十五里。据矿上人说，此处海拔高度，约二千四百米；较会理高出六百米，较白果湾高出四百四十米，较山脚高出五百米。上山十里路，甚为陡峻。我等走的还是所谓“大路”；有条小路，更要陡些。下雨天这条路非常湿滑难走，夏天雨又多。来此碰到个大晴天，真是巧极。矿厂西南北三面，住的全是倮夷，可是此处却从来未曾骚扰过。往西翻过山顶下去，便到安宁河边。

主持此处矿厂的，是一位河南籍的李工程师。我们持有谢处长（济生）的介绍信来，矿上招待甚为客气。参观矿洞以后，招待我们一顿很丰富的午餐。这里地方荒凉，四周全是夷人，附近虽有小村，但是一共不过几家人家，什么东西都买不出。平常连买菜都成问题。厂上职员与工人所吃菜蔬肉食，以前是派人下山，到摩挲营去买。公路开工以后，摩挲营一带，蔬菜太贵，现在只好派人隔几天去会理城买一次，运回山上来。菜虽如此艰贵，对于我们，却仍拿出大盘火腿，大碗炒蛋来，让我们猛吃一顿。想必职员们好几天的粮食，都给我们吃光了。据李工程师说，除铅锌矿外，此处附近，尚产有铜矿，但是未曾采过。铅锌矿附近，石灰石上面，长出一种很长的草。本地人的迷信，说这草叫作“矿草”。凡是山上有这种草的，就有发现矿产的可能。在大铜村铜矿，也看见有这种草，这倒是相当巧的一件事。

关于天宝山铅锌矿的沿革①，相传前清中叶，年羹尧将军曾在此创办银矿，后来归于停顿。光绪初年，又有人集资，在此重采铅矿以炼银，未著成效。至光绪二十七年，四川省委郭晓东来会理，开办一碗水银矿，郭氏即整理“大财门”旧坑道，招十大商承办，而征收十分之三的课银。据称当时设省银炉十二座，每日可收课银三数十两。辛亥革命，郭氏出走，为乱民所杀，厂亦遂停。民国八九年，周萃池君组织会昌公司，筹资二十万，计划开发此处矿产。因机器运输困难，至民国十三年开始开工。据当初化验结果，此处所产方铅矿及黄铜矿，含银颇丰。该公司以为获利可厚，故组织颇为庞大。除此处设矿厂外，在成都设总公司，白果湾设办事处及冶炼厂。矿警、泥水匠等，皆自成都招来。不意实际开采结果发现方铅矿及黄铜矿为量不多，所得十之九乃系闪锌矿。采银计划既成泡影，锌价又复低落，同时因开销太大，日趋赔累。于是始而缩小范

① 关于天宝山铅锌厂详细情形，请参阅常隆庆著：《宁属七县地质矿产》（一九三七年，四川省建设厅出版）。

围，终于在民国十五年宣告停闭。该公司虽告失败，但亦有一种贡献，即利用闪锌矿以炼锌。（在该公司以前，此处冶锌者，只知采取菱锌矿，对于闪锌矿，则认为荒渣而弃之。）

民国二十九年，川康铜业管理处，与西康省政府合作，接收此矿。设在白果湾山上之会昌公司炼锌厂，一并接收过来。年底接收完竣。民国三十年春季，即动工开采铅锌矿。目前工作方向，尚在积极扩充工作面，故出产矿砂不多，每天不过四五吨。将来计划，预备每天出锌一吨。矿在此山开出后，运到益门炼厂去炼。

我国铅锌矿，素以湖南水口山为最有名。但经多年开采，该处事实上业已“洞老山空”，据称今已挖到硫铁矿层，将来难以有很大的发展。天宝山的矿，蕴藏量仅次于水口山，迄今未大采过，前途希望甚大。前据常隆庆先生估计，此处锌矿藏量，约达一百六十余万吨之多。近由铜管处汤克成先生作更详细的调查，结果谓此数略嫌太高。但汤氏亦谓藏量达一百一十八万吨。沿会理到西昌一线，由南到北，从地质上说，有花岗岩嵌入，由此造成一线“金属嵌岩”。就中尤以白果湾附近一带，蕴藏金属矿产为最富。

此矿矿洞，就在矿厂办公处后面，沿着一条坡度殊陡的已干溪沟分布。矿脉沿沟展出，东西宽约十余米，南北长约二百余米，两端均为断层所限。至深度则尚未探明。在此工作的工人，一共现有二百余人，内中约有一百二十余人日夜分成三班下矿井工作。以矿物种而言，上层含银颇丰的方铅矿（galena），大体业已采好。现在剩下的，以锌矿为主。上面多为菱锌矿，异极矿，及少许白铅矿；下部则多闪锌矿，其中夹有方铅矿及少许黄铜矿。在厂附近，有辉绿岩（diabase）侵入石灰岩中。重要矿物，即生在此条辉绿岩附近。菱锌矿的化学成分为碳酸锌，在此处为主要的矿物。该矿含锌约百分之十八，作哑白而略带黄，并不放亮。闪锌矿（sphalerite or zincblende）即硫化锌，为一种很重的矿石，作钢灰色，发金属光泽，含锌约百分之四十。异极矿比较不多，其成分为 H_2ZnSiO_2，含锌约百分之三十。方铅矿即硫化铅，较闪锌矿比重更要大些，亦作钢灰色而带金属光泽，成很好的结晶体，据称含铅约百分之五十。本地矿工，久还忘不了，此处铅矿，是含银的铅矿。据说一吨方铅矿，可以炼出十八盎司（ounces）的银子来。关于各种矿彼此间的关系，大致底下为原生带，其中所含为闪锌矿与方铅矿（两种硫化物的矿石）；上面为氧化带，在此带内，闪锌矿经氧化而成菱锌矿及异极矿，方铅矿则氧化成白铅矿（碳酸铅）。

参观所得印象，觉得此处工作，没有大铜村那么紧张。我们所入矿洞，为“第一号旧洞”。该洞原系从前老洞，经整理后成现状。此洞垂直约深四十米。里面大部分有一个人高，多半内用木柱支住，其中有一小部分，地上颇湿。洞内工作，颇为舒适。采矿方法，系用铁锹去挖；碰到硬石头（中含有方铅矿等）乃用火药炸开。下洞后，初到第一小层。此层系氧化带，黑暗中见菱锌矿微发红色，由石灰石风化所成的土则带黄。前行到原生带与氧化带接头处（两带在此处系平行），菱锌矿与闪锌矿同时存在。再下入原生带，见矿物夹在辉绿岩间，闪锌矿与方铅矿同时存在。

赴摩挲营途中

下午两点，从天宝山矿厂动身下山。起初仍循原路下去，路左溯石板溪陡下。左望隔溪沟对岸高处，露出有黑色页岩。约行三里，改抄左边一条小路，陡趋下山；路左旋沿山边陡下，右则循 V 字形深谷而下。略前下趋略缓，但大势仍陡。约六里后，改向北行（以前下山路，系一直往东），仍左绕山走，右则溯由白果湾流来的那条河而下。如此陡下约一里，即到河滨。从矿厂下山到此，距离亦约十华里。此处公路又在河的对岸。河水流甚急，翻石上作瀑流，其上并无正式桥梁可渡。但在该处，见有一条用树干扎成的梯子，一头搭在河滩上，他端则搭在河中一块巨石的漂石上面。行人往来，均从该梯渡过去。矿警送到此处，折回益门。我等如法炮制，循着梯子爬过去。在梯子上面的时候，下望河中瀑流，奔泻而下；虽感危险，但览此奇景，亦殊有趣。过河细看河滩上的石头，见有片麻岩、花岗岩、石灰石等。

上岸后，在河右（东）岸，循公路缓上，路右绕山行，左溯河而下。一里路改缓下。又半里余，左过一座小茅村，即系“分水岭”，距白果湾约十六华里半。自此前去，路左离开白果湾溯之而来的小河（该河在此转弯向左去），右则绕山下趋。半里走过公路上一座涵洞（一道溪水，自山上流下，经此涵洞之下而出）以后，路左溯溪（即流经涵洞下者）而下，右仍绕山行，顺溪谷蜿蜒下趋。初过分水岭一段，右山一部分岩石，系由小块石头胶黏而成，与下鲁车渡江坡时所见相同。后来所见，右山大体是由一种很白的石灰石所构成，与将近分水岭以前的情形相类似。分水岭一带，异常荒凉。沿途少见人家。以前这段路上，极不清吉，常出劫案。今日到此，一路全是做事的工人，令我们大为放心。此段路基，过嫌逼窄。在北方工头监督之下，本地民工，正在努力将路加宽。参加此项工作的工人，男女老少都有，汉人、倮夷一齐来。十几岁的童工，中年的壮丁妇女，以及头发业已灰白的老头子，大家在统一指挥之下，协力同心，为国家整理这条国际交通路线。看到这种情形，我们不觉深深地被感动。倮夷妇人，头戴类似礼帽的黑布高帽，下身系上一条黑布质的百褶裙，在路上忙来忙去，挑泥搬石头，对于这幅图画这是一种有力的点缀。

如此下趋四里，右山又见紫色页岩。又两里余，公路陡盘下山，我等抄小路径下。半里路左走过一座茅村。原来的房屋，大部分业已烧毁，尚未恢复。这事大约是以前匪患猖獗时所干的勾当。但是在这些废墟之旁，现在又有用篾席搭成的工棚兴起。破坏与建设的成绩，在此并立着。又半里余，复返公路，随即走木桥过一道支溪。此处附近，右山见有一大片花岗岩，侵入页岩中间。修筑公路，将山边辟开。路成不久，风化程度不深。因此花岗岩的嵌插，界限看得特别清楚。对于学地质学的，这不啻故意为他劈一切面。花岗岩侵入处，两边页岩，在造成此等情形时，受了热力与压力的影响，都已经烧黑了。类似的岩石构造，往前去又看见好几处。途中碰见背厚木板的背子数辈，问他们仍系由土门子来。这些彪形大汉，在休息的时候，面貌上表现一种坚决而很吃力的样子。

复上公路后，约行两里余，路改下趋较缓，又半里，路左过一小村。此处距分水岭约十一华里。由分水岭附近，来到此处，最后路左所循溪谷，殊为逼窄陡峻；沿途两山陡坡上，只间或略见有苞谷斜坡田。同时山上树木亦少，几全系一片光山。一路前进，溪谷渐行展开，田亦渐少。到了此村，两山坡度已缓，溪谷已宽，谷中见有稻田，又入一种田园风景；与适才所经险陡荒山，大不相同。两边山上，同时并见有丛林，近顶则有松树等树木。路左溪水，此时已几与路面相平，其流不速，水则泥浑。前行续向下趋，途中数走木桥过支溪，并过涵洞数道、村庄一座（在路右，距刚才小村约三里）。约行四里后，路右有庙一所，左边小坡上有碉堡一座。前去路穿右山梯田坡走，旋改缓上。又约四里余，公路向左转弯，陡向下趋。该处有一岔路。循左侧土路陡行上坡，约半里改循石板路陡下，半里即到摩挲营街口。直到此镇附近，路旁仍见有花岗岩。

摩挲营

摩挲营亦作“摩挲云”，距白果湾约三十七华里（俗称四十里），距会理约一百零二华里（俗称一百里）。由会理来，步行或坐滑竿，加紧赶路，一天可到此处（普通算两个马站的路）。我们因路上耽搁及参观矿山关系，竟费去三天之久。此村主要地只有一条正街，由南到北，蜿蜒约长六七百米，用石灰三合土筑成。西昌、会理以外，西会道上，以此处最为热闹。到此又巧逢街期。可惜到此业已下午五点，赶街子的人大都散了。将到此村以前，碰见大批夷人妇女赶街回来。她们头上，除戴高帽子者外，许多是戴上一种用白布或者蓝布缠成，盘子形状的布帽。下身全是穿的布质百褶裙，一律赤脚。上身所穿汗褂，多半是对襟的，只有少数是开的大襟。街子虽散，市面还是相当热闹。卖面、卖梨的摊子，很有一些尚未收业。街上有燧石出卖，据称产在天宝山。

摩挲营仍属会理县管，位在公路东边坡上。镇比较地大。循正街自南头北进，势初陡行下坡。中间走过一道跨溪石板桥（溪两岸有树），乃转平坦。再前又走过一道类似的跨溪桥，即到“会理县立第八小学校”。小学以外，街上所设公共机关，尚有会理县第二区区署，“云定（指摩挲云及永定营）联保办公处”，邮寄代办所，及阅报处等。村后矮山上，筑有碉堡两座，以资保护。街上店铺，有马店、旅馆、茶馆等。

小学原系两湖会馆，里面房舍很宽敞，并有荷花池及亭阁等。此刻荷花正开，莲蓬已结。大殿前院，紫红色的太阳花，与粉红色的芙蓉花争艳。荷花池内，养有金鱼。“西祥公路第十一总段工务处”，现设此处，主持人为沈主任沛珊。西会途中，除西昌及会理外，对于修筑公路，以此处为最重要的站口。段上办公室，挂有关于这条公路的里程高度各种记录及图表。里面并设有无线电台，隔几天收一次新闻，分送各段。

此处工务人员，全系中年的、有经验的工程师；与白果湾段上的青年工务员，风味不同。不过他们对于工作的努力，对待客人的殷殷有礼，则并无区别。连伺候客人的工役，也都训练到一个个彬彬有礼。我们到此，向杜主任商量借住，他马上就答应了。正巧小学业已放假，我们就在大殿（小学的大课堂）上，席地而卧。两顿很好的饭，仍然由公路上免费供给。晚上杜主任陪我们谈了一阵；还把自己办公的马灯，借给我们写日记。公路到处借小学的房子，我们却到处吃公路，连自己都有点过意不去。这处小学，地方很大，公路职员的眷属，也都住在里面。

云汉乡

上午八点四十分，方从摩挲营起程。出镇北口，循旧道

（土路）走，向北去。镇的附近，道旁有霸王鞭不少。半里不足，走木桥过支溪。约一里后，改循石块路行，陡下一段，平坦行一段，如此轮着。半里余复返公路，循之穿丘陵田走。后来大部分右绕山行，左溯河而下（此河即系由分水岭来一路所溯之溪），势缓下趋，蜿蜒出谷。此时白云在山窝，陪衬深绿色多树山顶，风景殊美。沿途路旁常见大块花岗岩的漂石。如此约行二里半，路左走过一座小村。又一里不足，走石桥过支溪，旋即穿过一村，村后有碉堡两座。这一带的村庄，因为防备夷人袭击，即是极小的村子，也都筑有碉堡。此村中仅有的一座正式房屋，已被焚毁，尚未恢复。剩下的只有几座茅棚。这大约又是以前盗匪的“德政”。由摩挲营到锦川桥一站路，沿途村庄不少，所见多如此情形。

过村前行两里余，走涵洞过支溪一道。此处路右露出有泥煤。前去山上树顿少，尤以右山为甚。一里后，过木桥两座，路右随即走过一村，亦带有碉堡。又一里，再过一道木桥。前去两里，向右抄小路走，路左离河前进。不远复返公路，即过木桥一座。路由此改向上趋。在此我等又离开公路，抄小路（在公路之左，与公路平行）陡爬上坡，左溯一溪而上。半里左右，走过一道用树干扎成、横跨溪上的小桥，溪到路右。半里路改缓下。略前过一小溪后，又复陡上，里半到坳口。自坳口缓下，略前即到一村，名“云汉乡”，停下休息。

云汉乡，在公路左（西）侧，距摩挲云约十五华里，公路穿之而过。正街一条，由南到北，约长半里不足，循着北去，势多下趋颇陡。由摩挲营一路到此，途中时见花岗岩。自会理起，沿途村庄，常见贴有大号字的兵役宣传标语，到此亦非例外。此等标语，皆系会理国民兵团所制。一到此村村口，便见墙上写有“好铁才打钉，好男才当兵”十个大字。

到了安宁河边

自云汉乡行，出村北口，路续下趋，势旋更陡。里半返公路，过一木桥，路改循山上趋，右绕山行。又一里半，到一坳口，名“废沙关”（距会理约一百一十华里），路改下趋。略前旋即改抄左侧小路，翻过一座小坳，由该坳口陡向下趋。陡下两里不足，踏水过一大溪（公路有一桥跨此溪上），随又走木桥过一水沟。不远再过一座小桥，旋又抄小路缓下，穿河坝稻田走，左溯安宁河而上。此处距会理约一百二十三华里。自此处起，直到西昌，二百一十五华里的旧日大道，大部分是紧随安宁河右（东）岸上溯。安宁河为宁属命脉，自冕宁县北境流来，这河由北往南，直贯西昌、会理两县，最后在会理南界，汇合雅砻江，流入金沙江。大体方面，虽系由北南流，但是此河沿途蜿蜒曲折殊甚。每逢转弯的地方，流速较缓，所挟沙泥，淤积成为小片坝子，人们在上面辟出稻田来。有了田以后，农庄村落，乃自田中兴起。宁属地方，向来被视为农产丰富的一区。此区里面肥沃的田野，实在大部分是安宁河的恩赐。虽然对于地方，有这些好处，安宁河同时却也是宁属一种灾祸。冬天时候，河水很浅。一到夏季，山洪暴发，一齐涌入此河，常常造成洪水泛滥的现象，以致田地被淹，房舍冲去。沿着此河的城市村庄，在夏天常会听到发生水灾，就是因为这种缘故。安宁河的坡度，虽然不算太陡，但是冬天水太小，夏天又太急，所以迄今不能通航。夏天走过此河区域，看见橘黄色的泥浑水，狂奔而下，的确是一条壮观的大河。年代虽则不久，安宁河的两岸，却已看见三级土台（terraces）。田地大部分是在最低的，与河面相近的一层，村庄则大都位在最高一层。该村之下，在第二层地台上，筑有护卫的碉堡。由永定营起，往北直到西昌附近一带，沿途所见情形，大都如此。对于这事的解释，一部分是因为当初设立村庄的时候，下级地台，尚未造成。另外一部分理由，是把村庄故意设在高些的地方，免致受洪水淹没的影响。

路到安宁河滨以后，穿田前进，起初缓下，嗣颇平坦。循小路走，途中先后踏水过小溪流，中有一段，系穿一小片草地。如此约行五里不足，复上公路。又一里余，在正午十二点，到达永定营，停下午餐。

永定营

永定营位在公路北（西）侧，逼近安宁河边。旧日大道，穿之而过。其处仍属会理县管，距云汉乡约十二华里（俗称十里），距摩挲营约二十七华里（俗称二十五里），距会理约一百二十九华里（俗称一百二十五里）。多年以来，此处成为防夷重镇，自清时即扎有兵勇。碉堡以外，此镇南北两端，筑有两道双层的正式城门，以资坚守。二门之间，较近南端，复有一道木门。其北不远，耸起一座破旧的亭阁。全镇实在只有一条正街，蜿蜒由南往北。原来此镇主要部分，必系在南北两道城门之间。现在一出北门，街房乃即告罄。南面则不然。出了南门，又展出一段市街，其尽处装有木栅门。北门与南门之间的一段，目下成为全镇最热闹部分。每逢赶街日期，摊子全是设在这一段。南端栅门路西，设有一座天主堂。正街路东，则有回教堂一所。宗教势力的斗争，在此处是一件值得注意的事。南端栅门之外，有大草地一片，上面长有几株很大的黄桷树与攀枝花（木棉），风景甚美。街子之期，许多乡下人，牵着黄牛来，在这块草坪买卖。自南端栅门到北门，南北大街（略偏东北），蜿蜒约长一华里余。路而为一种沙土小马路。北门外亦有大黄桷树一棵。街上设有邮政代办所一处。近北门路西，现设有“西祥公路工务第三十二分段”。街上一家人家，门上高挂“世袭云骑尉何”的古旧直匾，这大约是本镇的首户。将到永定营以前一段路，道旁看见大树不少。

永定营每逢阴历一四七赶街子。我们运气真好，此来又碰上街期。不过时到正午，街上并不见得太热闹，夷人尤不多，颇令我等失望。据说西会道上，白果湾与摩挲营两处，赶街时夷人最多，可惜我们都错过了。无论如何，碰上街期，使我们得以在此处吃上一顿很好的午饭。在西会道上旅行，究竟要比昆明到会理一段舒服得多。街上店铺中及摊子上所卖物品、食品及柴以外，日用品不少。洋袜、毛线衣、毛巾、布匹、肥皂、力士香皂、火柴、纸钱、线香、搪瓷碗、信纸、信封、中国药材、西药（如金鸡纳霜等）、洋针，等等，是一些我们看见的东西。

在摩挲营听说铁匠房附近夷匪又复猖獗，难于安全通过。在永定营据称驻有夷务指挥部的兵。可以找他们保护前进。走到此处，到公路分段去拜访一位翟指导员，才知此处现在并未驻扎有兵；如要武装保护，需到锦川桥去找。翟先生是山西人。据谈西祥公路上的政治指导员，全是由西昌行辕政治部派来。每一总段，派一位指导员；其下设干事二人，助干二人，分驻各分段。他们的任务是提高各段人员抗战意识并教以唱歌等娱乐。

午饭以后，我们去天主堂参观。西昌一带，天主教（旧教）势力不小，耶稣教（新教）则未见活动。据说从前有两个时期，新旧两教，在此区内，有过一度激烈的斗争，结果旧教完全战胜了。不论怎样，天主教在这一带的势力，确是惊人。像永定营这样一个非常简陋的乡村，居然有这么一所新式建筑的天主堂，真有点意想不到。这座天主堂内，礼拜堂一幢，几乎完全是西式建筑。房屋及园地四周，有一道围墙围住，南面墙角一座碉堡，耸立村口，半作西式，老远就惹人注意。主持此处的，是姓周与姓易的两位神甫。进去拜访，他们招待甚为客气。周神甫说，他自己是盐源县人。小时由教会送出去，在南洋槟榔留学十年，在该处与易神甫同学。返国后为桑梓服务，以造此教堂为一生宏愿。现在教堂已成，志愿已达。此处教堂，建筑至今，不过五六年。民国二十六年，始告完成。一砖一瓦，全由两位神甫经手。所以费钱无多（一共不过费去十余万），建筑却殊考究。至建筑形式，则彼等在南洋时，业已着手计划，故颇有南洋教堂的风味。

周神甫引我们去参观，看见他们自己所用饭厅、宿舍，设备甚为简陋；礼拜堂里面，则华丽异常。此种精神，甚可佩服。礼拜堂殊宽敞。里面耶稣神像及蜡台等，均系教友自己以手工塑成；其精致华丽，不下于欧美城市的教堂。其中并悬有“民教相安”四字的大匾一块，系此堂落成时本地绅民所赠。礼拜堂旁，有中国式小花园一座，内有一座小型假山，亦殊精致。最后他们引我们去看碉堡。以自满的神气，他们说道，这座碉堡，目前是永定营最大的保障。还说，在永定营的教友，一共不过几百人，为数无多。不过，教堂与本地人民，向来合作防夷，所以彼此之间，感情甚为融洽。教堂与团练合作，自备有枪。因其碉堡坚固，每逢夷患紧急，全村人民，大多来此避难。据周神甫说，此处教堂，隶属西昌教区；该处及德昌，驻有外国神甫。

周、易两位神甫，人都不错，态度甚为诚恳。留学生资历而能长期在此僻陋乡下工作，尤属难得，由此点即可见宗教信仰魔力之大。不过无论何人，都不能完全超脱他的环境。在乡下住久了，的确会使一个人的智慧变为迟钝。两位神甫，也非例外。对于许多近事，他们的知识，显然是很浅陋。说话时候，常会尖声作傻笑。如此闭塞的内地，在这一点上，不免把他们误了。他们并不禁抽纸烟，而且抽的还是很好的烟。和我们谈话的时候，有一位街上的小孩，抱了两只小鸟来，劝他们买。这种鸟本地人叫作“金呷呷”，价钱只要三块钱一只，据说是可以吃的。一看这鸟，神甫们不免笑逐颜开。

从报纸上读到的笔记，久闻凉山区域内，天主教的势力不小。我们此行，想要通过凉山。得有这种机会，我们便问神甫们天主教在凉山夷区的情形。结果发现，以前在报纸上所读到的，全是虚构。在凉山夷区里，天主教实在毫无势力可言，至少现在可以说是这样。提到夷人，神甫们也和本地老百姓一般，对之丝毫不生好感。他们说，天主教徒在这一带传教，迄今工作范围，系以汉人为限。对于那些“夷家”（读如“夷教”，西昌一带对于倮夷一种比较客气的称呼），毫无办法。

向锦川桥前进

下午三点钟，我们离永定营。出镇北门，循旧路走，路右走过一座庙宇，名“太阳宫”。前去走霸王鞭及桐树中间前进。半里不足，复返公路，循之缓向下趋。又约半里，路改上趋，初缓后颇陡，右溯安宁河而上。此时向左下望，看见该河的红泥水，自两座多树陡山间奔流而下，形势殊险。水面漩涡殊多，河谷田少。前行两里，路向上趋更陡。前望下面河转弯处，两岸又复有田。一路自永定营来，路右均系绕山走。从公路陡上，蜿蜒绕山溯河前进，途中两次走木桥过支溪。如此约行一里，略下又上。再一里，复向下趋。半里余左过一村，距永定营约六华里，附近见有甘蔗田一小片。同时路旁并见有仙人掌、霸王鞭、棕树等植物。安宁河在此，再度转弯。一路沿安宁河来，河坝稻田边上，多半种有黄豆。

自村路续向下趋。途中过两道木桥后，约行两里，路右山脚稻田又少，田地改在对河左山脚下展出。更前一里不足，路右过一村。一路自永定营来，路旁见废弃的茶桌不少，大致系当初工忙时的遗物。再前里半，过木桥一道，路改微上。两里多以后，穿苞谷田前进。又一里半，到公路转弯处。在此改抄右边旧日石路陡上，旋走土路行，随即到锦川桥停宿，于下午四点二十分到达。永定营到此十五里，路溯安宁河上，有上有下，大体颇平而微上。

锦川桥

锦川桥位在公路右（东）侧坡上，旧路穿之而过。其处距永定营约十五华里，距摩挲营约四十二华里（俗称四十里），距会理约一百四十华里（俗称一百四十里），仍属会理县管。未来此处以前，听说锦川桥是西会道上最热闹的镇市之一，以为此镇必然相当地大。到此乃知事实并不如此。全街不过一条正街，并无旁巷。正街长度，亦不过二百五十米；由西南向东北，蜿蜒伸出。来此碰到一个闲天，街上殊为清静。但一部分店铺，则照常营业。同时街上还摆有一些摊子。据公路上人说，他们来此修路的经验，这条路上，谈到菜味鲜美，以锦川桥为第一，粮食亦以此处为最好，这里是一处可以享乐的地方。本地人告诉我们，此镇街市，原不在此，而是在北面一里左右的地方，与此处相隔一桥（该处现属西昌县境，参阅下文）。四十余年以前，夷匪突来作一次大规模洗劫，将大部古街焚烧，房屋荡然无存。后来重建此镇，乃移此处。至故址则经夷人彻底破坏以后，连废墟亦不可见。与沿途一带村庄相似，此村今址，后面筑有碉堡，以资保护。

锦川桥是西会道上产纸的地方。不过所产全系草纸。别处赶街，常有人自此挑纸去卖。到此摊子上，店铺里，均存有大批纸货。问街上人，据说这纸是在附近（距此镇约几里处）用竹子制成的。另外在摊子上出卖的东西，还有粗瓷碗及少数日用品。糖食店在街上只见一家。我们上路以后，久已不吃糖食。听说这里糖食很好，特别买了许多，大吃一顿。另外一家店里，看见卖“冰粉”（由洋菜制成的凉粉）的，这物也已经久违了。

锦川桥一镇，两头设有栅门。由永定营来，进的是西门。全镇隐在树丛中，远处根本看不见。非到附近，不能辨识。循公路来，稍一不当心，很容易走过头。镇上设有一处邮政代办所。县立小学一所，设在路东，进南端栅门便是。校址原系一庙，里面相当宽敞，而且布置像一座花园，殊属幽雅。“西祥公路工务第三十三分段”，现设此处，小学则刻下已放假。来到此村，我们接洽借住此校，殊为舒适。自街上来，进大门后，循路盘旋而上，方抵建筑物本身。该处后院大殿，现住公路职员眷属。二殿（在大殿前面）隔成三间，中间一间为会客室，左侧为办公室，右侧为招待室。我们一来，除办公室外，那两间都让给我们睡。此殿内大梁上，写有“儒教会三才谱众姓捐修”等字。

主持此处分段的，是陆永汉先生，中央大学民国二十年度土木系毕业生。我们到此，陆先生招待甚为周到。此间工作人员，也很努力。晚上在菜油灯不亮的灯光底下，仍见有人照常画工程图。此种牺牲精神，真是可佩。陆君以外，较高级的职员，还有一位广东人萧先生。萧太太也在此处。她是一位实行“万里寻夫”的摩登女子。在滇越铁路已断以后，一人由广州湾携小孩来此。途中除乘汽车及坐滑竿以外，骑自行车走了一段。路上不但完全自了，而且协助同行旅客，解决不通粤语的困难。抗战当中，产生了不少无名英雄。像这种新型女性，也可说是英雄的一种。

此处办公处门前，堆有不少各种大小缸器管。据说此等管子，全部系在鹿厂承造，拿来作公路上涵洞泄水管之用。

火把节

云南地方，以及宁属乡下，盛行“火把节”的风俗。日期是阴历六月二十四日。这种风俗，大约是汉人的风俗；但是或者系由边地夷人学来，亦未可知。举行的方式，是各家门前，点燃火把。其意义一说是“送孽龙”。另一说谓系用火把照苞谷，使其不生虫子。无论如何，这种仪式，总是一种农家风俗，多少与祈祷丰收有关。

在锦川桥的一晚，我们正巧碰上这个有意义的节气。走出公路分段的会客室，下石阶以前，在房前一片小平台上，凭栏下望，安宁河的红泥水，在两山间怒流作响，景致甚佳，晚饭以后，天黑立平台上，再度欣赏此景。俄顷只见对岸（安宁河西岸）陡峻的多树高山上，火光处处起来，类似烧山一般，不久成为一种稀疏的火径。问人乃知此是山上傈傈人，举行火把节的仪式。（锦川桥一带，向来夷匪闹得最凶，出没无常。不过倮夷全是住在路东山上以及山后。至对河西岸山上，则住的并非夷人而是傈傈。）出去跑到街上，可见火炬成列。每家门前，各燃一支巨大的火把。火把以“明枝”（即松柴或松木）扎成，外面用篾皮束起，约高十余尺。点燃后，将大板凳一条，竖立起来，将火把逼住（有时并助以石块），使其直立向空中燃烧。一支火把，不能燃二十分钟左右。但一览全街的火炬列，堪称壮观。这天晚上，街上少有点灯的，可是在火把光下，泡茶馆的不少。向来惯例，这晚街上不许摆摊子卖东西。茶馆以外，别种店铺，也一律不营业。

进入西昌县境

上午八点，我们由锦川桥动身。陆段长替我们找了四名本地的保安队，送过铁匠房。出镇北口下趋，旋即走过一座铁索桥。这桥即名“锦川桥”，镇名实系由桥而来。桥跨在一道支河上，系用十三根圆形铁索架成，上面铺以木板。该河自右（东）流来，流入安宁河。沿着这条河沟，以前夷人曾自山上窜下，在此桥附近，拦路行劫。过桥循旧日石板路陡上，右绕山边，左溯适才所过支河而下。此处铁索桥，现为会理、西昌两县分界处，过桥即入西昌县境。陡上一小段后，路改缓上。更向前半里不足（此处距锦川桥尚不到一里），复改左溯安宁河而上，势缓下趋，向北行，右仍绕山边前进。在此右边有老路一条，陡行上坡，循之可达“锦川桥”镇故址。前行里余（途中走木板过两小溪），复返公路。

朱木湾

返公路后，循路右绕山行，左溯安宁河而上，势缓下趋。此处右山，系由泥页岩所构成，中间杂有花岗岩。河谷略有稻田。略前一里，雨后公路有一段崩坏，又改循小路走，陡盘上山。半里复改下趋，初缓后陡，旋走木板桥过一溪。再半里，横过公路，续向下趋。一里走石桥再过清水溪一道（安宁河的另一支流）。其处路右有一茶棚，距锦川桥约六华里。自此前行，路穿右山脚下河滩田（初系苞谷田，后改为稻田）走，势殊平坦，途中数走木板桥过支溪。里半路右走过已废的碉堡一座。更前半里，复返公路，循之平坦前进。半里路左过一村，前行又数走木桥过支溪，途中路右并走过一座带有碉堡的村庄。如此共行六里，到达朱木湾（距锦川桥约十四华里）。此处附近，山又崩下，工人正在抢修。保安队招呼我们停下，指给我们看，这处乃是夷匪闹得最凶的地方。所谓铁匠房的可怕，实在并不在街上，而是指的此处。

从表面上看来，朱木湾并不显得怎样可怕，我们甚至以为此处平淡无奇。尤其当我们看见路上有大批工人，正在工作，觉得何必如此害怕。然而在未到此处之前一里，工人正在抢修公路的地方，护送我们的几位保安队员，面部业已露出极度紧张的表情。他们并且对我们说，在此处危险地带，大家务必挤紧在一起走，不要走散了，免得出事时难于照应。

朱木湾之所以得名，系因路旁山角有“朱木”树一棵而来。在此处路有一条多树的山沟。沟里出来的流水，经由一处涵洞，走公路下面流出来。山沟坡度颇陡。原来的老路，略在上面一点绕过去。表面虽然没有什么奇特的地方，但是，保安队员指给我们看，这处山沟，就是蔡三老虎平常下来行劫的路径。他们自山上夷区裹粮潜下，需要走三四天的路方到。不过汉人素来不敢进这条山沟，所以无从知道消息。以前走老路的时候，盗匪躲在路旁，俟机行劫。现在公路虽远，此处仍为盗匪出没之处。公路经过的地方，固然是平坦地带，但是匪人也很聪明，从山上下来，他们伏在涵洞底下，俟有机会，持械跃出行劫。因此行旅走过此处，皆有戒心。他们又说，蔡三老虎的实力，颇为惊人。民国十九年的时候，二十四军派兵来此剿匪，在朱木湾地方发生遭遇战，官军一团，在此全部殉职。近来蔡三老虎本人，虽因官军兜剿过急，不得不暂时投诚；但是他底下所辖娃子，仍然时常出来行劫……

铁匠房

由朱木湾前行，右山脚下一片田坝已完，只有陡坡梯田少许（在未到朱木湾前一里，情形已系如此）。循公路走，半里余路右走过一座祠堂，名“刁氏祠”，略前即到铁匠房，停下喝茶。此村距锦川桥约十五华里，属西昌县，位在公路左（西）侧。正街一条，用石板铺成。由西南到东北，长约三百米。此处有蔡三老虎下站（此名富有绿林小说的意味）之称，但是街上在表面上并无异态。自锦川桥来此，途中农屋及村庄均不少，但仍不免受夷匪不断的威胁。一路农庄前廊上，多见悬晒有本地出产的烟叶。（昨日途中，已见此等情形。）霸王鞭是一种路上常见的植物。

乐跃场

十点二十分自铁匠房前进。出村即返公路，循之右绕山缓下，左续溯安宁河而上，隔河西岸有田坝。里半过一木桥。在桥附近，遇见傈僳女子一位，上身穿的是一件麻布汗衫，下面系上一条白色麻布的百褶裙。沿途修路工人甚多，正在忙于工作。前去有好几处，山上土石崩下，其中含有卵石。半里余又过一道木桥，路改缓上，穿右山脚一片平地行，后改上趋较陡。里半上到坳口，过一小村。距铁匠房约四华里。自此前行，河的两岸，田地均完，山势颇陡。由坳口循公路下趋，初陡继缓，不远在河对岸，又见有田。一路前进，途中数走木桥过支溪。三里余走桥过一溪；该溪以整块石板作底，路右有瀑布自山上飞下而成此溪。风景不错。里余复改上趋，略前右过一小村。前去路右旋随即绕山行，上趋颇陡。约行两里半（此处距铁匠房约十二华里），保安队告诉我们，这里是上次（六月十八日）驮子第二次被劫处。这次虽有保安队员护送，仍是不免怕劫。自铁匠房到此，由山间公路的右山切面，看见此山大体系由花岗岩所构成。中有一部分，业已风化，只剩小块石头，嵌入土山中。有些地段，看见花岗岩层，插入页岩（一部分为黑色页岩）间。另外岩石一面，还看见一种变质岩，其中一部分系作紫色，颇为规则。更前两里，路转平坦，穿右山脚下平岗稻田走。半里穿过一村，路两旁各有碉堡一座。略前路改下趋，旋向右折离开安宁河，右绕山行，左溯一条清水大溪（安宁河的一条支流）而上。如此一里，右过一座水磨，左有碉堡一座。天气晴热，到此（距铁匠房约十六华里）热渴已极。看见这条清水大溪，不禁高兴，马上就下去洗了一个冷水澡。上岸后，循小路走木板桥过一溪，即走石板路陡盘上山。不远上趋较缓，但旋又陡，嗣复陡盘上山。如此约行一里，走石桥过清水大溪上端，即于十二点二十分，行抵乐跃场打尖。

乐跃场简称“乐跃”，本地人读如“落腰”，属西昌县境。其西距铁匠房约十七华里（俗称十五里），距锦川桥约三十二华里（俗称三十里），距会理约一百七十六华里（俗称一百七十里），为西会道上第四日途中餐站。公路车行驶会理、西昌间，无论南下或北上，亦多以此处为餐站，但有时则在摩挲营进餐。此处全村只有正街一条，用石灰三合土筑成。由南至北（初略偏西南，后来略偏西北），蜿蜒约长不过一百五十米。镇在公路右（东）侧坡上。自铁匠房来，由南门入。此门为木栅门一道。门外白粉墙上，有“欢迎邓司令官”的大字标语，由此足见本地百姓对邓氏爱戴之深。标语下面落款，是“乐跃全体民众制”。正街北端尽处，栅门内有关岳庙一座，门口额曰“英雄佛”。庙门前旁边立有一根矮矮的方形石柱，形状像一石桩，上刻“永远禁宰耕牛”六字，系同治九年立。

乐跃街上店铺，以饭铺为最多。到此虽非街子期，街旁仍摆有一些摊子。水果摊子很有几处，梨子、李子、桃子，均有出卖。糖食、桂圆、红枣、蚕豆、花生、粽子、挂面、鸡蛋，等等，是一些可以买到的食品。日用品方面，则有纸烟、毛巾、生发油等。此处生活，已较摩挲营一带为低。一碗“帽儿头”，在街上卖五毛钱。我们十一个人，吃饱一顿，不过费去十六元。街上还看见有一家理发店。

由锦川桥送我们来的保安队，在此打发回去。（由此前去小高桥，前途已无危险，用不着再找保护。）这些保安队很刁，硬想大敲竹杠。费了许多唇舌，告诉他们我们也是官方的人，最后方才以二十一元的代价，将他们遣回。

半踮营

下午一刻，由乐跃场起程前进，出村北口，即返公路，过一木桥。前去路右绕山行，左沿一大片梯形稻田走，隔田路左复溯安宁河而上。路势蜿蜒，初缓下趋，后改缓上。约行两里余，向左斜着抄小路陡下。半里到 村，名“新塘”，距乐跃场约三华里。前去路续陡下，半里余复返公路行，路右旋即绕山上趋颇陡，河右梯田旋完。两里路改缓下，前行望见清溪一道，自一座石桥下流出。溪水甚浅，在整块石底上作层层小滩流下，风景甚美。此一带地质，仍以花岗岩及变质岩为造成右山的主要成分，后者常作紫色。其中有一部分石头，作各种大小的卵石形状，藏在山中。工人正在开山扩路处，此点看得最为清楚。此种情形，指示当初这山必定是河床的一部分。前行一里，走过刚才所羡慕的那座跨溪石桥，饱览奇景。在桥上右望，此溪清水自劈陡的巨大石崖间曲折流下，不愧为一幅绝美风景。过桥路即左折，右绕山边陡下，左溯此溪而下。如此行一小段后，路右隔险山渐远，右山改为由泥页岩构成的脚山。约行半里不足，穿过一座茅村，名“旧营盘”，距乐跃场约七华里。村的两旁，各有土筑碉堡一座。在此处附近，遇见成群的公路工人，吃晌午回来，回到各段去做工。其中监工者皆系北方人。

自“旧营盘”前进，循公路行两里，右斜离开公路（公路自此往下趋），改循旧日单条石板路（驮马旧道）上趋，途中路旁看见大树的霸王鞭，不远竟穿两列霸王鞭中行。更前改穿两行桐子树间走。共行半里以后，路陡趋上山，旋走一道用几根未去皮树干搭成的便桥过一小溪，旋即到达半踮营，停下喝茶。

半踮营距乐跃场约十华里，位在公路右（东）侧坡上，旧路穿之而过。正街一条，系一种不宽的沙石马路。方向由南往北（略偏西北），并不很长。街上设有西祥公路桥工分处，并见贴有“靖边司令部”的布告。

下午三点一刻，从半踮营动身。出村北口，道旁见有大黄桷树一株。前去续循旧日石路北进，路在树荫下走。道旁所见植物，以桐子树、霸王鞭及仙人掌为主。路旁初缓上趋，半里余改缓下。一路前行，左见公路在下，与此路平行。下趋半里，左折循田塍穿稻田走，旋即复上公路，循路北进，势缓下趋。自此前行，直到小高桥，十里途中，所经地面，全系一种恬静缓和的田园风景。行一段后，路改缓上；起初仍穿稻田行，嗣入草坡地带，其中亦间穿稻田。途中走木桥过小溪。在距半踮营约八里处，路改下趋颇陡。半里余离开公路，抄小路陡下。又半里余，复返公路。原来一段，路左河右，有矮山一脉。到此该山又完，路左复溯安宁河而上。附近又见黄桷树。前行半里，走过一道跨在清水大溪（安宁河的一条支流）上面的公路大木桥，该桥即名“小高桥”。此溪系南北流，流入安宁河。（该河在此一小段，转向东西流；过“小高桥”村，旋又改为南北流。）过桥溯此溪而下，北行上坡一路，行抵“小高桥”村停宿，于四点五十分到达。

小高桥

“小高桥”为距离半踮营十一华里（俗称十里）的一座村镇，因望到以前所过一道跨溪大桥而得名。该镇位在公路右（东）侧坡上，亦称“丰裕场”。其处距乐跃场约二十一华里（俗称二十里），距锦川桥约五十三华里（俗称五十里），距会理约一百九十七华里（俗称一百九十里）。附近筑有碉堡一座，似颇考究。镇尚不小，但亦只有正街一条，大体由东往西，计长四百米左右。街以沙石铺成，当中直铺石板一条，日久失修，路面不见佳。街上房屋，大都颇显破烂。本地人说，此处相当热闹。我们所得印象，却不完全是这样。每逢二五八，此镇赶街子。到此正巧碰上街期，入村尚未全散，但已不见十分热闹。不但夷人不见，摊子亦多已收摊。东头剩下少数摊子，贩卖食物及日用品（肥皂、洋针等）。

正街东端，栅门外路东有一武圣宫，“县立小高桥乙种小学校”设此。“西祥公路第十二总段小高桥桥工所”，现在借用一部分校舍。我们来到此处，即借宿桥工所。建桥时期，街上原设有新华营造厂工程处。工期完毕以后，现已撤销。此处桥工所，修桥以外，管修十二公里的公路。主持者为沈沛沅主任。

一把伞

因为一位同人忽然得了急病，我们为他雇滑竿，弄到上午九点半钟，方从小高桥起程。出村西口，循旧日大道向西行，路有上有下。道旁树木不少，种类以桐子树及霸王鞭为主，并见有油杉。左望公路在下，沿河滨辟出。约行两里，复返公路，循之穿稻田往北走，势微上趋。在此处安宁河又系由北向南流。三里左右，路改陡上，旋即穿过一座小村。此村距小高桥约五华里，带有碉堡两座。过村路又缓下。在此处附近，遇见一位旅客，骑马向西昌去。后有兵士两人，荷枪护送。走过时听见兵士说道，此处附近，亦有夷匪抢人。不久以前，还出过案子。此时向左一望，一条平淡无奇，并不险峻的山沟，据称即是夷人出没之处。由村前行半里，连过两座木桥，旋又上趋。一里余，路转平坦。又约里半，路左走过一村，带有碉堡一座。自此前进，路仍平坦，径直向西北去。此时张目四望，四周田中，看见好几座村庄与不少的农屋，很是一种富饶的景象。如此约行里半，穿过一村，名“一把伞”，在此停下休息。

“一把伞”距小高桥约十华里。村子殊小，但有一所陈氏祠堂，殊为整齐高大。祠堂之旁，设有很大一座茶棚。一路由小高桥到此，沿途经过，几乎全是稻田地带。安宁河上游，在西昌附近一带，坡度较小，蜿蜒尤甚。所以这一段两岸田坝，更较下游为平宽。就中尤以西昌坝子为最大。

凤凰桥

十一时，从一把伞前进，续穿稻坝平坦向西北行。两里河右田坝穿完。前去路右绕山行，左溯安宁河而上，势微上趋。此时对岸又见展出稻坝一片。一路前进，途中数走木桥过小溪，并过村庄两座。约行十里左右，离开公路，向左斜去，抄小路缓下，两里左右到凤凰桥，距“一把伞”约十二华里（俗称十五里），距小高桥约二十二华里（俗称二十五里）。此桥系一道跨在安宁河上的大铁索桥，用十三根一寸半直径的圆铁棍架成，上铺木板。桥面宽约三米，长约九十米，甚为壮观。在此处安宁河系由西北向东南流。过桥往西，是去德昌的大路。往西昌去，则公路与老路，均在河东岸，径直前进，并不过桥。桥的南端，德政碑林立，内容均系歌颂过去地方官吏的所谓德政。

既然来到此处，时候也还不过正午十二点一刻，我们决定去德昌逛一逛，顺便吃一顿好点的午餐。走过凤凰桥以后，桥的西端，即有一处小村，名为“德昌凤凰桥局”。普通往西昌去的过路客人，大都即在此处进餐。自凤凰桥局西行，循小马路走，路初平坦，嗣改上趋。上到上面一层土台以后，又改平坦行，穿田坝走。嗣又陡上一坡，上到更上一层土台，复穿稻坝平坦向正西行（在此处安宁河岸，显然仍见三级土台。最下一级多坟地。上面两级，则全辟稻田）。自桥共行两华里左右（俗称两里半），即到德昌，入其东门（上面署有“迎曦”两字）。

德昌

德昌因位在稻田区域，相当富庶。在清时此处设有分县。民国以来，改隶西昌县，成为该县境内最大的镇市。近来本地人民，酝酿将此处另设一县，大约颇有实现可能。此镇位在安宁河西岸，在西会大道之旁约两华里，距小高桥约二十四华里，距会理约二百二十一华里。循旧路口自此前去西昌，计程约一百二十一华里。在镇附近，到处是田，农业极为发达，唯树木则甚稀少。

因其昔日为一分县或分司，德昌县镇市街规模颇大，市面亦殊热闹。主要街道，为一条用石灰三合土筑成的南北大街，蜿蜒长达一千一百米；在内地镇市中，殊属罕见。镇用一道土墙围住，只有东、南、北三门而无西门，中以东门最为神气。由东门到南北大街，筑有一短条砂土路。（此镇形状，南北长而东西窄）东门外城墙上，写有极大号字的兵役宣传与禁烟标语。街上公共机关不少。行政机关，计有德昌区署（西昌县第三区区署）及税局（财政部川康税局西昌分局德昌征收处）。邮政方面，设有邮政代办所。公共事业，则有民众茶社一处。学校有男女小学各一所，分别称为“德昌镇立小学第一分校”及“德昌女子小学”。庙宇计有三座，如文武庙、禹帝祠与忠烈祠。其中一部分现驻有保安队，以维持地方秩序。天主教的势力，在此一带甚大。位近镇北端的德昌天主堂，成立有年。房屋虽旧，然仍极考究。在西昌教区内，此处天主堂，其重要性仅次于西昌。

在德昌可说是天天赶街子。其热闹的程度，有过于别处县城。午刻到此，街上人拥挤到难于通行的程度。摊子众多，热闹异常。店铺中及摊子上，所卖的物品，种类甚多，可说是应有尽有。中药铺，在街上有好几家。理发店有一家。洋货以及上海贩来的物品，陈列不少。甚至西装衬衫、吊袜带、皮鞋等，都买得到。内地出品，则有铜锅、“等子”等一类价值较大的东西。大砖形状的黄糖，锥窝形状的盐巴（即盐源县来的），特别惹人注意。

目前宁属境内，在西会大道附近一带，生活程度，以德昌为最低。在此处吃的东西，也很考究。馆子与糖食，素来有名，而且确是名不虚传。同时本地人教养不差，彼此之间，以及对外来人士，都颇有礼貌。从各方面看来，德昌是一处很可以告老享福的地方。在这里我们吃了一顿面食。当作午餐，觉得非常满意。馒头、抄手，十一个人吃得饱到无以复加，一共还不过费去十六块钱。馆子里的人，对我们异常客气。拿来装馒头的篾簸箕，后来他们自己要用，跑来取的时候，堂倌忙向我们说：“请你们不要多意。”付钱以后，堂倌将钱找回，拿来几张并不太旧的票子，却说：“我们的票子，没有你们那么好。”

前去麻栗寨

德昌很合我们的口味，在此不觉耽搁太久。下午两点二十五分，方从此镇动身。回到凤凰桥后，过桥到河东岸，循旧路穿稻田走。不到半里，即上公路，循之平坦北进，由此处前去西昌，路势大多平坦好走。半里不足，改向上趋，初缓后一部分陡上。前行经过一种农业繁盛的区域，沿途村庄不少，一路频频走过。村多带有碉堡。此一带安宁河支流亦多，其水皆清，途中走过多条。

在凤凰桥前约七里，路改在一种岗顶地带走，上面有坟有树，田则颇少。更前一里，路大体穿草坡走。里余走石桥过一支溪，附近又常见紫色变质岩。前去路缓下趋，在较河滨高一级的平坦土台上穿行。三里不足，复改缓上，途中频走木桥过支溪。如此约行五里余，路右走过一村。前去路穿苞谷田走，田中两旁各见数村。续过两道木桥以后，计行两里左右，路大势作 U 字形弯前进，右绕山边行，左临田坝陡向下趋。一里左右，到达一条清水大溪（安宁河的一条支流）的旁边。看看水不深，我们想涉水过去，抄点近路。结果发现不行，只好又折回，仍循公路走。自该处路又上趋，右绕紫色变质岩造成的山前进。一里不足，复改下趋，随即走公路石桥越过刚才那条清水大溪的上端。立桥上右望，见此溪系自劈陡的石崖间流出。形势险峻，风景殊美。过桥改抄小路陡盘上山，一里复返公路，循之右绕山行，向西去，左溯清水大溪而下。一里以后，改向右斜，离开公路，抄旧日石路陡上。旋即走过一道水沟，于下午五点十八分，到达麻栗寨停宿。

麻栗寨一宿

由小高桥到西昌，普通算是两大站的路。本地人说，这两站路，仍然是六十里一站；但是走起来却相当九十里路。大概乡下人走路，不以距离为标准，而以所费劳力的程度作为准则，所以有这一类的说法。实际情形，这一段路，虽然比较远些，但是十分平坦好走。步行或者坐滑竿，两天走到，毫无问题。驮马两天也可赶到。但是普通多半分作两天半或三天走。作两天走的话，第一天需由小高桥赶到黄水塘，第二天便到西昌。如果分作三天走，第一天宿麻栗寨，第二天宿黄连关或崩土坎。我等此来，原来是准备两天赶到西昌，不幸到麻栗寨太晚，无法前进，只好就在这里住下了。

麻栗寨距凤凰桥约二十三华里（俗称二十里），距小高桥约四十五华里（俗亦云四十五里），距会理约二百四十二华里（俗称二百三十五里），为西昌县属一小镇，位在公路右侧坡上（在安宁河畔最高一级土台上面），旧路穿之而过。正街一条，由南至北，蜿蜒约长三百米，用沙土铺成，中间直嵌有单条石板。闲天到此，街上相当冷静。自小高桥到凤凰桥一段，路大体系采西北方向。由凤凰桥到麻栗寨一段，则又改向正北行；这一段路，沿途所经，皆是农业繁盛的区域。循此路来，沿途公路上，大批工人，正在加紧赶铺面。有些地段在铺石子，有些地方在铺土。另外一些地方，则已经在用蒸汽滚子滚压。

麻栗寨没有公路段上好住。旅馆马店，又嫌太脏。街上却有一所小学（全名为“西昌麻栗寨初级小学”）；我们到此歇下，便往该校借宿。起初找到两位女教员，不肯做主。后来找到罗校长，总算答应了。不过这一位校长，不很大方。起初只肯借楼上一间很小的房间给我们住。那个房太小太脏，既黑暗又漏雨。我们一伙人太多，事实上根本无法睡下。商量了好半天，最后才答应将楼上大课堂借给我们。此校系由川主庙改成，大课堂就是原来庙里的戏台。

这位罗校长，我们对他实在不敢领教。骤然一看，他就缺少一种为人师表的样子。身上穿上浅蓝色皮袍子，头上戴上一顶牛舌皮帽，面色瘦弱苍白，一看就有三分流氓气，而且似乎是一位瘾君子。据他说，此校现在一共设有五班：其中一班高小，系最近试办。学生一共一百多人。（后来才知道，实际上不过二十余人。）女生也有，但不住堂。

这处学校，大约平常上课并不认真。看见我们这些教育界的朋友来，势不得不做作一番。那晚我们睡在楼上，听见校长将全体学生，聚在一起，大训其话。反反复复地说，自夜间九点下自修的时候说起，一直说到十一点钟方散。说来说去，老是那几句话。至于小学生晚睡对健康有碍，他却完全不放在心上。收场的时候，将一位小学生叫来，打下十板手心。所说的话，许多也很可笑。比方他说，他自己并未克扣灯油，要学生信任他。还说："你们这样胡闹，是不是想在我校长脑袋上打筋斗?"这一类的话，连珠炮似的放出去，把小学生都吓哑了。他还再三大声地问："听见没有?"非等到学生回答"听见了"不罢休。学生倒也很调皮，当面虽则再三做正面的答复；散会以后，只听见一位学生对另一位大声地问："听见没有?”那一位轻轻地答道：“没有听见。”第二天我们一早起来，偷看小学生的功课本子。结果发现他们的习字一课，所抄全是些前清时候的八股文章。一本作文本上，罗校长写上了下列一段饶有趣味的批语：“胡说乱讲，各科不上。抱着书本，跑回家乡。嘴里唧糖，假装问恙。呸！打嘴。再不用心，拿来打手心。”

在麻栗寨小学一宿，第二天一早五点半钟就爬起来，刚在收拾行李，罗校长嫌我等把课室占住，就在下面骂起街来了。在小学被赶出以后，七点钟我们到街上去吃早饭。此处食品相当便宜。上等白米煮成的“帽儿头”，一碗只要三角钱。清早别人还没起来，我们第一批去吃，菜是刚炒出来的，倒真不错。饭铺门前，直地放上一长条桌子，一边可坐六七个人。不要钱的咽饭菜，一共摆上三起。每起四样，就是青辣椒、四季豆、铳菜和豌豆，全都是炒熟的。我们吃菜吃得比较踊跃一点，老板娘看来不顺眼，跑过来干涉。在麻栗寨，仿佛每个人都想来和我们作对。

黄水塘

上午七点半，离开这对我们不怀好感的麻栗寨。出村循旧日石板路，穿坝田前进。不远遇见几位天主教的女修道士，向麻栗寨去。行约一里不足，穿过一座小村。村中一幢房子前面，插有哨旗，其上写有“西昌县普格区火烧梁哨所”等字。

由此可见到此尚未完全脱离险境。又一里，路右复过一村，带有碉堡。再一里余，路改上趋，穿草坡走，地上有多块花岗岩露出。右山上则有云南松。半里到坡顶，改向下趋初缓继陡。约行里半以后，路有上有下，大势缓下。一路循旧道来此，望见公路在左，路左系遥溯安宁河而上。又两里，过一村，名“新塘”，距麻栗寨约七华里余。

自“新塘”前行，出村循石路陡下。略前即返公路，走大木桥过支溪一道。前去循公路走，路右绕山行，势缓下趋。此时所见，右山系由卵石嵌在土内而成。两里左右，路右改绕一层土台前进，势缓上趋。略前过一木桥后，改为土台中间向上盘。两里余，复穿颇平的稻田走，势殊平坦而微上趋。又两里，路右走过一座大村。不远右又绕山上趋，道旁复见美丽的紫色变质岩。再前两里，走过一道跨在清水大溪上的木桥，前去路缓下趋，约三里半到黄水塘，停下休息。

黄水塘为西昌县属一座村庄，距麻栗寨约十七华里（俗称十五里），距小高桥约六十二华里（俗称六十里），距会理约二百五十九华里（俗称三百五十里）。由此循老路到西昌，实际上尚有七十九华里（俗称六十里）。全村只有正街一条，由东到西（后来略偏西南），长三百余米。村在公路左（西）侧，旧路则引到此村。由麻栗寨循公路来，到此向左折，改循旧路走，右溯一条清水大溪而下，约一分钟即到此村东口。

黄水塘相当热闹。到此虽不是街子期，街上仍有新鲜猪肉出卖，昨天此处闻有天官会，村民演戏作乐。

黄连关

从黄水塘动身，出村东门，下趋走木板大桥过清水大溪。上坡后，穿田园地带走。最初路颇有上下，嗣即完全平坦。两里半，路左走过一座祠堂，其内设有黄水乡农会。又两里半，走石板桥过水沟一道，随即右斜上公路，走大木桥过支溪一道。前行循公路北去，坦直穿稻坝走。途中数走木桥过支溪，路旁并先后走过几座村庄，有的颇大。此一带农业繁盛，治安较好。路上村庄，不一定皆带有碉堡。如此约行十一里，路左复到安宁河边。不远改穿河坝苞谷田行，途中又数走木桥过支溪。如此约行一里半，路左绕山走，左沿苞谷田行。不远右山全露横平的泥页岩层，山虽不高，而形状奇特如台形，骤看几疑是一种古迹。两里余离开公路，右斜抄旧路走，旋即到黄连关，停下午餐。

黄连关距黄水塘约二十华里（俗称十五里），距麻栗寨约三十七华里（俗称三十里），距会理约二百七十九华里（俗称二百六十五里）。全村只有正街一条，由南到北，蜿蜒长约三百米。小溪一道，横贯此村而过，其上筑有木桥一座。街用沙土铺成，当街直嵌，石板一条。到此适逢街子，自己买得菜来，在馆子里弄了很好一顿午餐。街上洋货摊子，只稍有几家。大部分交易，全在食品上面。

崩土坎

正午到黄连关。下午两点十分，方又前进。出村北口，不远即返公路。约一里不足，路右过一村，距黄连关一华里。自此处起，公路与旧道分手。公路初在旧路之右（东），大体与之平行。后来渐向上趋，绕到右山后面去。循旧道（“马路”）前进，路大体坦直向北，穿苞谷田走。除苞谷外，田中种稻处亦不少。另外并略见高粱荞麦。一里左右，走木板桥过一溪。又两里余，路左到安宁河边，不久旋又左沿苞谷田走。又一里，走木板桥过一水沟，前去抄小路（“人路”）走一段。四里穿过一座大村，距黄连关约九华里。更前一里不足，路右大体绕田走，左循苞谷田行。又改绕土台间走里半陡下，过跨溪石桥一道，即又缓上，在较河滨高一级的土台上穿苞谷田走。两里余，路改缓下，一里到崩土坎停宿。

崩土坎现亦称“经久坎”，为西昌县属一小镇，距黄连关约十八华里（俗称十五里），距黄水塘约三十八华里（俗称三十里），距会理约二百九十七华里（俗称二百八十里）。旧路穿镇而过，公路则不经此处。循旧道自此去西昌，尚有四十一华里（俗称三十里）。场子不大，正街一条，由南到北，计长不过两百米左右。由麻栗寨到此，计程五十五华里（俗称四十五里），下午四点半就到了。这一天路，大体仍是紧靠安宁河东岸，溯河而上。路势大体殊为平坦，径向北行，所经全是富庶的农业区域。安宁河上游，水流不若下游之急。眼望此河，虽然仍是红泥水向下奔流殊速，但是这一段路上，河已无滩，水流下不复作响声。一路来此，沿途所见，山上全见光头，愈北愈甚。只有在山顶及村庄附近，才略见有树木。崩土坎生活程度，比较很低。米价较摩挲营一带，约低一半。蔬菜也很贱。我们十一个人，在此吃一顿饭，费去不到十元。挑夫号钱，每人一宿两餐，不过一元四角，到西昌则又需四元之多。

到此宿在“西昌县经久坎初级小学校”。此校系由东岳庙改成。学生不过十余人，现已放假，只有一名工人留守。校址殊小。唯一整齐一点的房间，是原来的大殿，殿上神像，至今仍存。我们在此殿，席地而卧。自己笑着说，这是和鬼神同居。殿内东岳大帝，身穿红色彩袍，两旁判官小鬼，面目狰狞，颇属可怕。四壁满涂彩画，都是信士弟子捐助的费用。天热有蚊子。睡时我们将蚊帐吊在判官小鬼的脖子和手臂上。

在本地管事的人，是联保主任陈大爷。到此看见街上有一人反剪吊起，问人说他是一个偷锄头的小贼。后来听见人们用鞭抽他，抽得这贼大叫不已。一家人家，家庭里打起架来，投诉到联保主任那里去。他们坐在茶馆中，评了好久的理。最后由陈大爷判决罚一个人做工四十天。

陈大爷告诉我们，这一带居民，大部分是由云南移来的。陈姓在此，是最大的一族。我们在“一把伞”所看见的陈氏祠堂，规模虽然很大，还不过是一所分祠。总祠堂则在崩土坎附近不远。谈及地方教育问题，陈氏喟然长叹，说道："现在教育，真是误人。以前小学由地方自办，一学期还能上四个月的课。自从改归县府统办以后，连一个月都上不到。划归学款的租谷，能收的都被县政府收去，移作别用。欠租部分，乃指定作为教员薪水。教员拿不到钱，不能维持生活，当然不愿教书。如此看来，还不如交回各保自办，比较要切实一点。"陈大爷看上去有五十多岁，留有胡须，人很精明。身上穿着一件蓝布袍，手上拿着一根旱烟袋。态度安详，不愧为地方上一位领袖绅士。

会理一带，说的全是四川口音。"一把伞"以后，顿然大变，改作一种类似北方口音的腔调。有带山东口音的，有带河南口音的。自该处起，经过德昌、崩土坎，直到西昌附近，沿途全是如此。到了西昌，乃又作四川口音，但其中仍带有北方风味。这种情形，大约是因为陈大爷所说的移民关系。

马鞍堡

来到宁属，适逢雨季。这一带像昆明一般，冬天干季，几乎连一滴雨也不下。夏天是雨季的时候，往往会一阵大晴，忽然陡下一阵狂雨。雨免不了每天都有。可是我们这次运气不错，除开自会理动身的头一天，途中碰着大雨，弄得狼狈不堪以外，以后六天，虽然几乎天天有雨，大雨都是在晚上或者下午到站以后，方始到临。路上碰到的，不过偶尔一点细雨，无关紧要。到了第二天早上，即不是大晴，至少雨已停了。想不到最后一天，还要让我们大大地狼狈一次。在崩土坎的一晚，下了一场极大的雨。清早醒来，雨还未停，后来忽又转大。我们要赶到西昌，当天非走不可，却又不敢再冒大雨。挨了好久，九点钟左右，侥幸雨已停了。上午十点，离开崩土坎，由此处到马鞍堡，十几里全系宽敞平坦的泥土大路，紧靠安宁河边，在田坝中展出。天晴时候，无疑是很好走的。大雨以后，泥泞殊甚，难走已极。上面虽不下雨，脚下却颇有寸步难移的感想。起初我们赤脚穿草鞋而行，以为必不要紧。哪知道地面如此泥泞，一走就陷入泥浆中，难于自拔。同时路面很滑，虽然小心谨慎，仍然不免常有摔跤的危险。如此爬行一段，弄得没有办法，只好索性连草鞋都脱下，光着脚板在地上走。共行六七里以后，到一片小坪。许多挑夫，在此处躺在树下休息。他们里面，有好些背“背篮”的妇女，看见我们赤脚走来，都作会心微笑。

在崩土坎附近，河坝田中，所种全是苞谷。约行一里余，改为稻田。起初路左紧伴安宁河，溯之而上，共行八九里以后，离河渐远。又约两里，路右近山边，略前复穿苞谷田前进。途中路上见有死马一匹，已被苍蝇叮满。三里左右，走过小石桥一道。又约一里左右，路右到马鞍堡，停下休息。自此前去，路较干燥。在路旁小溪洗脚以后，又把草鞋穿上。到此不过十五里，走了两点钟，狼狈已极。同人们士气不错，一路能苦中寻乐，自赞精神伟大。实在说来，途中有这一点挫折，也还不坏，否则穿田坝走平坦大路，也怪显得单调的。

马鞍堡一称“马鞍山”，距崩土坎约十五华里（俗称十里）。一路由崩土坎到此，所经仍是富庶的田地，想不到此处以前乃是盗匪闹得最凶的地方。到此见村口立有德政碑，内容系歌颂某排长暨全体士兵剿匪战绩。挑夫告诉我们，此处以前一连人也守不住。

马道子

正午十二点一刻，从马道子起程，天已放晴。走过一道跨溪小石桥以后，即翻过一座“包包”（小山）。这山全无草木，满露红土。上山的一段，路颇陡峻，到坳口下降，坡度缓和。在距马鞍堡约两里处，路改平坦穿草坡（一部分已辟苞谷田）走。路左多处，见植树成圈，杂以村屋农庄，恰似一幅典型的田园景致。前行一段，草坡渐完，四周复全为一片平坦的稻田。路穿田前进，在距马鞍堡不足五里处，涉深河过红泥小河一道，水深及膝。过河即上一小坡，旋复平坦穿田走。此时田中，大部种的是棉花，走过时正在盛开大朵淡黄色的花。宁属地方夏天不够热，不甚适于种植棉花。西昌附近一带，最近方开始试种。一路向会理来，到此系第一次看见。前行两里余，路改在土台间穿行，旋又上一小坡。（由马鞍堡到马道子，途中需翻上三个小坡。）到坡顶再度平坦穿田走。半里即到马道子午餐。

马道子为西昌县属一小镇，距马鞍堡约八华里（俗称五里），距崩土坎约二十三华里（俗称十五里）。大体只有正街一条，方向大体由西南往东北。街用石块铺成，当中嵌有一条直铺的石板。镇既不大，市面尤不见热闹。想不到离西昌不过十八华里（俗称十五里）的镇市，会如此冷落。到此正逢街子，但是店中摊上，所卖日用品极少，洋货完全未见。卖的几乎全是食品一类。这种情形，颇出意料。街上设有“马道子初级小学校”一所。校外墙上，贴有该校所出壁报。宁属人民，迄今不肯自承为西康人。今日此村街上，尚在举行“川主会”。

马道子以前盗匪也闹得最凶。介在此镇与西昌之间的一片荒山，使此处成为另外一种世界。下午两点二十分，从马道子起程前进。出街路在小山间，穿苞谷冲田走。山上全光，毫无树木。约两里左右，左绕山上坡，嗣改右绕小山行。上到坳顶，路左隔田过一村，带有碉堡。略前右过一庙，额曰“镇南古寺”。此处距马道子约五华里。大门前旁边立有一块石碑，上面写着：“宁属清乡司令官羊公仁安德政；民国十七年二月，马道子七屯士庶等恭颂。”其两旁刻有一联云：“功高一代，在昔共称羊叔子；威震百蛮，于今又见马伏波。”由此可见当年盗匪之逼近西昌。据说在民国十四五年的时候，西昌城附近，几乎尽为匪人所占。该城一到下午两三点钟，就得将城门紧闭。近来情形，总算是进步多了。

从庙前行，随即过小石桥一座。此桥跨在一道黄泥水的小溪上。过桥路右溯此溪而上，左则绕一座由暗红色砂岩及页岩构成的山走，势向上趋，中有一部分陡上。如此上趋约两里，路右隔溪沟矮山顶上有碉堡一座，即系守卫西昌南郊，防范夷人的堡垒。略前缓下一小段，复改上趋。旋走小石桥过到溪右，改由路右绕光山，左溯此溪而上，势仍上趋。此时右边矮峰上，又见坚固的碉堡一座。前行一里不足，即到坳口，距马道子约八华里。此处较西昌城高出不少。因一路上山来，山峰殊不显高。

自坳口前进，路向下趋极陡，右绕山行。起初一段，山仍系由暗红色砂岩及页岩所构成。下了一段以后，所见又为花岗岩。自山口下望，西昌坝子，在下平宽展出，一平如纸。满长水稻，看去一片绿，乃是一幅肥沃田地的景致。略下里许，左望坝子北端尽处，山脚坡上，一座大城拥出，即是西昌城。遥望此城，只见房屋堆中，满布绿树。颇有北平风味，气概不错，骤看远胜于会理城。城前安宁河支流的红水，分作几股，交错环抱，与绿树相映成趣。

穿坝田到西昌

自坳口陡下三里，到一片草坡。大批驮马，卸下驮子，在此放牧。自此路下仍陡，但较前略逊，顷刻草坡下完，下到西昌坝子，路即左折穿过一座小村。此村名“尧善桥”，距马道子约十一华里。前去西昌，尚有七华里。出村走大石桥过泥水河一道，前去即穿田坝向东北平坦行。三里余，又到一条泥水河。此河为安宁河的一条支流，平日“叉水”（涉水）可渡。此刻水大，绕路走到渡口，乘渡船过去。附近见房屋倾圮，乃是最近安宁河发大水的成绩。河水很急，擦滩而过，相当危险，过河上趋，穿过一村，旋过小石桥一座，名“出版桥”。前去穿坝田走，续向东北行，一里余到一河边，溯之而上，不远又离河行。昨日途中，道旁现垂柳。今在西昌坝子上，此树尤多。又一里余，越过乐西公路，循旧日石子路走，续向北进，约一里到达西昌城的西门。经过八天辛苦的行程，我们从会理步行到了西昌。

我们怎样越过大凉山

在川康两省交界地段，展开一片纵横数百里的神秘区域，那便是在西南各省有名的“大凉山夷区”，西洋人所谓的“独立倮倮”（Independent Lolos）区域。这块地方，位在四川省的西南角上和西康的极东一隅。据说它的幅员，是东西四百里，南北八百里，面积三十余万平方里；可是居民总数，至今不过十万。在许多详细的地图上，独独此区留着一片空白，表示那里面的情形，至今还不甚了了。在那里不但目前法币不能通行；而且几千年来可以说从来没有用过政府的货币，无论是纸币或硬币。在那里至今存在着以货易货的制度，有时带着用一点生银。那地方向来没有通邮政，迄今邮差不敢假道通过，这种事目前在中国境内，几乎是绝无仅有，西洋探险家虽然曾经深入蒙古新疆，西藏青海，干出许多了不起的伟绩，却是从来没有一位，走穿过凉山。一直到现在，有组织的考察团，通过凉山进行学术工作的，完全是由国人所组成，这一点我们大可以自豪。

凉山两字，就是因为其地高寒（海拔多半在二千米以上）而得名。可是那里人口如此稀少，并不是因为地方过于寒苦，不堪耕植，不能养活更多的人口。通过凉山者如此之少，也不是因为路途过远，或者通行过于困难，最主要的障碍，乃是在于人为因素；具体地说，民族间的隔阂和仇视，使外人不敢插足。因为进凉山很容易，出凉山却仿佛难于登天。几千年来，凉山区域，永远是被强悍的倮倮民族盘踞着，不许他人插足。

深入凉山，需要健全的身体、充分的勇气、坚强的意志。然而正是因为这样，对于富有冒险精神的人们，凉山具有一种特殊的引诱性。所以我们一队人，便向凉山进发了，并不是通过凉山的第一个团体；但是步行横越大凉山，却由我们首创纪录。

在八月初旬一个凄风苦雨的早晨，我们辞别了美丽可爱的西昌，全体赤脚草鞋，押了十名挑行李和货物的挑夫，踏着烂泥路，走上我们的征途。我们第一个目标，是昭觉县城。这段路大约有一百九十华里，大体向正东行，最后略带东北。沿途各站里程，据我们实测，所得结果如下：

地名	大兴场	玄参坝	倮倮沟	四块坝子	三湾河	昭觉
距西昌华里数	二七	五〇	九七	一四八	一六二	一九四

这段路普通算作四站，正常的行程，应该第一天宿玄参坝，第二天宿倮倮沟，第三天宿四块坝子，第四天到昭觉。此次因为天气太坏，挑夫又走得太慢，先后费了六天，方才

到达。

第一天不过走到大兴场。贵处距离西昌不足三十里。夷人（倮倮）的势力，甚至可以说，一直伸到西昌城的城跟前，大兴场是一处汉夷交界的村庄。目前纯由汉人居住，但是夷人往来此处者甚多。目下汉夷两族，在此相处颇好。街上开店的汉人，无论男女，每个人都能说很好的夷话。来往此处的夷人，汉话也都说得不错。然而汉夷的界限，终久存在。街上汉人，看见我们来，相待特别客气，住在西昌的人，大都提起昭觉就害怕，以为万不可去。大兴场的人，观点却不同，以为去昭觉没有什么。在大兴场我们开始以十二分的热诚，学习夷话。在那里学到的一点单字短句，以后证明对于旅行十分有用。

Aiza - aiza - bo（夷语“慢慢地走”的意思），第二天我们从大兴场出发，翻上一座名叫“腰跕坡”的高山，略下即到玄参坝。出大兴场几里，便入夷区。在腰跕坡的西坡半山上，我们拜别最后的汉人坟墓。玄参坝已经是一处完全受夷人支配的地方，但是还留下有最后两家汉人，在那里仍然可以吃到米饭蔬菜，还可以使用法币。自该处前进，便是纯粹夷区，很少有汉人踪迹。

一进夷区，一切变色。在夷区里，我们睡的是“黑夷”（夷人中间的贵族阶级）家中的泥地；吃的是洋芋荞粑，和一些煮得半生不熟的猪羊肉。床铺、桌椅、板凳，从此全不见面，腰中放着成千的法币，也不怕人偷。在那里食宿的代价，是送布匹；劳力的报酬，是称盐巴。还有许多的夷人时常会来讨针线。

第三天到达倮倮沟，第一次亲尝黑夷社会的生活，用生水来调炒面（炒熟的燕麦粉）吃，最初确是难于下咽，不久却又习惯了。晚上摊开被褥，是最令夷人兴奋的一件事；因为被窝在他们当中，是不存在的。一件羊毛制成的披毡，白天是他们的外套，夜里是他们的被盖。因此一看我们这些红红绿绿的被面，他们眼睛都花了。一个个跑过来，又摸又看，惊奇不已，骚扰不下半个钟头。

再有一天，将我们送到四块坝子。途中翻过“梭梭梁子”的时候，自山脊向东远望，已经看到大凉山高高耸起，可惜一片光山，竟和西昌附近一样。凉山南端悬崖名叫“龙头山”的，果然昂起头来，其名不虚。

在四块坝子，不幸投宿的一家，主人长兄方才死去，正办丧事，聚着几百人痛哭。我们一去吊丧，他们的好奇心，却胜过了悲痛。停止了哭声，他们一齐拥挤，将我们拥抱起来。

桥梁是一件在夷区不存在的东西，无论大小河流，也不管河水的深浅和缓急，都只“叉水”（涉水）而过的一法。对于缺乏经验的人，这确是一种严重的试验；因为在夏天河水往往过腰际，而且奔流甚急。

翻不完的山，“叉”不尽的水，又费了两天，方才进入昭觉城，昭觉县城，乃是世界上奇特无比的城市。一座四正四方的小城，一共不过二百米见方，里面却大部分辟成苞谷田。全城房子，不过四家。其中一家现在租来用作县政府。其他三家两家是汉人，一家是夷人。这两家汉人，因为各有三家夷人作保，在县城沦陷的时候，始终未曾他走。他们现在夷化程度很深，对我们这些不远千里而来的远客，并不怎样表示同情的好感。

我们旅程的后半部，是由昭觉东北行，翻到大凉山绝顶山脊（名叫"黄茅埂"），再由该处徒行下山，大体取东南方向径趋四川省的雷波县。这段路一共约计三百一十里，最快五天可以走到（由昭觉两天到磨石家，又三天到雷波）。我们此次，一共费去八天多。途中所经站口及实测里程，如下表所列：

地名	昭觉	竹黑	乌坡	美姑	磨石家	黄茅埂	拉米	黑角	乌角	雷波
距昭觉华里数	〇	二八	四五	七八	一〇六	一三七	二〇一	二五〇	三〇二	三一二
海拔高度（米）	二〇五〇	一九〇〇		一四〇〇		三四〇〇	一六八〇			一二六〇

出昭觉城东行，即达昭觉河（一名西溪河）。大兴场位在螺髻山脉（凉山的一条支脉）的山麓，可算是凉山的外围。涉过西溪河，方入正宗的凉山。前行翻过不高的豹口探子，下到竹黑坝。四块坝子、三湾河、昭觉，至竹黑，乃是沿途所见唯一产米的地方。其他各处，人民不得不赖杂粮生活。政府的势力，现在勉强可以达到竹黑。由西昌到此，不须特别保护。

自竹黑再进，便入至今仍在化外的所谓生夷或野夷区域。由西昌带来的汉人挑夫，到此无论何等报酬，不肯前进。沿途碰见的人，都说不可再向前走。在我们前面，横着有洪水、瘟疫和民族间的误解，鼓励的话，一点都没有，只有钢的意志，才把我们送过凉山去。

从竹黑东行，人不得不采取旧日的“保头”办法，请黑夷酋长，一站一站地保护过去。离开竹黑的那一天，又是下雨，路虽不长，却很险陡。到达乌坡，已感疲倦。在乌坡首次看见当“娃子”的汉人。一位褴褛不堪的中年妇人对我们泣诉她那伤心的故事。她说：“我现在永远看不见我的哥哥，看不见我的儿女。看见你们来，就仿佛看见我自己的亲人一般，说不出来的快活。”这种令人伤心的事，在以后几天途中，却是常遇到的。

由乌坡去美姑中间需涉过美姑河，凉山里面最大的一条河。顺着树叶沟，我们走到美姑河边，满夹红泥的水，深过胸际，自山谷间狂奔流下，确是名不虚传的天险。幸亏同来的夷人帮忙，得以安全渡过。

过美姑河以后，路即缓上大凉山本脉的西坡。由美姑续向上爬，一天走到磨石家。在这里我们碰到真正的困难，凉山的夷人，因为怕汉人势力伸入凉山，近来相约不让汉人通过，到此，当地酋长，就用很客气的方式，想出种种理由，不肯保护前进，而劝我们折回。我们此来，原来是“破釜沉舟”，到那时身边剩下的盐和布，根本就不够送我们回去。一看前进有生命的危险，后退有饿死的威胁和极端的失望。在万无挽回余地之中，我们终有“凭三寸不烂之舌”，将酋长磨石铁哈说服，仍然让我们前进。而且以后他还暂时放开他那高年多病的老母，亲自送我们走过最危险的一段。

主人总算还好，不巧夏天农忙，找不到“娃子”背行李。好容易费了“九牛二虎之力”找好三位背夫，可是动身的那天，等过五刻还不来。幸亏凉山区，乃是女性中心的社会。最后恳求主人的一位小姐，尖声地叫了声 Olado（快些），他们就很快地陆续来了。

半天工夫，从磨石家爬上海拔三千四百米的大凉山顶，夕阳将下的时候，羊群在黄茅埂上，欢迎我们大功告成。在大凉山绝顶上，一座富有诗意的牧羊人木棚下，我们过了一夜。黄茅埂天气的善变，素来有名。此番看来，确是名不虚传。前半夜还是满天星斗，后半夜却连被窝都湿透了。

黄茅埂平得像刀背一般，三十二里方才走完。这片一望无际、四通八达的山顶大草地乃是最好的游牧场所，同时也是“孤儿子”（土匪）出没无常、劫案最多的地方。黄茅埂以东，便是所谓小凉山地带，路途最是险阻难行。走下草坡的时候，忽然狂风大雨，使每条路都变成了小河，羊群急速向下而跑，我们也往下跑。在那光光的山顶上，一根略为可以避雨的树也找不到，一路于急雨中狂奔下山，全身里外透湿，沿途摔了不知多少次的跤，好容易进入森林地带，雨却小了。经过二十余里的森林，最后乃达到有人烟的地方，在名叫“拉米”的一座小村住下。

黄茅埂以后，路旁并无黑夷家可住。“娃子”们多半小气，吃东西大成问题。幸亏在磨石家动身的时候，主人早已思到这点，替我们预备够了“炒面”，当作干粮，用獐皮口袋装起带走。一路饿了，便在溪水旁边停下调些“炒面”吃一顿，倒也别有风味。

拉米以后，安全比较不成问题。可是我们当初以为前去到雷波必然轻松，结果却证明大谬不然。竟走的最后一段，往往是最艰难的一段，我们的凉山旅行，正是如此。凉山西坡坡度缓和，道路宽阔，走上极易，一到东坡，情形完全不同。此处山势异常陡峭，悬崖峭壁到处皆是。山顶满长树木，亦与西坡一片光山，大大不同。最奇怪的此处所谓大路，窄得不堪，好些地方，不足一尺。这样的路，嵌在山边，一面是悬崖，一面是高山。稍一失足，性命难保。偏偏在这种路上，长着很深的草，连路也看不见，在这种情形下，我们只好不顾来人的讥笑，慢慢地、一步一步地摸着走。虽然这样，还踏过好几次空，幸亏一手抓紧草根，未曾滚下。有些地段，更加危险。路有时在水边擦崖而过，必须侧着身子，方能通行。有时陡爬上一大块巨石，有时陡行下去，两次我们走“溜筒”过西苏角河。一次顺着一根朽树，从岩石上“梭”到下面路上去。实在说来，这一百多里的路，我们不能够算是完全“走”的。有时候我们像狗一样爬，有时候像猴子一般地攀缘。经过说不出的艰难，一天从天亮走到天黑，不过走五十里路。可是这五十里，比走一百里普通的路还要吃力。

夷区旬余，使我们的生活改变很多。洗脸的习惯，早已忘记。整块盐巴，放在嘴里，当糖一般吃。虽然我们没有完全“饿盐巴”，可是对于盐的需要和欲望，一天一天加增。到了后来，最大的渴望，就是赶快赶到乌角痛痛快快地喝两杯盐开水。当真的，我们在这最后一段旅途当中，时常感觉氯化钠从脸上结晶出来。盐分的缺少，令我们感觉四肢无力，走路费劲。我们真不懂一年只吃一两盐的夷人，如何能够活着。

由乌角到雷波，号称十五里，实则不过十里，散一散步，就走到了。五百里的凉山长征，到此告终。对于一般雷波县的居民，这真不啻从天而降。

在略带摩登化的昆明，坐在一间暖和的屋里，回想两月前凉山冒险的情形，宛如隔世一般。一点可以自慰的回忆，是我们勇往直前的精神，征服了一切。

生活在赶马人中间

昆明会理之间，展开着层层叠叠的崇山峻岭，通过这片绵亘数百里的山岳地带，蜿蜒着翻山越岭的驮运大道，在中国地图上，至今还是一块特殊的地方。若干处所一片荒凉，令人回忆到诸葛武侯“五月渡泸，深入不毛”的景况。大部分地面，几千年来，一直是倮族世界。汉人所把握住的，不过是像夹层面包（sandwich）中的火腿似的一条交通线。

自从诸葛武侯时代起，这一带的运输和西南各省其他山地一般，主要地是以驮马为工具。近年来西南公路网，虽已逐步完成，可是因为战时交通，异常拥挤，这条路上的驮运，不但重要性未见减少，而且反有增加。一直到最近，所谓驮运，几乎完全是运货，商人以外，很少有人在这种路上旅行：一来因为地方过于偏僻，二来因为旅途生活太苦，绝不是可以寻开心的地方。

为着有事去西昌，今年年初，我由昆明骑马到会理去。因此得着一次稀有的机会，和赶马人一起生活了十天。这种生活的尝试，一半可说是强迫，一半是出乎自愿。原来这段路上，并没有专供坐骑的马匹。不愿走路的人，只有向马帮雇一匹驮货的马，对付着骑。因为沿途治安，并非完全没有问题，行路的时候，不能单独前进，而需跟着一大帮驮马走。其中有好几站地方过于荒凉，既无正式旅馆，亦缺卖食的饭铺。客人自开伙食，虽说不是不可能，至少是麻烦万分。兼以马帮天亮就走，荒野打尖，除非是和他们的生活打成一片，实在有种种不便。所以当赶马人相邀加入他们一起开销，我便欣然乐从了。

所谓“赶马人”，就是看管驮马，跟着马一起行路的马夫。正和汽车司机痛恨别人叫他“汽车夫”一样的道理，这种职业的人，最不乐意听“马夫”的称呼。他们认为适当的名称，是“赶马人”或者“赶马的”。实在说来，这种名称，用处也不过限于用作集合名词，或者有时拿来指第三者。如果当面叫某一位赶马人，或者提到某一位这样的人，应该说“某哥头”，或者直接叫他的名字或诨名。普通一个人平常至多只能照顾三四匹马。一帮马自不足十匹到三四十匹不等，有时多到一百多匹。一帮大都属于一位主人，在行进中一帮内领袖的赶马人称作“马哥头”；这位哥头，大都就是马主人本身，但是也有雇人当哥头的。

由昆明到会理的路，普通驮马走的，一共有三条路线。三条路上的马哥头，为数并不多，总数似乎不过一百人。他们里面，彼此之间，互相知道得很清楚。某位马哥头叫什么名字，走哪条路，大约有几匹马，随便问哪位哥头，都是如数家珍。在同一条路上的，甚至某人性情如何，习惯如何，经济状况如何，也能一五一十地说出。财主养着若干匹马，雇人去当哥头，固然也是有的，不过却是例外。一般说来，赶马的哥头就是马主人本身。尤其有趣的，一人有几十匹的大马主，为数甚少。大多数都不过有四五匹到十来匹，哥头本人以外，雇一两位帮手帮忙。赶马工作当中，一部分（如“端驮子”等）非有两人合作不可。所以无论如何，哥头至少需要一位帮手。这种帮手，往往就由家中的兄弟子侄充任，由此成为一种家庭事业。即令不然，哥头雇用帮手，也大都宁愿挑选小同乡，例如同居一村的人。正和农夫中有自耕农一般，这种自己赶的马主，可以称作“自赶驮”。

由昆明赶马到会理，是非常辛苦的工作。生活在湖光明媚环境里的昆明人，很少赏识这种职业。这条路上的赶马人，几乎没有例外，全是会理县的人。他们说的，是一种土音很重的四川话。外面人听来，怪有趣味。

我应该特别介绍租马给我骑的那位哥头，顾冠怀，家住在离会理大半天路的福禄村。他是一个大家庭中的一员，排行第二。不但能读书识字，而且据他自己说，小学毕业以后，还在会理中学干过两年。后来因贫辍学，改就此业，倒弄得不错。现在养着十匹马（严格地说是七匹马，两匹驴子，一匹毛驴）；每月除开销以外，至少可以剩下几百元的净余。和他一起赶马的，有两位帮手。一位是他的十岁小兄弟，同伴们都叫他“小五”或“老五”。另一位是同村人“老彭”，他的全名是彭应超。小五也上过两年小学；他显然以为赶马比读书更有趣味。顾哥头和小五，头上戴的都是一顶小瓜皮帽，那仿佛是马主阶级的一种标志。老彭头上，缠的是蓝布包头。除开此点以外，哥头和雇佣的服装，并无区别。他们穿的是短衫长裤。脚上着袜穿布鞋。最有趣的，是上身最多时可以穿到四五件短衫，套在一件上面。遇着天热，便是一件一件地脱下，或者将扣子敞开。最外的一件，往往是用的金属扣子。套在这件外面，有一件永远敞开的白麂皮小背心。顾氏兄弟，样子都长得很清秀，很聪明。可惜离开学校以后，就永远没有再看过书；除开记账以外，也很少写字。在路上看我写日记，不免令他们重新想起学生时代的生活，大有点不胜今昔之感。

这次和我们结伴走的，一共有三四帮马。顾家这一帮，除开我一匹走骑以外，所驮货物，以棉纱为主；另外则有红绿纸，“猴果”等，大都是预备会理人过年用的。赶马人向来不带铺盖；晚上就将马毯解下来，对付着用。和他们一起来的客人，也不得不将行李减低到最低限度，让坐骑一同驮着走。马上预备着一种皮鞍罩在驮鞍上面，代替驮货时绑货的木架。这皮鞍却和普通骑鞍大不相同。上面是平顶，两方各有一只大口袋。客人的换洗衣服和零星物品，塞在这两只口袋里。然后将一床被或褥子，铺在皮鞍上面，作为坐垫，便骑着走。严格地说来，这种样子的骑马，并不是骑，而只是坐；因为标准的姿势，是横坐在上面，两只脚放在一边，必要时将靠里的一只用脚跟踏在“攀胸”上。不会骑马的人，根本不能骑这种马。一个赶马人至少同时要照顾两三匹马，决不能专门招呼客人。晚上歇下，客人应该知趣，自己将行李解下。早晨动身，帮着绑上。行进的时候，自己照顾自己。赶马人不但不能帮很多的忙，而且还希望你帮他。他们所用各种术语，假定客人全是懂的；要不然，他们会表示惊讶。

赶马人一天的生活，不但辛苦，而且相当单调。沿途风景，他们看的次数太多，不复发生兴趣。上路的时候，每天早上，天还没亮，他们就已经起身吃早饭。即是在冬天下雨的时候，这也最迟不过清晨六点半钟。普通总是五点多钟就起来了，甚至还要早些。这时候饭早已熟了。哥头大都不负烧饭的责任，这件事是由帮工轮班去做的。轮到哪一位，这位半夜三四点钟，就得起来，先把马喂好，同时将饭煮起。早饭吃得很简单。米饭以外，普通只吃一样菜，不是苦菜，便是洋芋，都是用白水吃的，并不加油。吃的时候，将盐巴和干辣椒，研碎和在一起，加上小量菜汤，做成所谓“淬水”，大家便将菜淬在里面吃。早餐方罢，立即“罩马”，这步手续，先将马毯披在马身上，上面罩上木质驮鞍，后面将尾巴套上，前面攀胸（系在马胸两旁的粗皮带）系起，此时乃将马的套口上了，然后一人牵马，两人将驮子（绑好在木架上的成色货物）端上，便喊“荡马”（放马走）了。驮马走惯一条路线，路记得清楚；驮子一端上，它会自动地循路前进。早晨“荡马”的时候，普通天刚开始大亮，太阳还没有升起来；即在冬天，也大都是在七点钟以前。马帮平均一天只走六十华里左右的路(平路有时要多些)；这点路叫作一站。由昆明到会理，一共是十个马站，总计六百华里不足。在一般情形下，驮马平均一点钟可走九华里左右。所以一站路实在只需大半天的时间。如果中间不停歇，午后一两点钟就可到站。但是因为山路崎岖，人马都经不起长途跋涉，普通中间总要端一次鞘。“端鞘”是一种赶马人专用的术语；意思是将马停住，把驮子端（抬）下，让马休息吃草，并且喂一点料。端鞘的地点，大都是在约莫走了一半路的地方。趁着马在休息，人也就在该处吃“晌午”（进午餐）。这种地方，多半是一处村庄，有饭铺和摊子卖食。但是赶马人到此，几乎从不在街上买东西吃；而总在村子外面，找一片草地停下打野（自己烧饭吃），这大约是因为经济的缘故。“端鞘”的第一步，叫马停住，一人拉着它，两人将驮子抬下。此时，解下驮鞍，将马放开，让它自己去找草吃。同时赶马人自己，在野外找些枯枝，生起火来，拿铜锅煮饭，以作午餐。马放出一阵以后，将它叫回，用料喂它。这步工作叫作“套料”。方法是将上一晚煮好的马料（蚕豆或绿豆)，装在一只上端有绳的麻布袋内，套在马头上，让马嘴在袋中去嚼豆子。

当马在嚼豆子的时候，赶马人的“晌午”，不久也就吃上了。这顿所吃的，依然很简单，和早餐差不多。他们所带炊具，异常简单；不过一只“锣锅”（煮饭的铜锅），两根“锅支”（扁形铁条支铜锅用）。其他吃饭时公用的工具，还有一只“饭顺子”（盛饭的木制饭瓢），有时并有一只捞菜的“顺子”（半圆形长把，木铁匙）。打野时，就在草地上，找一处避风（大概靠着山坡）的地方，用几块石头，塔起一处小小的临时灶眼，然后将“锅支”横放在石头上面，将铜锅支起，一面将枯枝燃起作火，一面将临时取水淘好的米在锅中煮起来。他们对煮饭很熟练，不消半点钟就熟了。饭熟以后，将锅提开一点，靠火煨着；锅盖便予揭下，拿来作炒菜烧汤的用途。如果想吃点油，先将锅盖仰起，搁在锅支上面，切好几片带来的肥腊肉，放在里面煎，煎出油来。随后将肉取出做菜，另外将青菜（如豆苗等）放在锅盖里面，即将后者当作炒菜锅用。假如是烧汤的话，也就将这锅盖当作锅子用。烹饪究竟是汉人文化最出色的一点。虽然所用是这种简单到无以复加的工具，赶马人烧出的饭菜，味道并不差，所费又极有限。

端鞘套料，吃晌午，最快时一共不过需要四十分钟左右。当然如果赶马人愿意多歇一歇，这次中途的停留，可以延长到两三个钟头。歇够以后，将马罩起，料套取下，套口安上，驮子端上，便又前进。这时候大约不过正午左右，或者下午一两点钟。在可能范围内，赶马人多半愿意叫下半天的路程短些。

普通当太阳还很高的时候，就“拢”宿站了。

一到宿站，马帮便找一家马店宿下。马店是一种专门为驮马队服务的业务。有些马店，对于投宿的人马，均收店钱（例如一夜人收一元，马收一元五角）。大多数却对于马匹、赶马人和骑马的客人，一概不收宿费；只有步行的旅客，则是例外。马帮事实上非歇马店不可，因为唯有到马店，才能找喂马的设备和食料。马店营业所获利益，并不在于征收宿费与否，而在享有出卖马料的专利。店里所卖马料（豆子及草），价钱比实际上的市价总要略高一些（大约高到百分之二十左右）。这事是很明的，而且价钱由店主随时规定，赶马人不能反抗，也不能讲价。当然这种额余的收入，目的在于补偿该店对于此项业务的一切设备费用，以及免费供宿的便利。其数额虽说完全由店主自由规定，惯例却也不能超越合法利益的程度，因为一处地方的马店，往往不止一家，要是哪一家将价抬得太高，便有失掉主顾的危险。某位赶马人，在路上歇惯了哪几家马店，下次来大都仍是到哪几家歇。人弄熟了，当然不好太敲竹杠。非但如此，赶马人有时盘缠用光，还可向相熟的几家马店去通融。不过马店并不易开。开马店的，不是地方上最有势力的人，便是流氓，非如此不足以应付。现在物价高涨，一匹驮马的费用，也颇可观。在这条路上，一匹马所吃马料，平均每天要达国币十一元左右。所以一帮马歇在一店，对于马店主人是一笔相当大的生意。

马店的建筑，大都是作一种三合或者四合院子的形式。中间一座正方或者长方形的院子，用来堆驮子（较考究的马店，则将驮子堆在廊子下面）。院子四周的房子，一部或全部，为两层建筑。楼下部分，除一部分为店主住室及厨房，因此成为一种正式的房间以外，其余皆靠外无门窗，朝院则无墙。在这些廊子式的地方，安着木制的马槽。晚上马拴在那里；吃草喂料，也就在马槽执行。驮马到了这里，仿佛回了老家一般。许多马挤着排在槽前，并用不着将它们个别系住；只需将进槽的总门关住，让马不能自由地跑到院子中间就够了。

赶马人一到马店住下，第一件事就是忙着招呼他们的马，驮子端下以后，歇不到几分钟，就忙着煮豆子作马料。这条路上的驮马，和西康高原以及云南西北部的马不一样，不能完全生活在草上，而是每天要吃些豆子，以求维持体力。它们最喜欢蚕豆。找不到蚕豆的地方，可用绿豆代替。两样都没有，则可采用苞谷、谷子、黄豆等。奇怪得很，专给黄豆，马连碰也不碰；必须将黄豆和苞谷和在一起，它方肯吃。以上所述各种粮食，生的马固然也可以吃；但是和人一般，如果有选择的话，它却宁愿熟的。马是驮马人的生命；所以赶马人不辞劳苦，每天为他的马作厨司。一到马店，先将一天所需马料（豆子），全数买下；这数量不但够当天晚上的食用，而且要够明天早上以及中午端鞘时的用途。一匹马的食料，一天大约要一升多一点的豆子。一帮马的食料，一起放在一只或者几只大锅里，一次将其煮熟。这种煮料的大锅，是马店必须有的一种设备，有时即安在厨房的灶上，多数店里却是特别架在廊下一座矮灶上面。煮好以后，让豆冷透，然后拿去喂马。就中抽出一小部分，任它晾干，然后装在麻布袋里，第二天系在马上，作为中午端鞘的食料。其余分作几份，作为下午、晚上，及第二天一早喂马之用。

下午一面喂马，一面赶马人自己的晚餐，也就预备好了。这顿饭是他们一天生活中最丰富的一餐，但是仍然相当简单。较大地方的马店，店主可以替客人开饭。一宿两餐，普通大约每人五元。在多数地点，主人并不供给伙食。那些时候，赶马人就只好依旧自己做饭；如此三元左右，便把晚上和早晨两顿饭解决了。晚上这顿，除开和早饭一般，也吃米饭和蔬菜(苦菜或洋芋)、淬辣椒以外，总有一样肉。不是腊肉，便是新鲜的猪肉。当地买到更好；要不然赶马人就在较大的地方将肉买妥，一路带着走。所吃的肉，拿上来是大块的。做的方法很简单：先将一整块的肉，放在蔬菜一起，一锅煮熟，然后取出来，切成大块。按照人数支配，这顿饭所吃的肉，为量并不算少；比起都市当中一般文化界同人的家庭来，要算非常地多。可是因为块子切得很大，片数不多。吃饭当中，大家有一种不约而同的默契，决不单独向肉碗伸筷子。等了一阵，其中一位，等得不耐烦了，于是将筷子伸出，先做做样子，大声喊道："吃肉呀!"此时经他一请，全桌的人，便一齐将筷子伸出，奔向肉碗，不多不少，各挟一片回来大啖。以后又要歇好一阵，方才用同一方式，挟第二块。假如你是特别客气，筷子伸得慢，旁边的人，便会请你快来吃肉，或者甚至挟一块送到你碗里来，以求大家平等。赶马人的人生哲学，是自己分内应得的，决不让人夺去，但是同时不仅不作非分之想，而且愿意看见别人也不吃亏。因此虽在疲劳之余，他们吃饭不免狼吞虎咽一般，却并没有抢菜的现象发生。这比学校社会还要高明得多。有些时候座中某一位，也许会发动闪电战，突然挟走一块肉。在这种情形下，其他一位马上就会应战，伸筷各挟一块而去。但是很少会有人再接再厉地向肉碗进攻，以致造成纷乱的局势，因为那是不合于团体生活之不成文法。豪爽的赶马人，当然都欢喜喝酒；可惜因为经济的束缚，这种嗜好，不能充分发挥。偶尔在晚餐前后，有一位同伴，打了一点酒来，那么大家的高兴，便达于极点了。

晚饭以后，大都天还没有黑。如果饭前没将马草切好，这时候便要忙于切草。平均每匹马晚上一捆草。扎好一捆一捆的稻草或麦草，拿来在一把固定的大刀下，切成几段，令其长短合于散在马槽里面，作喂马之用。切草的大刀也是马店必须具备的一种设备。有些时候，主人帮着切草，如此可以减轻可怜的赶马人一部分劳作。

草切完，马喂好，普通是下午六七点钟的光景。这时候赶马人将每匹驮马身上的驮鞍拿下来详细检查一番。在整天旅途的摩擦当中，驮鞍的里子，当会把马背上的皮磨破。此时检查结果，凡是有血痂的地方，便用一把快刀，将鞍子的皮里(或者甚至里面的麻布)，削去一些，以免明天再与伤处相摩擦。

招呼马匹的工作做完以后，晚上只需在九点钟左右，喂一次水。另外将马草及一部分煮熟的豆子，散在马槽里面让马去吃。这些工作，一帮马有一个人去照应就够了，其余的可以略为休息一下。除开有时在途中过河的时候，马会自己停下喝水以外，平常只有晚上喂这一轮水。一位赶马人，挑来一担水，将水桶提到马嘴所在处，让马匹轮流牛饮，一直到它喝得不要再喝为止。

晚上从七点多钟，至十时就寝以前，是多数赶马人一天当中唯一喘息的机会。忙了一整天，到此时方才有机会抽一斗旱烟，松一口气。生活虽然如此劳苦，他们却很快乐。和他们在一起，很少会听见埋怨命苦。赶马人乃是十足的乐观派；他们的通性，即是十分天真，又系富有幽默的情绪。在荒僻的乡村里，黑暗中一种由心里发出的震耳大笑，那便是赶马人团体生活的特征。与其他劳动阶级的分子不一样，他们对于异性，兴味不见过分浓厚。他们的兴趣是多方面的；虽则单调的生活，令他们的见闻，颇为狭窄。随便一件小事，或者一句并不太可笑的趣话，便会使全体纵声大笑，几分钟不止。赶马人也相当聪明，别人说话学得很像。每逢聚在一起，常会讲起他们过去的主顾来。于是有人学那位客人的说话或举动，大家就乐到笑不可抑。陈古八十年的旧主顾，这样地在他们回忆中复活起来，供给他们茶余饭后的笑料。当然目前的主顾也不会被忽略；而且这群天真的孩子们，决不怕当着你的面学你。看到他们那么天真，和他们生气，这是一件不可能的事。

马店对于供给灯火，向来吝啬。现在清油太贵，更变本加厉。许多马店，往往主人家一盏灯不点，任客人暗中摸索。即或点有一灯，住客也应当知趣，略为用一用，就把它熄了，免得遭受干涉。赶马人在夜间和清晨的工作，总需有灯。他们一贯的办法，是随驮子带着有“亮壶”（一帮马至少带有三四盏）走。所谓亮壶是一种绿色的陶器小壶，形状像一把小茶壶一般，只是顶上敞着没有盖子；两旁吊有铁丝，到处可以将壶挂起。壶里装的是清油，灯芯就从壶嘴伸出来。亮壶的使用也只限于喂马煮饭等非要亮不可的工作。普通在晚上，赶马人就在黑暗中坐着聊天。冬季的时候，大都围着火坐。马店人眼看柴一根一根地烧完，却也不好干涉。如果彼此意气相投，店主还会加入他们的集团，一起闲谈。这样说不尽的是话，白天无论如何疲劳，每天总要弄到夜间十时左右，方才睡下（按照他们中间通行的俚语，应该说“靠了”）。少数大地方的马店，专门备有客房；或者主人住房够大，可让客人分享一部分。在多数处所，只好睡在马槽所在处的楼上。这种房间，朝着院子的一面，不是和楼下一般，完全无墙，在冬天风凉得很；便是用树干排满作墙，令里面黑暗不堪。同时该房的用途，住客以外，兼作堆续马草和切草之用。虽然如此，赶马人睡在这里面，已算幸运。晚上怕贼，同歇的驮子又未是一类的；因此夜间驮子必须有人去守。轮着守驮子的人，只好就在院子里面，将马毯摊开在一驮货上（或者在驮子旁边），露天睡下；淋雨受凉，皆所不计。这一点加上他们从来不带铺盖，是一件相当困苦的事。据赶马人自己说，冬天虽然夜里冷一点，因为老是晴天，不致半夜淋湿，还算比较舒服。一到夏天雨季的时候，每晚投宿差不多总要打得透湿，所睡的一块地，也往往是湿的，这点实在辛苦。好在他们是锻炼惯了，在任何情形下，躺下就睡到天亮，满不在乎这些。身体较差的人，根本是无法撑持这种苦境的。

赶马人也会欺负老实人。连马店里的人，有时也会成为他们嘲笑的对象。在中午山住宿的一夜，马店里招呼的仆役，小名叫作“小周”。这人不但残疾，走路要一拐一拐，而且多少有几分傻气。因为这样，赶马人就拿他来开心。买甘蔗少给他钱，买花生多抓一把，逼得他发急，寻赶马人来吵，他们便拍手大笑。小周还会双手撑地，倒竖起来，在地上用手走路。赶马人知道这点，没有事的时候，大家凑几毛钱，叫他这样走一趟。他一表演，大家跟在后面，大声叫喊说道：“看屁儿朝天呀！”这样和耍猴一般，将小周玩弄一番，回头却又扯住答应给他的钱不给，叫他再去表演。久而久之，小周弄疲了，弄得连自己都以为扮丑角是他的本分；每每应找钱的时候，故意不找，自告奋勇地去来一套“屁儿朝天”。

因为怀着一种埋头苦干的人生观，赶马人的心境，无疑地是相当快乐。但是这并不是说，他们的生活，不受威胁。相反地，生活的威胁，像黑影一般，时刻跟在他们背后。近来物价高涨，尤其令他们感觉破产可以到临。他们的生活可说是受着经济上供求定律残酷的支配。和今年年初相较，两年前的昆明生活，要低十倍以上。然而在这种物价飞涨的非常时期中，昆明、会理间的驮脚，不但未涨，反而下跌，两年前昆明物价很低，由昆明运会理的商业，特别繁荣。因此驮马不敷支配，脚价大涨，后来平均达到二百五十元一驮。按照当时沿途的物价情形，一匹马走一躺，除开人马两方面的开销以外，至少有百元左右可挣。到今年年初，昆明物价涨到一种程度，使买主胃口锐减；会理商人更感资本不充，办不起很多的货。于是驮马供过于求，致脚价逐步下跌，跌到一百余元。例如和我这次同走的驮子，大多数驮的是棉纱。当时驮纱最不值钱；一匹马的驮价，不过九十多元，连路上给马吃料都不够。驮匹头、纸张、大枣的，比较好些，大都一百三十元一匹，但是最多也不过勉强不致赔本。所以当我肯花一百六十元租匹马骑，他们当然都要来抢这笔好生意了。情形虽然如此，赔本还得继续地干。驮马和人一般，无论闲着走着，一样地每天要吃东西。与其待在昆明白赔伙食，损失更大；还不如自认晦气，赔着本钱替商人运货去会理。幸亏目前会理到昆明的驮脚较高，一驮大约有二百元左右，多少有钱可赚。如此来回一躺，勉强可扯匀，借此糊口。

赶马人并不悲观。明明知道现在并不挣钱，他们却总期望较好时期的到临。在他们心目中，始终以为赶马是一种可靠的生活。不管怎样，积了几个钱，他们就添买一匹马。他们当中，许多人回顾过去十来年的生活，都能很清楚地告诉你，他现在所管的马，是如何一匹一匹地增加起来。

乐西公路行纪

西昌坝子

中国西南部的高原，具有世界上少有的良好天气。由昆明往北走，经过会理、西昌，一直走到小相岭脚下，终年全是温暖晴和的气候，仿佛永远是春天一般。夏天的雨季，并不像别处梅雨天那样可憎。冬天更是一年当中最好的时候。一天到晚，抬头就看见蔚蓝色的天。太阳整天照到人们身上，让他们感觉温暖，但非炎热。在这个季节，十天下一次雨，已经算是不平常了。

虽然如此，久住高原的人，也会感觉冬季的到临与消逝；不过较之别处，此季显得特别短促。田野和树上再度绿起来，便可象征春季来到人间。这时候是很早的。在阴历正月当中，此处人们还冻缩在家里，围炉取暖的时候，春神却已降临我们的云贵高原。秋时落叶的白杨树，重新发出嫩枝和新叶来。宜于耕种的河谷和坝田，一望全是浓绿色的蚕豆和小麦。有些地方，油菜的黄花镶在绿田里，造成一幅美丽的图案。村庄附近，粉红的桃花，素白的李花，业已盛开，这样更加凑成大自然美景。

半年多以前，在这么一个美丽的春天，几位同人，乘车离开西昌，循乐昌公路往北走。这条公路，由西昌通到乐山（嘉定），乃是抗战以来新辟的一条西南公路干线之一段，现在称作川滇西路的北段。此路经过的路线，大部分是昔日的旧道。然而因为工程艰难，沿途人口又大都过嫌稀少，前后费去两年半工夫，方始完成这条全长五百四十里的公路。以前虽曾勉强通过几次车，实则工程并未完工。夏天山洪暴发，桥梁冲断，路基摧毁，更非随时抢修不可，一位在前年走过那段路的朋友告诉我，他坐汽车走，由乐山到西昌，前后共费去八十二天之多，远不如步行来得快。那时候的车子要能够十五天以内开到，就算很幸运。我们这次通过，虽则途中还看见有若干工程尚未完竣的地方，走得倒很顺利。打破纪录地，由西昌到乐山一共四天就走到了。将来正式通车，就拟按四天开。

此次旅行，是凑巧赶上川滇西路运输局公务车。该局副长吴星伯先生，带了一批路上的工程人员，出发视察沿途工程情形。这可说是此路正式通车以前的一次预演。因为还未正式通车，许多地段，仍是非常荒凉，食宿皆成问题。幸亏和公路上的人一起走，到处可到公路站去叨光。我们所坐的车，是由一部一九三八年式的“道奇”车改装而成的。车子虽说老一点，在这路面大部并未竣工的公路上走，倒走得很好。一路不曾出毛病，真是难得。

西昌乃是位在安宁河畔的一座重要城市。蜿蜒由北向南流的安宁河，为这一带地区的命脉，同时也是此地的灾害。所谓宁属八县（西昌在清时称宁远府，该府所辖八县，称为宁属，此区原属四川省管辖，民国二十七年西康建省后，乃割归西康）的人民，全赖此河河谷所产谷米作粮食。一直到现在，本区人口不算太多。所以宁属粮食，不但可以自给，必要时还可外运，成为我国西南边陲一个小小谷仓。在中国一切河流当中，安宁河要算是蜿蜒特甚的一条。每逢此河拐弯的地方，该处便辟出有田地和村落农庄，就中西昌附近一片大坝子，乃是此等田地中最大的一块，过去在西昌，九角钱可买一箩米（一百三十斤），真是达到谷贱伤农的阶段。即在生活高涨的今日，西昌米价，较之别处，仍是很便宜的。不过此河两岸，束在两条山脉间的田地，大部平坦。许多地段，较河面高出不多。典型的山地河流，冬天清水显得非常恬静。一到夏季，山洪暴发，狂泻入河，登时将它膨胀起来，使其成为怒流的洪水，往往由此发生水灾。西昌城本身，每年要受到洪水的威胁。对于修筑公路的人，此事亦成一种严重问题。通过西昌坝子的一段路，为经济所限制，事实上无法提到比地面高些的高度。让它和地面一样高，则事实上每到夏季，免不了要被大水淹没。在这里我们看见一种新工程试验，就是所谓“过水路面”。这种办法是每隔若干距离，故意将路面挖得凹下一些，造成一种半圆形的沟，上面敷以相当大的石子，让水发的时候，经由这些凹处，像小河一般地流过去，流到附近田里，免得使全部路面被淹，此法在中国还是第一次尝试。后来试验结果，是不是真的很成功，未曾接到情报。不过无论如何，总算是一种有趣与有价值的尝试。

泸　沽

西昌坝子由城向北展出，不下一百华里。不过农产丰富的地方，限于该城与礼州间的四十里。再从北去，不少部分，迄今仍然保持一种原始的草坝状态，大约是因土壤不够肥沃的缘故。这一个地面时常露出石头，也可以看得出来。车从西昌开出，最初向正西走，不久改向西北去，后来改向北、西北。七公里左右，路左有一村，名“小庙”。再约十一公里，左边擦过礼州。礼州是西昌县属一座大镇，出产瓷器与羊毛毡子的地方。自此前行，路大体向正北走，溯安宁河而上。坝子上面辟田部分顿少，所经一大部分为草坝。横过公路，许多条安宁河的支流，冬天水面低落，满露砾石河滩，有些几乎完全干了。前进二十余公里，地面微带丘陵式，大部辟成麦田。更前又是草坝，其中散布着几座小村庄。

泸沽已经是冕宁县的地界了。该县境内，以此镇为最大，市面比县城还要热闹些。镇市跨在孙水（安宁河的别名）两岸，生意主要地集中在南岸正街。这条正街，由东到西，约长三百余米，全用石板铺成。民国以来在西昌、会理一带剿御夷匪，建有大功的邓秀廷司令，在此设有公馆，名曰“秀庐”。到此不巧他在甘相营老家未归，未得晤面。虽然此处公馆，相当考究，多半时候，他却宁愿住在甘相营，过着一种原始生活。

对于关心我国后方资源的人，泸沽附近，有一处相当重要的铁矿，位在距镇二三十里的地方。这处有名的泸沽铁矿，是一种含铁约百分之六十五的磁铁矿。据地质家估计，蕴藏量约达一千万吨。在目前大后方各处铁矿当中，此乃藏量最多的一处。可惜附近没有值得称道的煤矿，炼铁所需燃料，大成问题。因此大规模开发，一时尚谈不到。不过多年以来，本地人早已知道此矿。用木炭作燃料的土法铁炉，工作有年。此处街上，就看见有倒铁锅的小厂。市面繁荣也可说是铁矿所赐予。锅厂以外，街上还看见有土法制革工业。市街四周筑有一座土砖砌成的城墙。

大　桥

由泸沽前进，路续向北行而微偏西北，溯安宁河而上。起初一段，仍是田坝风景，四望田中豆麦一片绿，间或插有黄色的油菜花。沿途村庄不少，如此计行三十一公里以后，路左隔河走过冕宁县城。此城看来很小。据说该处居民，很希望公路通车以后，将此处辟成餐站或宿站，好让市面繁荣起来。抗战的影响，令后方人民，心理上发生重大变更。从前的人，眼光短窄。因为怕开辟交通路线，征用一部分公私地产。每逢政府修路的时候，拟定通过某处城镇，本地的人，类多誓死反对，例如滇越铁路兴建的时候，当初原拟通过蒙自，终以当地士绅反对作罢。路通以后，蒙自商业，一落千丈，其地位遂为昆明所夺。蒙自的老百姓，后悔已来不及。此次抗战以前不久，修筑滇缅公路，途中如禄丰等县，仍是不愿路线直接经过县城，结果又是追悔不及。现在的情形，大不相同了。凡是公路或铁路可能经过的城镇，民众总是热烈地欢迎，而且往往抢着要将该处辟作餐站或宿站。

冕宁前面九公里左右，河谷田已殊少，两岸都是山。沿着安宁河谷，自南到北，由会理附近起，北行经过西昌、冕宁两县，到达小相岭山脉脚下，然后越过该条山脉，入越嶲县境，直到大渡河边（这正是川滇西路所经过的路线），路线所经，从地质上说，几乎全部地区，系由花岗岩构成。这一线花岗岩的嵌入水成岩间，乃是宁属地质构造上一种重要特点，也就是本区金属矿藏所以丰富的一种原因。由西昌北来，一路到此，途中偶尔走过的小山，几乎全是由花岗岩构成的。山上树木，都被本地人民砍光烧光了。到了此处（冕宁以北九公里左右），路离河趋上山。山上树木顿多，主要是长的云南杉。原来沿途人口颇为稠密，到此骤显荒凉。地质构造，亦有变更。

不久公路盘上左边一山，看来系暗红色砂岩所构成。向右一望，较远高峰，残雪未消，近顶一带，露出有雪沟若干条。

在距离冕宁十六公里的地方，越过北山关。自此山口前进，路左绕山上趋，初缓后陡。一公里后陡盘下山，更前不到一公里，又见冲田，沿冲而下，三公里到达大桥停下。

“大桥”距西昌一百公里，海拔一九五〇米，仍属冕宁县管。由西昌开出的车子，普通第一夜多半在此住宿。我们以下午一点到此。在公路站上吃过午餐以后，仍向前进。在我们经过的时候，大桥还不过一处地名，根本没有村庄，连店铺都不曾看见一家。要是公路上没有熟人，到此食宿均成问题，一定是很窘的。

拖　乌

我们离开大桥，已经是下午两点四十八分。初行即过安宁河。此处河面，正在搭建一座大桥。原来“大桥”的地名，乃是由此而来。桥还没有修好，我们是走便道上的临时桥过去的。过河以后，路左溯河而上，平坦穿坝子前进。坝子上面，初多辟田，后来改为草坝。地质构造，自大桥附近起，又以花岗岩占主要成分。在距大桥约七公里处，公路离开安宁河（这时候已经小到像一条溪水），路左改溯另一溪向北去。同车的工程人员，好几位是经手修过这段路的。一路走，他们一路将沿途各处小地名，报给我听，真是“如数家珍”。

大桥以北十一公里左右的地方，名叫“羊八地”。在此路向右折，左边绕山，改向正东行。一公里后，复改向西北，右绕山走。此时又已入山地，豆田渐渐少，更前约一公里不足，陡盘上山，嗣改左绕山上趋，大部陡上。途中有一段，前望可见雪峰。在距大桥约二十二公里处，走过一座海拔二五三〇米的山口。自该处前行，路左绕山下趋颇陡。此山又系由砂岩所构成。山口附近，见有泥煤。

下午四点十六分，到达拖乌。这座冕宁县属的小村，位在公路右侧坡下，距大桥约三十公里，海拔二二四十米。大桥以南，沿途全是汉人聚居的区域。一切情形，与四川乡下，无大区别。拖乌逼近小相岭脚下，属于夷区范围，情形大不相同。实在说来，此处山脉，乃是小相岭的一条支脉，不及该岭那么高。小岭正脉，由北向南伸延，成为越巂、冕宁两县的天然界线。此处支脉，则系向西北伸出。陡峻的小相岭，两坡都很荒凉，树木至今还不少。居民全系倮夷，与大凉山的夷人，大致同出一源。不过此处夷人（特别是在交通路线两旁的），业已相当汉化，称为熟夷。他们中间，仍旧有“黑夷”和“娃子”两个阶级存在。但是劫货掳人的旧习，大部却已除。近年来政府将其编成保甲，责其负责治安。行旅通过，反较汉人居住的地带，更为安全。不过从表面看来，到此仍会感觉，这里乃是另外一种民族居住的地方。例如拖乌这座小村，没有一幢瓦屋。所有的房子，顶上全是盖的雨板顶，上面压上一些石头，以防被风揭去。这和凉山情形，完全一样。此村在这条路上，要算相当重要的一座。里面设有一处区公所。其前一片小坪上，高插国旗一面。

菩萨岗

拖乌是路上一处可能的宿站。可惜我们人太多了。十几位旅客，在这样一座小村里，根本无法舒适地宿下，所以我们决定续向前进。一路由山口到拖乌，路右大体系临一冲走。过此前进，冲渐渐地窄起来。途中路左所循的山，有一处发现有页岩一片，嵌入花岗岩层中。公路仍系左边绕山缓下。后来地面忽显平坦，路穿草坝前进，地面常见露出石头。此处为公路越过小相岭支脉之处。其地距拖乌约七公里左右，大桥约三十七公里。冕宁、越嶲两县，以此为界，前去便入越嶲县境。原来此座一片荒凉的山岗，便是有名的菩萨岗。菩萨岗的海拔高度，不过二千四百米，比西昌（一八二〇米）高得不多。可是一过此处，气候大不相同。此山以南，无疑是云贵高原的气候，过此往北，则大体类似四川情形。将到此岗以前，同车的朋友们，招呼赶快加衣。到此才知他们果然说得不差。原来很好的一个晴天，到岗顶忽然阴了。一阵冷风刮来，令人发抖。据说在修筑此路的过程当中，不少征来的工人，在此丧命，他们大都是冻死的。由拖乌到铁宰宰一带，是有名的“冕宁大山”，冬天常常积雪数尺。公路即通，冬天走车子，亦成问题。我们过此，幸亏严冬已过，地上只路旁略见残雪。有些朋友，以为当初采取这条路线，通过冕宁大山，乃是一件不聪明的事。

铁宰宰

平坦地越过菩萨岗以后，随即左绕花岗岩山下趋颇陡，右边又临深沟。由大桥到菩萨岗一段，路线方向，大体系向北、东北走。自菩萨岗前去擦罗，又系向正北。前行不远，左边前望，见有树林一片，即本地人所谓“孟获箐”。西南边区，不少地名，和诸葛武侯南征发生关系。现在所谓小相岭，系与大相岭相对而言。这两山均称“相公岭”，其名由诸葛武侯南征孟获时，曾取道该处而来（此系根据民间传说。据近人考证，武侯实在并未走过大小相岭的路）。

一路前行，下趋愈陡，中有盘下山处。在菩萨岗前五六公里，改为缓下，右临一溪下溯。途中有一小段，复系穿草坝行。右边隔着溪沟，山上略见松树等树木，左山亦然。菩萨岗一带山顶地区，大路两旁，只见棕色的草皮。到此方才看见树木，但是并不稠密。乐西公路在大渡河以南的一段，以菩萨岗附近一带为最高点。过菩萨岗一直不停地下坡，直到“农场”附近的渡口。

下午五点一刻，路左坡下又过一座倮式小村。此村名叫“铁宰宰”，属越巂县，较拖乌尤小。其处距菩萨岗约十一公里。过此路陡盘下山，半公里走过一座跨溪大木桥。这座桥是全路最重要的桥梁之一。走过的时候，负责此处工程的工程师，特来告诉我们，该桥刚刚在几个钟头以前完工。桥作一种挂桥形式。因为钢料一时难得，桥身两旁的桁构（truss），改用木材制成。看来不免显得笨些，据说倒很合用。过桥路改右循山边，左溯溪谷，蜿蜒缓下。途中路旁倮式房屋，见有工人在内烧饭。这些工人，都是汉人。他们从前再也想不到，会在此处深山里来修路。关于宁属人口，过去调查，太欠精密。八县夷人总数，许多说，共计百余万之多。实在的数目，较比差得很远。此次修筑公路，一共征来五万工人，其中只有两千名是夷民。

一路下趋，在铁宰宰前约八公里，又复陡盘下山，一公里左过李子坪，仍系一座倮式小村。此村更小，一共不过三家人家。略前又过一道跨溪大木桥，形式与铁宰宰附近所见者相同。过桥溪复到右。前行复改左绕山走，右溯溪而下。势略上趋后，随又缓下。附近山上树木又少，溪谷又深。六点零七分，走过“中卡”。此村距李子坪约三公里，全村只有两幢雨板屋。这时候天已经黑了，附近没有地方歇，司机只好摸着慢慢地走。更前溪谷渐渐略见梯田，汉族民居亦再度出现。久别以后，路旁偶尔驶过一两幢茅屋，对于我们也是一种安慰。

擦　罗

晚间七点零三分，我们方才摸到宿站“擦罗”。这座距离大桥七十八公里的小村，位在路左高坡上。要不是一位同人以前来过此处，我们几乎把它错过了。此村仍属越巂县，全村约有二十余家人户，样子显得很破烂。房屋皆用不规则的花岗石砌墙。房顶一部分为瓦顶，一部分为茅顶。新年刚过不久。夜间到此，街上正在耍龙灯，据说是从富林来的。全村居民，一齐聚集参观，倒也相当热闹，此处虽逼近夷区，居民却又全是汉人了。公路在此，设有工程总段，我们即在该处借宿。此处海拔虽不见太高，气候却比西昌冷得多。

南瓜店

擦罗一宿，第二天早上九点四十分，我们乘车前进。此时路线，系向东北走，继续左绕山边，右临溪谷下溯，势向下趋，一部陡下，路右所溯之溪，渐阔成为小河。此溪名为南雅河，一名洗马沽河。昨日途中，菩萨岗以后不久，即溯此溪而下，直到擦罗一路前进，溪谷两岸的山，仍系由花岗岩所成，上面略长有树，擦罗前两公里左右，向右下望，山沟中略见麦田，田中并有瓦屋耸起。此处地名上坝，设有天主堂一所，据说系由一位外国神甫主持。传教士深入内地之精神，真可敬佩。倮夷势力，到擦罗附近已完。自该处沿公路北进，一路不复看见倮式的雨板顶房屋。

在距擦罗约七公里处，走木架大桥到南雅河右岸。此处地名“南瓜店”，桥也就叫作“南瓜店桥”。上游不远，有断桥一道。同行的一位工程师告诉我说，那是以前旧南瓜店桥，公路初修时所搭。此处桥梁工程颇为浩大，一时不易修起。所以当初便在该处，搭一便道木桥，以资应付临时交通。那桥下的木头支柱，中间一根，系插在一块巨大的花岗岩漂石里面。问过本地人，据说那石头十几年来，未曾移动过。因此工程人员，以为短时期使用该桥，必无问题。民国三十年夏天，此河接连涨过三次水，桥却未曾发生问题。后来七月间，行政院派遣的康昌旅行团来了，那时候水已开始退了两天。早晨他们到此，桥还是好好的。公路上工程人员，请他们坐车子赶快过桥。他们因为要停下来吃饭，未听劝告。不料正在吃饭的时候，那块巨大的漂石，忽然移动。等到饭吃好，那桥业已拦腰中断。在该处工作的工人，死伤了几名。工程材料，一时不易运来，于是旅行团的委员们，便在此荒山中，搁下了好几天，弄得大发其火。后来他们回到重庆，写报告的时候，对乐西公路，大肆抨击，说是一条小小的河，把他们的行程，耽搁了好几天。南瓜店这处小地名，由此遂得于扬名陪都。实在说来，这种批评，未必一定公平。工程上许多困难，外行不见得能了解。乐西公路的完成，远在预定时间之后，当然不免引起若干恶评。可是我们亲身走过以后，才知道在战时完成的后方公路干线当中，此路乃是唯一合乎国际工程标准的一条路，沿途各处转弯角度及上下坡度，均合规定。例如按照规定，公路坡度，不得超过百分之七了，事实上则西祥公路，经过改善以后，许多地方的坡度，仍达百分之十三。滇缅公路，更有几段达到百分之十五。唯有乐西公路确能满足此项标准。乐西、西祥两段路，距离相差不多。乐西开工，在西祥之先，完成却在西祥之后。一班外行，对西祥路大都赞美，对乐西则不乏恶评。当然乐西公路的修筑，自有可加批评之处。例如本路上的人也说，当初对于夏季的山洪暴发问题，未能充分顾及（此盖因负责工程的人员，类皆来自江浙两省，对于内地情形，不免隔阂之故），以致涵洞做得太小，雨季一来，路基易被冲坏。不过对于一条公路的评价，品质问题，亦应予以顾及。乐西路完成太慢，对于促进西南大后方的运输，一度不免是一种障碍。然而品质上的高超，对于汽油的节省，却不在少。比方吴副局长告诉我这次他坐车从昆明来，同是一部车，在西祥路上，烧汽油每加仑平均只走七公里，到了乐西段，则增加到十公里。可惜这方面的节省，少有人能领会。

农　场

我们很能够同情，为什么康昌旅行团的团员，在南瓜店一待好几天，会感觉那样头痛。在这种荒僻地带，来自都市的人，住久了当然会感觉无聊。我们在此不过休息十来分钟，倒感觉这个地方真不错，冬天南雅河河水全清，却并不小。河身满堆巨块花岗岩质的漂石。蓝绿色的清水，急促地在石头上面翻过去，造成一种瀑流，露出许多白浪花来。如果在此野餐，欣赏美景，一定是很愉快的。

十点零三分，我们从南瓜店桥乘车前进。前去路右绕山行，左沿南雅河而下，向北行而略偏西北。势向下趋，大部陡下。半公里后，到一座跨在支溪上的大木桥。此桥一端，新近被走过的载重车压坏，工人正在抢修。我们到此，只好下车步行过去。等工人将桥撑好，方才放空车过来。这样在此处耽搁了四十分钟。好在这天路很短，倒没有什么关系。自此前行，路续右绕山下趋。山边多露花岗岩质的卵石，同时并见砂岩。从卵石的显露，可知当初河面要比现在低得多。前行路右坡上过一村，名叫“洗马沽”。此处距擦罗约十二公里。由西昌来，如果第一天宿在“大桥”，这里是一处合适的餐站。从此处起，路左河沟土地，多已辟田，种上小麦或油菜，河谷渐形开展，公路坡度减小，大体变为缓下好走。河岸两边山上，树木渐稀（一路由擦罗来，两边山上，均略有树木，种类以云南松及油杉为主）。到此又已进入农业区域。同车的朋友们说：前去大渡河不远了。

十一点零六分，行抵“农场”，在此停下，视察桥梁工程。来到此处前约半公里，左侧有山谷，循该谷走到大渡河边，即是有名的安顺场。安顺场位在“农场”上游，两处路相距三十华里。清末太平天国失败以后，石达开拟入四川，在此被擒。由此安顺场这边僻小地，遂成为历史上有名的处所。宁属一带，也流传了许多关于石达开的故事。自西昌北上，经冕宁趋川边，向来不过是一条小路，连马帮都很少走。交通工具，只有滑竿。运输货物，全赖背子。这条路的路线，由冕宁北行，经擦罗后，径趋安顺场，在该处渡口是大渡口，然后东趋富林，或北上入西康境到泸定。至于到“农场”去的路，更是小路中间的小路，绝少行人踪迹。此番乐西公路修成，不料这条小径，竟变成了交通干线。

说到“农场”，可以提起一件值得记忆的故事。原来此处地名“崖子场”，只有地名，并无村庄，大渡河在此，由西南向东北流。上游一点，在安顺场附近，即系由北向南流下。“崖子场”一名的由来，系因附近一带，河流东在劈陡石崖之间。河的东南岸，公路右边，显出一幢两层西式洋楼（此处距擦罗约十八公里），四周有卵石砌成的围墙。房屋一部分为瓦顶，一部分为茅顶。从样式看来，显然像民国时代的建筑。正面对着公路，一座并未完工的大门，上面额以“光明农场”四字。此处之所以改名“农场”即由于此。据本地人说，民国初年，一位四川军人，姓李的团长，厌于行伍生活，独自来此荒野地方，建筑农场，准备在此终老。当时此处仍在夷区范围以内。建筑未完，夷人结队围攻，李某战败被杀，此屋遂荒废，久无人居，大门工程亦即此停止。直到乐西公路兴建，方由该路假此巨屋办公，现设桥工处于此。李团长的遗骸，无疑地已在演变成为肥料。但是如果九泉之下，他真有灵，知道此处地名，已由他改称“农场”，而且乐西公路越过大渡河天险的地点，正在此处，也就可以告慰了。

“农场”是这天旅程中的餐站。到此桥工处的工程人员，留我们在这里吃饭，想想地方太小，我们人数过多，不免太费事，只好谢绝。公路过大渡河，目前是采轮渡办法。将来预备在此处搭上一座雄壮的钢索大挂桥（Suspension Bridge）。这宗工程要算乐西路全路上最伟大的一件。为着应付战时情形，节省钢料起见，仍拟以木材制成的桥桁构，代替钢的。只是悬挂桥身的索子，非用钢索不可。我们走过的时候，钢索已经运到一部分。另外一部分，据说在仰光炸坏。腊戍失守以后，材料愈感困难。现在此桥是否业已完成，尚未可知。

大渡河的河谷，刻下相当深。在“农场”附近，夹河显然可以看出来上下两层台地（terrace）。两岸临河，全是壁立的整块花岗石巨岩。靠里面一点，则略见石灰岩插入。此处花岗岩，里面深色组分，所占成分不多，切面异常美丽。如果拿来作建筑用途，一定很好看。河身宽度，约计百米左右。冬季过此，河水全清，作美丽的碧绿色。水面虽多漩涡，从上面往下看，并不显得怎样险恶。所是桥工所的人，告诉我们说，夏天情形，完全不同。冬夏水面的差别，可达六米，一到夏季，山水齐发，造成泥浑的狂流，看来令人心惊。

大桥的桥墩底下一大段，即是利用两岸天然的花岗石陡崖，自然异常结实。上面一段，亦系使用当地凿出的大块花岗石砖。这样好的桥基，在修筑公路时，颇为难得。为着视察对岸桥墩，我们特别坐了一只公路自备木船划过去。渡河全程，不过耗去四分钟。不过水流得很急，船夫需向上流划五分钟，方敢横过去，从这一点小小的经验，我们更明白，大渡河殊不可侮。

大渡河河口

将来横过大渡河上的大桥，离开“农场”不过一两百米。此桥未成以前，仍需摆渡过河。该处轮渡渡口，却在“农场”下流约四公里处。正午十二点零九分，我们离开“农场”，乘车续往前进。一路前行，循河东去，右绕山边，左溯大渡河而下，势微下趋。所经地带，农业愈见繁盛。田地以外，途中走过几片满栽白蜡树的平地，并见农庄散布田中，间亦筑有筑堡以资防护。

渡口附近，河系向东北东流。两岸山均不低，同伴们说，此处两岸的山，名叫“轿顶山”，出产石棉。北岸高山，称为“营盘山”。所谓轮渡，一只用机器发动的轮船，尚在岸上建造中，我们的车子，还是用平底木船，以人力划过去的。本地人对于轮船，充满好奇心。许多人围着它看，仿佛像看把戏一般。

向富林前进

循乐西公路由西昌到乐山，所走路线，大体说来，是一只直角三角形的两边。由西昌到“农场”一段（一百九十六公里），大体系向正北走，自“农场”到乐山（三百一十八公里），则主要是向东走。过了大渡河以后，我们确实是饿了。可是前去沿途没有地方可以进餐。只好大家忍着饿，一口气赶到富林（由河边到富林这一段路，共计五十一公里，方向大体是向东北东）。

十二点五十分，从大渡河北岸，乘车前进，右溯大渡河而下。沿途大体左循山边，有上有下，势微上趋，渡口河岸，仍系由花岗岩所构成。走了一段以后，地质渐见改变。路旁的山，大部显系浅灰色的石灰岩。中间数段，并见丹红色的砂岩。河岸两边的山，大都陡峻。除“农场”渡口及富林附近，田地较为宽敞以外，其他各段，类皆是满露石骨的荒山。只有每逢此河转弯的地方，河滨可见一片良田，有田的处所，往往陪衬有白蜡及农庄。这一带农业情形，已有川境峨眉一带的风味。

自渡口溯河行，约五公里左右过“八牌”。过此村后，不远随即走桥过一支河，此河为大渡河的一条支流，名为“八牌河”。两岸陡坡，多辟梯田。村子附近平地，皆种小麦。又前十一公里，过一小溪，名“紫阳溪”，附近又有冲田。花岗岩构成的山，至此已完。更前九公里，路右走过“大冲”（一座小村）。略前又过大渡河的一道支流，即是“大冲河”。此河颇宽，不过冬天水小，河身满露砾石沙滩。在大冲前约二十四公里，横过流沙河。此河河面更宽，亦系大渡河支流。跨河大桥，工程浩大，还没有修好。冬天水低，河身大都露底。有水的两段，走便桥很容易地就过去了。过此河后，再走一公里多，便到富林车站。

富　林

在“农场”附近渡到大渡河北岸，便入汉源县境。汉源是雅属六县中的一县，也是以前属四川管辖，民国二十七年方始划归西康省的。位在大渡河北岸的富林为本县境内一座数一数二的大镇。其处距擦罗七十三公里，西昌二百五十一公里。前去乐山尚有二百六十三公里。乐西全程，到此差不多恰巧走了一半。镇中街道不宽，所以公路并非穿镇而过，而是在镇西边擦过。此处海拔，据说是七百米。比起西昌，相差一千米以上。可是晚冬到此，并不觉冷，除开乐山附近各城镇以外，富林乃是目前乐西公路全程中一处最热闹的镇市。旅客过此，只要经济不成问题，很可得到适当的享乐。长途旅行以此为中途站，真是再好没有。

富林附近，展出一片颇为不小的田坝，粮食供给，不成问题。然而造成此处繁荣的主要因素，并不是农业，而是商业，多年以来，富林因其地位在交通要道，扼守大渡河，成为一个重要的贸易枢纽。一直到新近，此处是鸦片买卖的中心，在西南边陲上，十分有名。最近政府对于此种黑贸易，严厉取缔，已渐形敛迹。可是市面繁荣，并未十分受影响。大致乐西公路开通，给予恩赐不少。全镇街市，主要是一条由西南伸向东北的正街，中间作梯形曲折者二次。此街大体与大渡河相平行，全长约一公里，大部分是铺得很好的石灰三合土路，旁街侧巷，大部系用石板铺得很整齐的街道。这样的镇市，在边地不可多得。蚕丝为附近一种重要出产，据说此地丝业贸易不小。

富林街上，店铺种类，为数可观。旅馆饭馆，特别显著。茶馆也很有几家。其他如书店、照相馆、医社、布店、糖食店、杂货店等等，一应俱全。为着维持治安及保护公路，街上驻有军队。公共机关、镇公所以外，有一座民众教育馆。学校有一所中心小学，教会对此，早就注意。大街上一幢惹人注意的房子，就是福音堂。新来机关，有三民主义青年团的汉源团分部。汉源城很小，目下又不当大路。团部设在此处，当然合理得多。

在富林住下，吃喝都不成问题。只要你有钱，包可吃到很好的饭。日间街上行人，已够拥挤。入晚更多，大有水泄不通的气概。夜市情形，和四川内地一样。每家门前，大都各悬纸灯笼一盏，中以红色者占去主要成分。旅馆门首的灯笼，写上“未晚先投宿，鸡鸣早看天”的对语，乃是典型的川省风味。经过夷区边缘到此，仿佛就像回到老家一般。旧历新年，刚过不久。街头年景，尚未全消。一个耍把戏的，牵着一只狗熊，在街上走过。许多狗跟在后面大叫，小孩子们也在后面追，他们乐极了。

夜间热闹的顶点，是茶馆里面。过路旅客，本地闲人，一齐挤进来，把每家茶馆挤到无以复加。连许多小学校的男女学生，都排列在门口听清唱。街上卖食物的摊子排满了。茶馆附近尤其旺盛。喝茶聊天，在此不过是一部分的娱乐。较大茶馆，掌灯以后，几乎不断有演员清唱。叫卖食物的小贩，手中托着一盘南瓜子和香烟，不断在茶桌间逡巡，向客人兜揽生意。清唱的演员，也不时来请客人点戏。如果没人点，唱过几曲，就来收一次钱，听客人自由捐助。一般听白戏的人，此刻便纷忙地散开了，过一会又聚拢来。清唱的人，大都是一男一女，配成一对。表演时，一边拉，一边唱，女的大都是半老徐娘了，可是仍然没有超过可资调戏的年龄。当一位女演员请人点戏的时候，一个歪戴着牛舌帽的流氓，高叫清唱“魁星楼烧香”。这位女演员不克脸一红，连推不会，结果徒然引起许多男性哄堂大笑。

羊仁安司令

富林最有名的人物当然是羊仁安，本地人都叫他羊司令。川边一带，自从清末以来，“袍哥”（即哥老会）势力异常庞大。一处地方的“袍哥”首领，不啻不冕之王。羊司令正是富林的“袍哥”首领。同时以前在二十四军里带过兵，现在在此养老，所以更加为本地人所敬畏。最近西康省政府，已有明令，取缔此种社会（他们自称为“社会”），但是事实上这种潜势力，根深蒂固，一时无法铲除。同时若干重要公务员，也是其中一分子。一纸公文，想要发生效力，更是一件不可能的事。不过他们过去横行无忌，到现在多少不得略为检点些。

羊司令的尊称，是带兵时得来的。民国十几年，宁属夷匪闹得最凶的时候，他曾为政府捍卫西昌，立有功劳，颇得一般汉族民众拥戴。西昌城附近不远，至今还立有他的德政碑。这点也使他的声望，增加不少。一方面他对于治夷，素来主张恩威并施。许多夷人，和他弄得不错。在小相岭一带，旅行有了他的保护，不致会有问题。

这样一位有声有色的人物，我们到此，当然不得不去拜访一番。羊司令家里很有钱，以前招待往来的“袍哥”弟兄以及各界知名人士，甚为阔绰，大有孟尝君的气概。可是，他说现在生活太高了，他也不得不从俭，物价问题影响到每个人的生活，秘密社会，也不是例外。见面以后，他对我们很客气，定要相留多住几天。因为要赶路，不得不推辞，只扰他一顿早餐。

羊司令家一种有趣的财产，是一大批阴沉木的棺材板。他说，国府西迁以后，曾向好几位当局要人，献过这种高价的材板。阴沉木可说是中国一种特产，由杉木或其他适当木材演变而成。这些木材，因地质的变化，埋在地下，或久泡水中，千百年后，变质而成阴沉，其名即由此来。此项木料，较原来的木材为坚实，而且具有异香。将其制成棺材，最称上品，同时因其稀少，且需自地挖出，所以特别名贵。据羊司令说，此项木料，有一大批，产在峨边某山，其处距富林约有三天路。他的收集，完全是那地方一位夷人送的。

马烈场

由富林到乐山一段，乐西公路所采路线，大体是跟着昔日旧道。这条路取道蓑衣岭，路线嫌绕得太远（由富林到蓑衣岭大体系向北东北走，自蓑衣岭改向东南行，趋金口河，金口河以后，方改向正东）。坡度又复陡峻，北去南回，上山下山，冤枉路走得很多。据说以前试测川滇铁路路线，由富林一直沿大渡河走，一共距离不过一百三十余公里。较之现在乐西路，这段距离（二百六十三公里），约略可省一半。如此迂回，极不经济。据称乐西路之所以卒采旧道，系因沿河的路，许多段全无人烟，中间还要经过三片大森林，修筑时不免困难，所以将它放弃。事后想来，工程人员多少不免后悔。要想改线，却太晚了，这种情形，并非乐西路所独有。抗战前夕以及战时所成若干公路，兴筑过于仓促，事先未能经过充分周密的计划，往往犯着与此相类似的毛病。

富林早餐以后，上午九点十分，乘车出发。初行路左绕山缓下，随改上趋，一部颇陡。最初一段，路右续临大河下溯。紧靠富林两三公里，路旁坡上，多辟梯形麦田。不久田地顿少。一路前进，路左所绕之山，大部系由暗红色砂岩所构成，中间略夹有页岩。在距富林约八公里处，路向左折离开大渡河，右边改溯白岩河（大渡河的一条支流）而上，势缓下趋。此时路左所循的山，其构造旋即由砂岩改为暗红色的石灰岩。如此绕山缓下约四公里，走便桥过白岩河。前去路右改为溯此河而下，左仍绕山行。最初两三公里大部仍向下趋。嗣过一道木桥，即改上趋，大部多陡，中有陡盘上山处。

十点三十三分，路右望见坡上有小村一座，即系马烈场。由公路盘山到此，已行二十九公里，然而在此处附近，向右下望，山脚仍可看见富林。据说由富林抄小路到马烈场，不过三十华里，比此路可省一半，这条路真有点太绕了。

黄木场

过马烈场未停。前去路改下趋，左绕山行，右仍溯河而下。不远路右改溯另一条溪水而上。途中所绕的山中，有一部分，系由白石（一种白色的砂岩）所构成。公路辟山处，这种石头，很快就风化成砂。如此约行五公里，走过一道木桥。附近左山构造，白石岩中，虽有石灰岩、红色砂岩及“马牙”(即石英)，溪沟中漂石，则发现一部分又系花岗岩。自此前进，路左绕山上趋，右溯溪而下。计行九公里左右，过一山口。该处名为“方村垭口”，距富林约四十三公里。将到此处以前，向右下望，仍可看见富林。

方村垭口一带，山岭极为陡峻。自该处行，路左绕山下趋颇陡。山上岩石，嗣又由石灰岩改为红色砂岩及页岩。四公里过一溪沟，地名“菜子地”。自此路复左绕山上趋，岩石又改为灰色的石灰岩与页岩。五公里后，山坡忽然平坦，满辟斜坡田，但未种有农作物。田中散布有一些房屋。路势趋平，有下有上，一部系在山顶平坦穿行，田舍旁边，并见牛马放牧。山顶路旁，常见坟墓。此处适于耕种的高山又是汉人聚居的处所。途中右望，隔着山沟，一排山峰高耸。近顶一段，多处露出雪沟。

正午十二点七分，穿过黄木场。这座小村，距富林约六十二公里，仍是当天路上最可能的一处餐站。因想早点赶过蓑衣岭，一气赶到寿永场，在此未停，仍向前进。

岩窝沟

过黄木场后，路向左折，左绕山下趋，右临一条很深的溪沟上溯，此沟乃是目前四川、西康两省分界处。峨边（属四川省）、汉源两县，以此为界。因其两壁峭崖陡立，俗称此沟为“岩窝沟”。旧日小道经此，亦视此处为异常陡峻。辟成公路，工程殊为浩大。然而路成以后，显得要比从前平坦得多。只是走过时，一边高山，一边深沟。仍然不免令人心中悬悬。万一失事，车子掉下山沟，真是非粉身碎骨不可。因为工程过于艰难（一路需凿开石山），目前此段不过是单车道。只有几处指定地点，可以交车，险虽险些，这段陡峭的奇景，倒是顶美的。

溯沟上行两公里余，路改上趋。又两公里不足，走过跨在岩窝沟上端的涵洞（此处离黄木场约四公里），路入四川省境。前行路续左绕山上趋，其中一部分，系陡盘上山，右临岩窝沟下溯。途中数处，路自整片石岩中辟出，穿岩而过，倍觉有趣。三公里过一小村，名“冷竹坪”。此时路已离开岩窝沟。前去续左绕山上趋，一部陡盘上去，如此约行六公里不足，走过中兴场，由岩窝沟来，一路隔沟右望，山峰一排，高耸入云，峰顶如笋突出，形状往往奇特。近顶一段，峭崖壁陡，上多挂雪，堪称壮观。

蓑衣岭

在中兴场前面五公里，走过苦慈岭。前行陡盘上山，人渐入云雾中。约一公里余，路复右绕山上趋。此时业已达到冬季雪线的高度。再上两三公里，路旁开始见雪。山上石头，挂有冰须。荒草小树，均已结凌。坐在车上，渐感寒威逼人。这段路上，居然碰到几名背子，在路旁茅棚停下休息。更前遍山草木皆冰。张目四望，到处都是玉树冰花，确是难得的美景，路旁电线，四周也结上一圈很厚的冰，粗得和海底电线一般。

下午一点三十七分，走过蓑衣岭，此处海拔高度，据称为二千八百米。由富林到此，八十五公里左右的路，几乎全是上坡，一上上了二千一百米之多，将到此处以前，路左山边，有一座业已坍倒的小屋，大约是以前兴工时工棚。该处斜对过，路旁树有一块很大的木牌，上面写着：“乐西公路无名英雄白骨筑成处。”同伴们告诉我，修筑此路时，在蓑衣岭一带，冻死丧命最多，我们安然驶过，全是他们性命换来。最可怜的一件事，是公路修成以后，许多以血汗筑成此路的工人，并没有福气坐汽车在上面走一走。看见汽车驶过的时候，他们常会开车要求试坐一小段，过一过瘾，多数司机，对此等事不加理会。偶尔有人带一带他们，这些工人，便感觉心满意足，快乐无比。

过蓑衣岭后，路仍缓向上趋。约一公里半，达到本路全程最高点“白象山”。此处横跨路上，搭有一座欢迎康昌旅行团的牌坊。夹道两旁，全是冰树，牌坊旁边，路左立有一块木牌，上面写着：“此处是积雪没径，五月解冻的阴山。”到此我们停车，下去游览一番。自蓑衣岭到此，沿途冰雪载道。走到外面，寒风袭人。因为兴致很好，并不觉得怎样冷。可是如果多待一会儿，结果便会不同了。

寿永场

由白象山到寿永场，二十六公里，全是下山路，大部分下得很陡。自白象山行，路即右绕下趋。最初一段，仍在雾中行。山上剩余未被人砍掉的冷杉树，绿枝四周亦结有冰凌，倍形美丽。计行六七公里，视线复清，地上亦不复见雪。下午一刻过“鱼池”，下山路已走十公里左右，更前不远，下望已见寿永场位在山脚，一路陡下，后来渐见冲田，并略见雨板顶房屋。三点零三分，到达寿永场停宿。

寿永场为峨边属一座小镇，位在一道小溪旁边，距离富林约一百一十二公里有半。前去乐山，尚有一五〇公里。其地海拔高，据称为一千七百米。此数虽比蓑衣岭低去一千一百米，仍是相当的高。到此晚间非生火无法取暖。镇市很小，正街一条，由南到北，全长不过二百五十米左右，街用石板铺成，颇嫌狭窄。车站位在镇外西北角上。峨边县在四川省内，要算非常穷苦的一县。大部分土地，属于凉山夷区，连县城也时常会受威胁，像这样一座小镇，已经算是不错。镇上设有寿永乡乡公所，还有一所中心学校。店铺方面，原来除两三家饭馆与杂货店以外，一无所有。公路驻此工程人员所吃的米，都要从别处运来。想起这些开路先锋的生活，也真艰苦，因为此处是路上一处宿站，两家新设的旅馆，正在盖房子。其中一家，局部已完。这可说完全是乐西公路的恩赐。在此我们宿在公路第七总段。成总段长，恰巧是一位同乡。在此多蒙他照顾，我们吃得睡得，都很不错。

赴金口河途中

由寿永场到乐山，这最后一天路，里程虽有一百五十公里，走来倒颇轻松。金口河以后，尤平坦好走。早点动身，只要路上不出毛病，普通半天就可赶到。

早饭以后，我们九点钟从寿永场出发。最初路向正北走。数百米后，横过冲田，走木桥过溪，右折改取东南方向，左边绕山上趋，右溯溪而下。此座路左所循的大山，正对着寿永场，名为“寿屏山”，“寿永场”一名，亦系由此而来。该山地质，系由灰色石灰岩及页岩所构成。一路绕山行，上趋殊陡，一部陡盘上山去。约行三公里，过一山口，名“香花岗”，自此路改下趋，大部陡下，仍左绕山行。后来一部陡盘下山。如此计行三公里，过“焦子坪”。前去路往下趋更陡，大都陡盘下去。这段陡下寿屏山的路，在乐西全程中，也许是最陡峻的一段。

焦子坪前有约五公里，路左一村，名“楠木关”。前行走木桥过一大溪，言自此复改左绕山上趋，右溯此溪而下，不远右临深峻的溪沟，隔沟陡崖石峰一挑高耸，壁立作笋状，风景殊美。三公里半过一山口，复改陡向下趋，仍绕山行，山有时在右，有时在左。计行三公里不足，路右坡下山，沟中有一小村，名“白石沟”。自此前行，路有上有下，大体上趋，一公里后，复改下趋，随即陡盘下山去，此处山坡，陡峻异常。雨后山石崩下，一部路被拥塞。公路连作之字形弯往下盘，坡度殊嫌过大，改线工程，正在进行中。山坡虽陡，不少部分，却已辟成梯式坡田，种上苞谷红薯。如此陡下六公里半，走过跨溪木桥一道，路乃复改左绕山上趋。溯此溪而下（随后我们知道，此溪便是金口河），略前约一百来米，右过一座小村，名“桃子坝”。更前三公里，右边俯瞰，见金口河流入大渡河处，“金口河”镇市，正在山脚两水汇合的地方。由寿永场到此，计程二十八公里半。除最初三公里（寿永场到香花岗一段）及最后（桃子坝以后）三公里以外，几乎全部是陡行下山路。金口河的镇市的海拔高度，据说是六七百米，比寿永场低去一千米以上。

金口河

金口河是峨边县境第二大镇，沙坪以外市面最繁盛的地方便推此处，甚至县城本身，还赶不上这两处镇市那样热闹，此两处之所以繁荣，理由相同，它们都是出产沙金的地方。讲到这点，金口河出产的金子，比沙坪要多些，不过所产黄金，究竟为量有限，最重要的理由，是因为这两处都是夷人出入的口子，汉夷交易的处所。夷人的需要很简单，主要地不过是盐布枪械，拿来交换这些东西的物品，以前以鸦片为主，近来政府对此严厉取缔，对于鸦片换枪械的贸易，实行封锁政策，比较地已经好得多。

以前行人与背子所走旧道，自蓑衣岭下山，经寿永场，下到桃子坝后，由该处沿金口河滨下溯，到金口河镇市，金口河的河流，曲折由北向南流，在此处流入东西流的大渡河（俗称“铜河”)。路过此岭后，改沿大渡河北岸，紧靠河滨东下，经过沙坪对岸，直到新场附近。据本地人说，这样走，路最经济，现在的乐西公路，在此一段，最初一大截，几乎完全与旧路相同。到桃子坝后，不复沿河，而向山上走，不经金口河的镇市，而在坡顶掠过该处，更前续在山上行，经过下瞰沙坪的吉星岭，一直到新场附近，方始与旧路会合。这条在山上走的路，以前不过一条小径，有名险峻难行的地段，公路修通了以后，险阻化为平夷。同伴们说：当初在此将路辟宽，沿途需将山边石崖辟开，工程殊为艰巨，尤其苦的，是金口河附近一段山路，毫无人烟，一切给养完全要从山下运上来，因为这种缘故，金口河一镇，成为修路当中一处要站。乐西公路的一个总段，该路医院，设在镇上，医院设备不错，据说在后方不可多得，由镇上到公路，有陡峭的羊肠小路可循，不过高度悬殊几百米，上下甚为费力，将来公路交通发达以后，新的“金口河”镇，无疑地将在公路旁边兴起，该镇市面超过沙坪，亦可预计。

吉星岭

在金口河坡上略停游览后，继续乘车前进，自此路折向东，左循山腰，右溯大渡河而下，蜿蜒大体向正东去。路有上有下，势缓下趋，一路下望水清流急，作深蓝绿色，两岸皆是陡崖荒山，北岸为汉人势力范围，山系石质，荒凉特甚。该山系由灰色石灰岩所构成，石头草皮以外，几一无所有。南岸即系峨边夷区，亦是石灰石质的荒山，可是山腰反略见辟出有田，近顶一带，则颇有树木，田中所种农作物，有苞谷、小麦、红薯等。前行一段，两山仍均陡峭，但是北岸山坡，亦开始略见梯田及斜坡田，公路路面，尚嫌不甚够宽。我们走过的时候，有几段见有土人群在努力将路辟宽些，这段山边路，据说在初辟的时候，因为山坡过于陡峻的关系，运材料的驮马，常常失足，一直滚下山，滚到铜河里去。

溯铜河行六公里后，左山石灰岩中，见侵入有暗红色砂岩及页岩一片，又前四公里半，盘过一座山峰旁即系吉星岭，一公里半以后，行近岭顶，改右绕山上趋，势仍颇陡。又一公里半，路左过一小村，亦名“吉星岭”。自此前进，改左绕山下趋，八公里余，路右过“弦岩”（小村），在由“吉星岭”到弦岩一路中，所绕石灰石质的山，突改为暗紫红色的砂岩及页岩，自此直到乐山，一百多公里的路，沿途大部全是这种典型的川省地质结构。

由“弦岩”前去乐山，尚有一百公里，自该处向右下望，铜河在此转弯，略前对岸山脚一村，即系沙坪，该镇附近一片平地，全为麦田。由“弦岩”前行，路仍多下趋，约两公里后，改陡盘上山，旋改左绕山顶行，有上有下，一部殊陡，附近有稻田，稻割后未种其他农作物。在“弦岩”前面八公里，路左过一小村，名“羊子会”，前去路左绕山陡下，一公里余，复改下趋，嗣即陡盘下山，此时路线，业已离开大渡河。在山里走，前去直到乐山，将近九十公里，不复紧靠该河，下山路约走六公里不足。走木桥过小溪一道，即改陡盘上山，半公里左右，路右近新场，到此公路已与旧路会合。

龙　池

新场仍属峨边县，其处距寿永场约六十四公里，前去乐山，尚有八十五公里左右，由寿永场到乐山的一天路，以此为餐站。因想早点赶到，过此未停，续向前进。自此路续盘上山去，约三公里不足，改左绕山陡上，此处附近，有几处看见灰色石岩侵入紫红砂岩中，又行两公里半，过一小村，名“四碑岗”。略前即出峨边县，入峨眉县境，路则陡盘下山，途中山坡上梯田渐多，田中满种蚕豆，间并插有农屋。一路陡下，后来右溯一道清水溪而上，在“四碑岗”前约七公里，过跨溪大石桥，前去右绕石灰质山，缓向上趋，左溯溪而上。在新场前面约十六公里，左过大为场，又四公里，右到龙池镇。

龙池是峨眉县境一座重要镇市，前去乐山，尚有六十五公里，到此业已下午两点半钟，不得不停下进午餐，此镇以前很热闹，近来经近一次大火，大部毁灭。重建以后，多系茅屋，为状颇显凄惨，然而我们在此，仍然吃了很好的一顿饭。

向峨眉前进

饭后三点半钟，离开龙池，前行路仍右绕山缓上，左溯溪而上，不远随即走大木桥过溪。溪到右边，路穿小片坝田平坦走，六公里又过一道木桥，冲田渐窄。又一公里余，大体左绕山行，右溯溪而上，再两公里余，陡盘上山，此山仍系石灰石所构成。三公里盘上山口，名“土地关”，距龙池约十二公里。自此山口，路改陡向下趋，一部陡盘下山，前行渐入梯田地带，下坡亦趋缓，田中蚕豆、小麦与油菜，正在盛长，显出一种丰收的气概。右距离土地关约十三公里处，进入峨眉县城附近的平原，穿田坝平坦行，两公里左右过“高桥”，又八公里，右边走峨眉城外的峨眉旅行社，自此前去乐山，不过三十一公里了。

最后一段路

擦过峨眉县城以后，续穿坝田前进，沿途豆麦浓绿，一望无际，愈显富饶气象。十公里后，路在丹岩多树小山间盘旋，势仍平坦，三公里穿过一村，名“高山铺”。去乐山尚有十六七公里，略前有一段，左溯峨眉河而下，不远路复穿出田坝走，五点一刻，到达峨眉河上的大桥（前去乐山，尚有十一二公里）。这座雄壮的五孔大桥，刚刚完工，洋灰尚未全干，我们只好仍旧摆渡过去。

上到峨眉河北岸，前行路左即过苏稽镇，这是一座峨眉县境最大的镇市，市街跨在峨眉河两岸，但其主要部分，是在北岸。讲起市面，此处或较县城更为繁盛，许多年以来，苏稽素以产丝闻名西南。所谓嘉定出产的丝，实由此处而来，川省丝业贸易，即以此处为中心，有名的成都锦被，用的也是此处所产的丝，车子走过的时候，附近平地上，见有桑树不少。

过苏稽后一公里余，到达青衣江上的“徐湾”渡口，此处去乐山，尚有四公里，河面过宽，一时无法搭桥，只可借助于轮渡。过渡后续穿九公里多的田景，最后在七点钟光景，方始到达乐山车站，嘉定城业已是万家灯火了。

美丽的大理

滇中胜景，昆明与大理，东西比美。两处都是处在海拔两千米左右的高原，两处都是位在美丽的湖边，昆明的滇池，大理的洱海，这两座山城旁边的高原内湖，终年满积一池美丽蓝水，与蔚蓝色的天空，配成一幅颜色调和的美画。滇池东岸，展开宽大的昆明坝子。西岸一脉矮峰，即是所谓西山。昆明的一切，都令我们回想到北平，连“西山”在此也是无独有偶。窄长形状的洱海，面积比滇池小得多，大约南北长一百华里，东西约宽二十华里。东西两岸，窄片湖田之后，各有山脉耸起。就中西岸的点苍山，比较高得多，最高峰海拔四千二百米。仔细看来，洱海的水，深蓝中带有绿色，与滇池水之纯作蓝色，颇有区别。还有一点，滇池大部分是泥底，长有水草很多，产鱼却很少。所以昆明市上，永远感觉鱼荒，代价尤属惊人。在另一方面，洱海的确可说是一种海。这座耳朵形状（“洱海”一名，由此得来）的淡水蓝湖，完全是石头和石子造成的湖底，因此水来得特别清。近岸水虽不深，稍为出去一点，深度便达数丈。这种情形，配上终年大风，令航行者随时有覆舟之险。海中南北航行，向来少有。过海工具，所用全是大号木船。如昆明湖（滇池）中之一叶轻舟，到处泛棹，在此根本是一件不可能的事。然而水产方面，洱海却要比滇池来得丰富得多。终年捕鱼，根本不成问题。在昆明鱼价涨到百元一斤的今日，大理鱼价，却不过八元。由省城来，一班好鱼的朋友们，到此乐极了。以种类计，洱海所产鱼类，主要有鲤鱼、白鱼、鲫鱼、弓鱼四种。冬季肥美的大鲤鱼，殊有江南风味。鲫鱼、白鱼，也都不差。不过本地特产，乃是弓鱼。弓鱼是一种四寸左右长短的小鱼，剖开里面满藏鱼子。我们笑着说，这绝不是“公鱼”。地方习惯，弓鱼一定要过阴历除夕才吃。平时在街上，只买到盐腌的产品。到了阴历正月初二三，文人雅士，方始结伴莅临海滨渔村，烤弓鱼以食，饱尝美味。以渔产数量而论，终年网捕，本无问题。不过本地禁忌，以为好生之德，不可不讲。因此每到插秧时节，即行封网，不许擅捕。等到秋收以后，同庆丰年，方又重新拾起渔业。原来湖边渔户，全是农夫。每到农闲，方始捕鱼。这种勤劳的生活，苦中有乐。

云南虽然多山，大都不奇。一个一个土馒头，往往除草皮外一无所有，实在令人不生美感。对于这点，苍山却是显然的例外。在大理城的后面，这片奇山峭拔二千米。和一把竖立的扇子一般，此山间一峰（中和峰）最高，两边渐次低下。到了南北两端，扇子尽头处，即有山口，乃是交通大道所经；因为翻上此山陡坡，实在是很艰难的。全山一共十九峰，每两座山峰之间，各有全清的溪水一条，陡泻下来，如此一共造成十八溪，正和扇子上面的折纹一般。从地质上来说，本山结构，亦与滇省他处大有区别。全山大部分由片麻岩构成，其上一部覆有大理石。这两种石头，都是良好而且美观的建筑材料。本地百姓，把麻岩敲下，就用那些不规则的石块，砌起墙来，盖上房子，大有一种古色古香的特殊风味。至于大理石的话，别处很出奇，在此却是家常便饭。牌坊、墓碑，到处都是大理石造成的作品。

向来谈滇西风景者，多以“风花雪月”四字，来描写大理风景。所指是下关的风，大理的花，苍山的雪，洱海的月。下关一带，终年狂风，游人只感觉可怕。大理的花，以茶花与大理花最为出色。每年春节，举行评花大会，爱花者可以大饱眼福。洱海看月，确实名不虚传。如果能泛舟一游，那就更美了。至于点苍山上，虽然不是终年积雪，可是除开夏季两三个月外，山顶一段，多少总有一些。到了冬季，一夜狂风急雨之后，翌晨醒来，往往睁眼一看，半山满坡冰雪，下接绿树。要是适逢晴天，阳光中夺目的雪峰，陪衬着蓝天绿水，不禁令人神往。有时傍晚天变，白峰轮廓之上，和帽子一般，罩上一圈乌云。加以在下段棕色草坡，乡下人纵火烧山的结果，展出一条红色的火路，上指雪线。那种情形，更加是美不胜收。

别的城市，住久了会叫人生厌。终年春光明媚的昆明，市侩化以后，也令我得有此种感想。不过对于大理，我想永不会感觉厌倦。

喜洲志游

谈大理风景者，每以为喜洲不可不去。滇西各地，喜洲为一处特出的地方。风景优胜以外，此处近来出过几位巨商；因此建筑华丽，且带洋化。大有广东、福建两省华侨村镇的气概。华中大学现设该处，又在上面加上一种文化中心的风味。

喜洲在大理之北约四十五华里，靠近公路旁边，有支路可通。距大丽路（大理至丽江的公路）干线，不过三里左右。这条公路，原已全部修成，正拟通车，不料缅甸军事突然逆转，仓促间遂将全线桥梁，一齐破坏。此行乘“奇不”式的指挥车前去。遇有溪沟，涉水直冲过去，车轮半没水中，清水两面溅出。同人笑着说，这是坐的水陆两用坦克车。

由大理循公路北行，苍山各峰，逐一渐低。走一段后，同行田君，指一峰相告，说那就是所谓“小鸡足”。山角一庙，相当于鸡足山巅的金顶寺。更北一点，矮峰之后，山顶有很大的平地一片，称“花田坝”。其地分属洱源、邓川、漾濞、永平四县，以前乃是肥沃良田。近因匪患关系，久已荒废。

一到喜洲镇外。看见几幢宏大的洋式建筑，即是成立不久的五台中学。喜洲亦称五台镇，故校以此名。镇名的由来，则系因袭苍山峰名（喜洲西面的山峰，称五台峰）。所谓五台镇，实辖有十六座村庄。不过总计千余户的人口，倒有八百户集中在喜洲一处。四年未来喜洲，镇上房屋新添不少，许多不是洋楼，便是很考究的中国房子，近来喜洲人更加发财了。

五台中学，就是在这四年内新立的一座中学。喜洲比一座普通县城要大些，考究些。同样地，五台中学，不但较之一般战时大学，在建筑上为宏丽；其教师待遇，亦优于现设此处的华中大学。这所中学的开办与经常费，全部系由以董澄农先生为领袖的八家巨商所捐助。建筑完全西式，作为校舍，甚为合用。只是从艺术观点说，不见得太好。

喜洲有文庙一座。前清时代，一县只许有一所文庙。喜洲以地方富庶，成为例外。但为避免官厅干涉起见，不敢直书文庙两字。前门匾额，改作“文明”。华中大学于战时迁此，即借此处作校址。房屋虽嫌逼窄，但本地人相待甚厚，生活程度亦不过高。所以即在去岁滇西紧急之日，此校教职员，仍然继续沉着教学，不思他迁。

镇上还有一所建筑甚佳的学校，即系严家捐建的喜洲女子两级小学校，亦于近十年内新成。此处现改设大理县立师范，内有藏书殊多的中文图书馆一座。

喜洲原是一座“民家”村子，居民以务农及打鱼为生。

附近稻田，宽敞肥沃，夙称富庶。前清末年以来，本地很出了几位富有才能的企业家，往外经商，积致巨富。发财以后，衣锦还乡，在此终老。结果遂将天然美景，缀上人手造成的雕梁画栋。多年以来，喜洲建筑华丽，在滇西素来有名。因为事实上的需要，喜洲木匠，手艺极巧，能够担任精美建筑的设计与建造。

喜洲巨富，首推董、严两家。两家现结姻亲，财产尤以董家为更多。目前担任昆明市商会会长的严爕成先生，即系严氏家长；著声于昆明实业界与矿业界的董澄农先生，则是创成董家大业的主脑人物。董氏原在个旧开锡矿，战前已成富翁。抗战发生以后，一手包揽该处所产锡矿出口生意，益成滇省一位领袖巨富。近年则在昆明创办大成实业公司，经营面粉厂及几种化学工业。既营出口贸易，渐染欧西习尚。经营实业以外，以其余资捐助公共事业。五台中学之外，曾对云南大学，捐巨款建医学院校舍。最近并捐款在大理设立一所公共图书馆。董氏本人，虽因事业关系，长住昆明；其公子仁明先生，原在南洋经商者，则现住喜洲故宅。中西人士，来到此处者，识与不识，均到董严两家观光，彼等则例予招待，其私宅已成为喜洲名胜的一部分。

董严两家，均在喜洲镇有公馆，在洱海边有别墅。同来田君，与董府相熟，到此即登门一访。其私宅大门，雕梁画栋，至为壮丽，大有宫殿气魄。进去一个很大的三合院子，院中地一部以大理石铺成。主人揖至客堂让座，其内皆名人字画，讲究木器，及大理石屏等，华丽异常。然而主人尤以此为未足，复在旧宅旁边，雇外省工匠，另建四层洋楼一座。这座类似柏林最近住宅区建筑的房舍，在昆明亦属罕见。其外墙则嵌有几块巨大的大理石，兼收中西之美。仁明先生，对建筑深感兴趣。对此工程，亲自监工。据称前年兴工，至去夏滇西紧张时约成八成。当时原雇外省工人逃去，后来遂改由本地工匠予以完成。新近完工，尚未启用。到此参观，仍见木匠在忙于工作。一座木笼中，关着一只鹿。据说此鹿新近迷路走到洱海边，被本地捕获，呈献董家。笼外写的是“鹿在其中”四字。

喜洲街上，有“妙元祠”一座，此庙俗称“木主庙”，祀本地社神，与四川所谓“川主庙”相当。正殿不大，里面所供神像，身着袍服。殿前院中，有一座小屋（但四面无墙）形状的供亭，为此处庙宇的特点。据说以前“民家”人敬神，即对此种小亭朝拜。至于正式建筑的殿，乃是由汉人学去。

到董家主人先以烤茶与糖果相款。蜂蜜做成的山楂蜜饯，为此间特色，色香味均美。后来约在“湖海”之游。自镇东行，约三华里左右，到达位在洱海边的一座大村。此村名为沙村，人口不少，多系农夫而兼渔户。来此途中，初穿坝田平坦走。近海边一段，为一片柳树坪。风吹沙起，人自柳树中穿过，大有北方风味，“沙村”一名，亦由此来。同行中北方人士，到此顿忆故乡，不胜感喟。遥望天北，不知何日得归故乡。乡中有一座“护国祠”，亦系本主庙。本地百姓，对董家人均极恭敬。仁明先生到此，与之作“民家”话，彼此似甚融洽。我们这群不谙民家话的人，却完全不知道他们说些什么。

洱海水深浪大，在大理附近一带，要想和在昆明一般，泛舟游湖，根本是不可能。对于此点，喜洲却是例外。此处靠海西岸，沙村附近，展出一片平静的浅水，四周大部为沙洲围住，以此得与汪洋大海相隔离，不受波涛影响。所谓“湖海”，即指此处。月夜到此泛舟，最是富有诗意。即如我等午刻到此，驾一叶轻舟出游，亦殊不恶。大理的自然美，即在于此。沙洲上土地，一部已辟田植柳，水涨时柳树下半截没在水中，宛如自水中生出一般。此等情景，类似江南，不免又令人勾起乡思。

由沙村乘船行，不远走过洲上一幢洋房，即是严家别墅。再前便入“湖海”范围，水浅近望完全无色，平静如镜，倒映对岸风景如画。近处棕红色的矮山，远处高峰上残雪，衬以蓝天白云，凑成这幅美丽的图画。平望静水近处，则见洱海本部绿蓝色的水，上有波浪，在棕色山前展出。游船约半小时余，自“湖海”北端出，到一片白沙，登之稍歇。此片沙洲，表面层，满积素白色的螺蛳壳与小蚌壳，在阳光中照耀夺目，与远处蓝水，相映成趣。来此游湖者，每以此处为目的地。临行留念，久不忍别。

清碧溪

谈大理风景者，首推洗马塘。唯洗马塘位在海拔四千多米的中和峰顶，非身体壮健者，攀登不易；而且除夏季外，终年积雪，最后一段且无路可循。因此如果只在大理短期勾留，不一定有上到洗马塘的机会。其他可以游览的地方甚多，比较很容易去而足称胜景者，要算清碧溪。

出大理城南门，循去下关的公路南行，七华里过跨溪大桥一道，名“七里桥”。略前右边走过圣麓公园，即往西折，沿旧日石道走，随即穿过七里桥的村子（一称清碧乡）。出村西口，循路西上苍山脚下的缓坡。最初穿麦田前进。不久田地走完，地面一片荒凉，到处满露片麻岩质的大小石头，沿途石墓不少。此时回头东望，洱海一池蓝水之后为该湖西岸一脉完全荒凉的脚山。此片全无树木的赤土荒山后面，耸起一条较高的山脉。略为向北一点，峰顶积有新雪，即是有名的佛教圣地——鸡足山。更北位在洱海北端，又见一座雪峰，即是邓川后面的高山。除却近山颇煞风景以外，大雪之后，蓝水与白峰交映，确是一幅美丽的图画。

一路穿荒草地西进，路右溯一溪而上。这条清水大溪，即是所谓清碧溪的下流。苍山美景，得力于溪水不少。因为全山系由片麻岩与大理石所构成，溪底也全是这两种岩石。即在夏天洪水季节溪水亦仍清澈见底。这是别处罕见的一件事。清水之中，大小石块，到处堆积。亦为可看的陪衬。麻岩在别处很值钱，大理石更不容说。这些在大理附近，却毫不出奇。所有的墓，露出地面部分，外面全是拿麻岩砌起来的。

山脚天气晴和。想不到朝苍山走不到一里，山风自西对面吹来，叫人几乎站不住。同时珍珠似的小冰雹，也自天上飞下来，轻轻地打在我们脸上，此乃冬季游苍山者的特殊权利。愈向上走，地面露出的麻岩漂石，越来越大。后来横宽竟达三米左右。在距清碧溪乡约两里处，涉过溪身。此处溪边见有采石者，将巨块麻岩，耐性地劈开，凿成石板，背向城里去。

过溪路续往西缓行上坡，改由路左溯溪而上。两里余到一处岔路口，距七里桥约五华里。路口右边有小石屋一座，所供为土地菩萨。里面一张用红纸写就的牌位，写的是“敕封马龙圣应山神土地之神位”。清碧溪流经佛顶、圣应两峰间（我等刚才即系由佛顶峰麓来），马龙则系圣应峰北那座山峰的名称。这样看来，原来这位土地老爷，也是兼差的。坐在石屋里候同伴，天气仍然晴和，小粒冰雹却不断向身上打来，着衣不化。往山下望，溪身满积石块的清水，蜿蜒下流。山尽处流经坝田中，汇入洱海。远处洱海西南角上，一水引出，即系洱河。略前脚山之后，另有一道清水，则是漾濞江。江上白帆船，历历可见。转身向上瞻望，深谷两岸，顶上一段为劈陡石崖。清碧溪胜景，即在该段。崖缝中望见一座高峰，石上挂雪。

由石屋循溪右窄路，径向前行，右绕山边，左临溪谷上溯。最初路陡上趋，转过山脚后，势较平缓，溪景渐入佳境。如此共约行里半，涉水到溪南岸，改右溯溪而上，转向西行，一部陡上，一部较缓。又一里半，对溪为一处石库，溪边堆有新捶碎的麻岩不少。略前再度涉溪，复在右岸上走，溯溪大体陡上。一里到岔路口。一路直向前行，陡趋上圣应峰松山。小路左折下趋溪边，则是去清碧溪的路。此处附近，前望溪边。一片大石崖上，刻有很大一个“禹”字。

循去清碧溪的小路，陡下旋即过溪，改在左岸前进。一里左右，即达此溪胜景的最下一潭。由七里桥到此，共约十华里。

有名的清碧溪胜景，系指此溪最上一段，该段溪水自山口发源处泻下连作四潭，最下一潭，一池绿蓝色的清水，深约二丈。水自一片整块石崖上，斜流陡下，刷石成槽。将入潭前，水向上冒起，堪称奇观。往上为第二潭，其地位与最下一潭成九十度的角度，乃此处风景最胜处。唯自下面仰望，不能领略其美。必须爬上到该潭之边，方能欣赏佳境。两潭之间，唯交通线，系循最下一潭右边的窄条石崖，攀缘上去。该处湿滑已极。偶一不慎，即坠潭中。我们为好奇心所驱使，不顾一切，双手着地，擦崖循窄路爬上。侥幸陡路不长，俄顷即到第二潭。潭作圆形，至该处只见清水由上面（第三潭之边）石崖，作瀑布状飞下，注入此处，造成又一处碧绿色的水潭。此处石崖，即自下上望所见溪水上端两岸峭壁的终点。深山中溪水，上端连着陡泻下来，作瀑成潭，本是游山者常见的美景。此处之奇，在两潭作九十度，自下望不能如别处之一目了然；必须探景寻奇，方能穷其胜。冒险来此，殊属不虚此行。只是走滑石坡爬下，比上来心中显得更加悬悬。

由第二潭上到第三潭，无路可登。下来回到第一潭，找路陡趋上圣应峰的稀疏松山。约两里后，已越出第三潭之上。该处有石级路一条，右伴山边陡下，中间并有人工搭成的石桥一道。循此险路下行，里余下到溪边。循溪身略往下走，即达第三潭之上。俯视该潭，水作茶黄色，并无奇处，不免令人失望。顺溪身向上爬，不远到达最上一潭（第四潭）。该潭不大，水不深，亦作茶黄色；但其上端为一长方形石洞，乃其奇处。更上再穷水源，即入雪线。唯水小，景致平淡，无足取处。清碧溪之游，至此可谓兴尽。

附录

民国纪年与公元纪年对照表

民国纪年	公元纪年	民国纪年	公元纪年
民国元年	公元 1912 年	民国二十年	公元 1931 年
民国二年	公元 1913 年	民国二十一年	公元 1932 年
民国三年	公元 1914 年	民国二十二年	公元 1933 年
民国四年	公元 1915 年	民国二十三年	公元 1934 年
民国五年	公元 1916 年	民国二十四年	公元 1935 年
民国六年	公元 1917 年	民国二十五年	公元 1936 年
民国七年	公元 1918 年	民国二十六年	公元 1937 年
民国八年	公元 1919 年	民国二十七年	公元 1938 年
民国九年	公元 1920 年	民国二十八年	公元 1939 年
民国十年	公元 1921 年	民国二十九年	公元 1940 年
民国十一年	公元 1922 年	民国三十年	公元 1941 年
民国十二年	公元 1923 年	民国三十一年	公元 1942 年
民国十三年	公元 1924 年	民国三十二年	公元 1943 年
民国十四年	公元 1925 年	民国三十三年	公元 1944 年
民国十五年	公元 1926 年	民国三十四年	公元 1945 年
民国十六年	公元 1927 年	民国三十五年	公元 1946 年
民国十七年	公元 1928 年	民国三十六年	公元 1947 年
民国十八年	公元 1929 年	民国三十七年	公元 1948 年
民国十九年	公元 1930 年	民国三十八年	公元 1949 年